脳筋騎士団長は幻の少女にしか欲情しない

登場人物紹介
ドナルド
騎士団の団長。
先の大戦で活躍し、
英雄と讃《たた》えられている。
夜、森で水浴びしていた
リリアに一目惚れし、
彼女の正体を探り始める。
リリア
貧乏子爵家の令嬢。
男勝りな性格で、剣も嗜む。
弟のケビンの代わりに、
男装して騎士団に
潜入することになり——?

ヘレン
リリアの親友。
友達思いな優しい性格。
つい先日、婚約したばかり。
ヘンリー
騎士団の副団長。
いつもドナルドに振り回され、
胃痛薬が手放せない。
ケビン
リリアの弟。
騎士団訓練生だが、
剣よりも刺繍が得意。
姉に甘えるのが上手い。
クリス
騎士団訓練生。
軍人一族の嫡男で、
なぜかリリアのことを
気に入っている。

目次

プロローグ

木々の生《お》い茂《しげ》る森の中。葉の隙間から月光が差し込んで、緩《ゆる》やかに流れる川の水面《みなも》を照らす。男の目の前には、一人の少女が立っていた。なぜか生まれたままの姿をした彼女は、男を妖《あや》しく見つめてくる。

柔らかい風が吹くたびに、少女のまっすぐな銀の髪が揺れる。水に濡《ぬ》れたそれは、月の光を受けてきらきらと輝いた。

滑《なめ》らかな肌の上には滴《しずく》が伝《つた》い、少女の肢体《したい》はまるで光の衣《ころも》をまとっているかのようだ。彼女が呼吸をするたびに上下する胸が艶《なま》めかしく見え、月光がつける陰影《いんえい》でさえも甘美《かんび》に感じられる。

深夜、あてもなく散歩していた男が出会ったのは、そんな女神のような神々《こうごう》しさを放つ少女だった。

少女は銀色の長い睫毛《まつげ》から水を滴《したた》らせ、誘うような瞳を男に向けた。あどけなさの残る顔には不《ふ》釣《つ》り合いな、妖艶《ようえん》な笑みを浮かべる。

桃色に染まった頬が、男の胸元にゆっくりと近づいてくる。くつろげたシャツの隙間から少女の甘露《かんろ》な吐息が入り込み、緩《ゆる》やかな呼吸に合わせて男の肌を撫《な》でていく。その桜色の唇は今にも男の肌に触れそうなのに、焦《じ》らすように甘い息を吹きかけるだけだ。

男は身じろぎもせずに、その光景を見ていた。自然と男の息が荒くなっていく。

湧き上がってくる熱い情欲と官能が身の内で混ざり合う。男は今まで覚えたことのない激しい欲を、必死に抑え込んでいた。

だが耐え切れなくなって、無意識に腕が動く。すると少女は、さっと身を翻《ひるがえ》して男の腕から逃《のが》れた。彼女の銀の髪が男を諫《いさ》めるように彼の腕をぴしゃりと打つ。

そうして少女は鋭い声で言い放った。

「貴方が少しでも動けば、私は帰ってしまうわよ」

彼女を抱きしめようとした腕を、男はすぐに止める。

(少女を失いたくない……‼)

そんな思いが、男の欲をかろうじて押しとどめていた。

少女の年頃は、恐らく十七、八くらいだろうか……。そんな年端《としは》もいかぬ少女に、どうして自分は逆《さか》らえないのだろう。

女性経験がないわけではない。けれどこの少女を前にすると、胸の奥から熱い何かが溢《あふ》れ出してきて、涙が零《こぼ》れそうなほどの幸福感でいっぱいになる。

大国ブルタリア王国の騎士団長として、いくつもの死線を潜《くぐ》り抜けてきた。しかしこれほどまでに感情をかき乱されてしまうなど初めてだ。

目の前にいる少女に触れることができない。ただそれだけのことが、敵に捕らえられるよりも辛く感じる。
（彼女を抱きしめて、身も心も俺のものにしたい!!）
そんな騎士団長の欲求は満たされることがなく、彼は少女に翻弄《ほんろう》される。
彼女の正体も知らないままに、幻《まぼろし》の少女を求める日々が始まったのだった。

第一章　リリア、騎士団に潜入する

「ちょっと、ケビン！　今なんて言ったの？」

弟の発《はっ》したセリフがあまりにも信じられないものだったので、リリアは思わず聞き返す。彼女はバスキュール子爵家の令嬢で、今目の前で土下座《どげざ》をしているケビン・バスキュールの三つ年上の姉だ。

「姉さん、お願いだ！　僕の代わりに試合に出てくれ！　これ以上負けたら、騎士団を退団させられる！」

ケビンは緑色の制服を着たまま、頭を床すれすれまで下げて懇願《こんがん》する。騎士訓練生である彼は騎士団の寮に入っているのに、こんなお願いをするためだけにやってきたらしい。

ちょうど今は夜会が催《もよお》される季節なので、リリアは王都の近くにある別邸に来ていた。ティールームで朝食後のお茶を飲んでいたリリアは、弟の突拍子もない要求に驚き、椅子から立ち上がる。テーブルがガタンと揺れて、ティーカップの中で熱い紅茶が躍《おど》った。

「いやよ!!　私は女なのだから、貴方の代わりに試合に出ても、すぐにばれてしまうわ」

「大丈夫だよ！　姉さんは僕よりかなり強いし、髪を結んで騎士訓練生の制服を着たら、僕とそっくりになるって！」

「無理よ……。そりゃあ、子供の頃は服さえ交換すればみんなを騙《だま》せたわ。だけど、もうこんなに女らしくなったんだから、無理に決まってるでしょう」

そう言ってリリアは、自分の胸を強調するように上半身をそらした。

確かに、リリアとケビンの顔はそっくりだ。昔はよくお互いの服を交換して、入れ替わって遊んでいた。とはいえ、それは幼い頃のこと。今では体つきが違っているので難しいだろう。

けれどケビンは、リリアの胸を見て一笑《いっしょう》に付《ふ》す。

「そのくらいなら、鍛《きた》えた胸筋に見える程度の大きさだ。布でも巻けば誤魔化《ごまか》せるよ。いいかい、姉さん。僕が騎士になれなかったら、バスキュール家は終わりだよ。姉さんにもいい縁談が来なくなって、一生独身のまま、バスキュールの屋敷で僕と二人で暮らすんだ。それでもいいの？」

「そ……それは嫌だけど……」

お婆《ばあ》さんになった自分が、これまたお爺《じい》さんになったケビンと、二人寂しく紅茶を啜《すす》っている——その光景を想像し、リリアはゾッとした。

「ただでさえ男っ気がないんだから、姉さんが結婚するためには、僕の助けが必要でしょう？」

「うっ……」

リリアはずっと、洗練された気品のある紳士との結婚を夢見ていた。いつかはそんな素敵な男性に見初《みそ》められてデートを重ね、最後には夜の庭園でひざまずかれながら、ロマンチックなプロポーズを受ける。それが彼女の長年の夢だった。

ところが、そう簡単にはいかなかった。

十五歳で社交界デビューしてから三年。今まで数え切れないほどの夜会に参加してきたが、貧乏子爵家の令嬢には、誰も声をかけてこなかった。

見た目は、そう悪くはない。腰までのびた柔らかい銀髪に、すらりと細い手足。夏の海を思わせる深い青色の大きな瞳は、愛らしい小型犬のようだ。

だが、性格のほうに問題があった。キュートな外見とは裏腹に、男に負けず劣《おと》らず気が強く、剣技にも長《た》けている。その男勝《おとこまさ》りな内面が、ますます男性を遠ざけていた。

かといって、リリアには自分の性格を上手く隠して、淑女《しゅくじょ》らしく振る舞う器用さもない。

そういうわけで、夜会ではいつも壁の花になってしまうのだった。

普通は十八歳くらいまでの間に婚約者を見つけ、二十歳くらいには結婚するものだ。リリアの友人のほとんどは、すでに婚約している。それどころか、彼女たちの中には、夜会で知り合った男性と大人の遊びを嗜《たしな》む者もいるくらいだ。

一方リリアは、いまだにたった一人の相手も見つけられずにいた。このままではそう遠くないうちに、嫁《い》き遅れと言われる年齢になってしまう。

こうなったら、あとは弟のケビンに頼るしかない。彼が騎士になって戦功を挙げ、名誉と報奨《ほうしょう》を手に入れさえすれば、弱小子爵家と侮《あなど》られることもなくなるだろう。仲間の優秀な騎士を紹介してもらうことだってできる。

だというのに、ケビンときたら剣術の腕はからっきしで、昔から女のリリアにさえ負けてばかりだった。

「このところ試合に連続で四回も負けているから、もうあとがないんだ。次に負けたら訓練生を辞めさせられてしまう！」

「そんなのおかしいわ。だってケビン、貴方は王国が実施している試験を受けて訓練生になったのでしょう。たかが試合に負けたくらいで退団なんて、あり得ないわよ」

「あり得るんだよ！　うちの団長なら‼」

曰《いわ》く、ケビンの所属する第四騎士団は、団長と十二人の騎士隊長たちがあまりにも強すぎるため、騎士や訓練生がほとんど戦死しないという。そこで、増え続ける訓練生を試合の結果によってふるい落とし、数を調整しているらしい。

その試合は一年に一回、四日間かけて行《おこな》われ、訓練生一人につき六回ずつ戦う。五回以上負けると退団処分になるそうで、ケビンは崖《がけ》っぷちに立たされているというわけだ。

「今朝は腹痛だって嘘をついて、こっそり抜け出してきているんだ。午後には試合が始まるから、すぐ決断してくれないと間に合わない！　今日と明日に一試合ずつ出てくれるだけでいいんだ。僕と同室のハンスには事情を話してあるから、風呂だけなんとかすれば誰にも気づかれないよ！」

床にひざまずいたまま、ケビンは泣きそうな目でリリアを見上げる。

「……わかった。今回だけよ。二日間だけ貴方のふりをして試合に出てあげるわ。その代わり、貴方がここで私として暮らすのよ。絶対に誰にもばれちゃダメ。お母様にばれたら、ものすごく怒られて外出禁止になっちゃうわ！」

「ありがとう、姉さん！　恩に着るよ！」

ケビンはもう十五歳だというのに、子供のような愛らしい顔と声でリリアに抱き着いてきた。この三つ年下の弟に甘えられると、リリアは嫌とは言えなかった。たった一人の愛すべき弟は、彼女にとっていつまでも庇護《ひご》すべき存在だからだ。

さっそく二人は、互いの服を交換してみることにした。使用人の目をすり抜けて私室にこもり、リリアはケビンの上着を着て彼と鏡の前に並んでみる。

髪と目の色が同じであるだけでなく、顔立ちもそっくりだ。髪の長さや体形は違うが、少し手を加えれば、見分けがつかなくなりそうだった。

髪については、リリアがやや短くするということで落ち着いた。年頃の貴族令嬢の髪は腰の下辺りまであるのが普通だが、それを十五センチほど切って三つ編みにする。ケビンはもともと長めの髪をうしろで束《たば》ねているので、これで充分誤魔化《ごまか》せるだろう。

それからリリアは、化粧《けしょう》を落として胸にさらしを巻き、あらためて騎士訓練生の制服を着た。

ケビンもシャツとズボンを脱いで、意気揚々《いきようよう》とリリアのドレスを着始める。肩の辺りがリリアより少しだけがっちりしているが、ショールなどを羽織《はお》れば問題ないだろう。少年特有のお尻の薄さも、ふんわりとしたドレスで上手く隠れている。

二人とも着替えを終えて見つめ合うと、互いに鏡を見ているような気分になった。

「これなら大丈夫そうだ！」

ケビンは満足げに言う。リリアも鏡に映った自分を見て、騎士団に潜入することがそれほど無謀《むぼう》なことではないように思えてきた。

こうして、ケビンとリリアは入れ替わったのだった。

ケビンが所属する第四騎士団の拠点は、バスキュール家の別邸から馬で一時間くらいのところにある。このブルタリア王国にとって軍事的にも政治的にも重要な場所だった。

本部の建物は森に囲まれており、敷地の周辺には小さな村がいくつかあるだけだ。だが一本だけのびている街道は王都へ続いていて、その途中には比較的大きな町がある。

王国の騎士団は、全部で四つ。それぞれ団長と副団長の下に十二人の騎士隊長がおり、彼ら一人ひとりが騎士隊を組織している。

四つの騎士団は国の東西南北にそれぞれ配置されていて、ひとたび戦争が起これば、王国を守るため先陣を切って戦場に向かうのだ。

第四騎士団の騎士団長は、ドナルド・ゲリクセンという。彼は先の大戦で大きな戦果を挙げた、王国最強の騎士だ。

政治的な影響力を持つ名門伯爵家の出でもあるのだが、社交の場に姿を現すのは好きではないらしく、彼のことを知る人間はそう多くない。社交界では、一目見ただけで震え上がるほどの厳《いか》つい男だとか、女性にだらしのない性豪《せいごう》だとか、いろいろな噂がささやかれていた。

ケビンなどの騎士訓練生は、まだ騎士隊には配属されておらず、騎士団に所属しているという扱いで、ゲリクセン団長の指揮下に入る。彼自身が訓練生の前に姿を現すことはないようだが、かなり厳しい訓練を命じる人だそうで、正式な騎士団員でさえもついていくのがやっとらしい。

そんな団長のもとで、騎士となることを目指して、王国中から集まった貴族の子息らが日々訓練に励《はげ》んでいるという。だが、騎士になれるのはほんの一握りの者だけで、非常に狭き門だった。

ケビンに扮《ふん》したリリアは、彼が乗ってきた馬で第四騎士団の敷地の近くまでやってきた。そこでケビンと同室の訓練生ハンスと落ち合い、宿舎の裏からこっそり侵入する。

第四騎士団の拠点は、正式な騎士団員たちがいる本部を中心にして、左右にそれぞれ五つの建物が立っている。それらは訓練生の宿舎や厩舎《きゅうしゃ》、屋内訓練場などとして使用されているそうだ。

試合は、建物から少し離れたところにある、三つの闘技場を使って行《おこな》われていた。

ケビンの試合が行《おこな》われる闘技場に行くと、そこは当然、男性だらけ。ひとまず観客席に座ったリリアは、正体がばれやしないかと緊張していた。しかし拍子抜けするくらい、誰もリリアを怪しむ様子はない。

時間が経つにつれて不安は薄れ、しまいにはなんだか悲しくなってくる。男性しかいない闘技場の観客席に、違和感なく溶け込んでいる自分が情けない。隣に座るのがリリアだと知っているハンスでさえ、他の訓練生と同じように気安く接してくる。

なるべく男らしく見えるようにと、股を開いて座り、低い声で話してはいるものの、そんな必要はまったくない気さえしてきた。

(私ってそんなに女としての魅力がないのかしら……はぁ……)

そんなふうに思っていると、ケビンの名を呼ぶ声が聞こえてきた。

「ケビン・バスキュール対ヘンク・シューリヒト!! 二名とも前に出ろ!!」

みんなの視線が、一斉にリリアと対戦相手のヘンクに注《そそ》がれる。

（いけない、こんなことを考えている暇はなかったわ！）

勢いよく立ち上がったリリアは、わざと大股で階段を下り、闘技場に足を踏み入れた。そして審判から大慌てで剣を受け取る。

ズシリと重い感触が手に心地いい。リリアは剣の柄《つか》を両手でギュッと握りしめ、ぶんっとひと振りしてみた。

（この感触、懐かしいわ。剣を振ったときの音って、堪《たま》らないのよね。でも、久しぶりに剣を持つ私が、毎日鍛錬《たんれん》している彼らに敵《かな》うかしら？　不安だわ……）

リリアは幼い頃、ケビンと一緒にジョーゼフという剣士から剣技を習っていた。彼女は筋《すじ》がよく優秀な生徒だったので、ジョーゼフが何度も『リリアが男の子だったらよかったのに』と零《こぼ》していたのを覚えている。

リリア自身も剣を振るうのは大好きだったが、侍女に泣いて頼まれたので、十五歳の社交界デビューとともにやめてしまった。貴族令嬢の趣味としては、あり得ないものだったからだ。

それからはずっと剣に触れていない。最近では短剣を使った護身術を嗜《たしな》む程度だ。

リリアは昔のことを思い出しながら、闘技場の真ん中に進み出た。円形の闘技場を取り囲むように観客席があり、制服を着た訓練生たちで埋め尽くされている。

けれども訓練生たちにとって、この試合はあまり興味のないものなのだろう。観客席にいる彼らは楽しそうに談笑し、真剣に試合を見ている者は少ないようだ。

リリアが顔を正面に向けると、対戦相手のヘンクがにやにやと嫌な笑みを浮かべて立っていた。

「お前、弱そうだな。バスキュールなんて聞いたこともない名だ。一分で終わらせてやる」

高圧的に言い放つヘンクを見て、リリアはムッとした。

風が吹いて、二人の周りに土埃《つちぼこり》が舞う。それが収まるのを待って、審判が無言で右手を天高く上げた。

その合図でヘンクとリリアが同時に剣を構えると、審判は大声で試合の開始を告げる。

「試合開始!!」

キィィィ――――ン!!

剣のぶつかる音が闘技場に鳴り響く。何度か激しく打ち合い、試合開始のわずか二分後。乾いた土の上に無様に倒れていたのは、リリアではなくヘンクのほうだった。

ヘンクが崩れ落ちる瞬間を見ていた訓練生たちが、興奮して雄《お》たけびを上げる。一瞬で勝負を決したリリアへの、驚きと賞賛の声だ。

リリアは曲芸師《きょくげいし》のように剣を回転させてから、腰の鞘《さや》に収めた。

「ヘンク・シューリヒトか……聞いたことない名だが、覚える必要もないね」

地に伏したままの対戦者に捨てゼリフを吐いて、リリアはさっさと踵《きびす》を返した。

(弱い……。これなら明日の勝負もなんとかなりそうだわ！)

リリアはほっとして座席のほうに戻っていく。

そのとき、一人の訓練生が背後からリリアの肩に腕をまわしてきた。

「ケビン！　すごいな、お前あんなに強かったんだな！　今まで実力を隠してたのか！」

リリアより頭一つ分背が高く、栗色《くりいろ》のストレートな髪に、茶色の瞳が印象的な好青年だ。男性に触れられた経験があまりないリリアにとって、急に肩を抱かれるのは刺激が強すぎる。リリアは内心の動揺を押し隠して口を開いた。

「え……と、どちら様……？」

ケビンが親しくしている訓練生の情報は、事前に教えてもらっていた。だが、馴《な》れ馴《な》れしくリリアの肩を抱くこの男の容姿は、ケビンから聞いたどの友人の特徴とも合致しない。

彼は爽《さわ》やかな笑みを浮かべると、前髪をさらりとかき上げてこう言った。

「ひどいな、入団したときにチームを組んでいたじゃないか。クリスだよ。ワルキューレ家の……もう忘れたのか？」

ワルキューレ伯爵家の名は、リリアも聞いたことがある。優秀な騎士をたくさん輩出《はいしゅつ》している、軍人一族だ。

そんな王国きってのエリート上位貴族が、ケビンのような弱小貴族の友人であるはずがない。

リリアは、適当にあしらって逃げることにする。

「ああ……そんなこともあったっけ。すっかり忘れてたよ。で、なんの用？　用がないなら離してくれないか？」

「随分冷たいんだな。チームを組んでいた頃は、ケビンのほうからよく話しかけてきたじゃないか」

そんな話は、ケビンから聞いていない。これ以上話していては、いよいよまずい気がしてきた。だというのに、クリスは一向に離れてくれそうにない。

「ところで、お前がさっき使った技、ジュイル派の技だろう。誰に習ったんだ？」

（なんだ、彼はそんなことが知りたかったのね）

リリアに剣技を教えてくれたジョーゼフは、ジュイル派という流派の流れを汲《く》む剣士だと聞いたことがある。だが、そんなことをクリスに教えてやる義理はない。何よりも、これ以上彼と話しているとボロが出そうで、一刻も早く立ち去りたかった。

リリアは馴《な》れ馴《な》れしく肩に乗せられたクリスの手を取り、くるりと器用に体を翻《ひるがえ》して彼の腕を捻《ね》じり上げた。

「つっ！　ケビン、何するんだ！」

「たいした用じゃないみたいだから、僕は行くよ。じゃあね、もう二度と僕に話しかけないでくれ」

そう冷たく言い放つと、リリアは肩を押さえて痛がるクリスを残し、その場をあとにした。

だが他の訓練生たちも、すれ違いざまに祝福の言葉をかけたり、スキンシップをはかったりしてくる。訓練生同士は仲が良いのか、彼らはやけに親しげにじゃれついてくるのだ。

（やたらめったら触《さわ》られたら、さすがに女だとばれるわ。試合の時間以外は、どこかで大人しくしておきましょう）

リリアは訓練生たちのスキンシップを必死にかわしながら闘技場を出た。

ひと気のない方向を選んで進むと、目の前に茶色の煉瓦《れんが》造りの建物が現れた。どうやら、どこかの建物の裏手に来てしまったようだ。

眩《まぶ》しいほど照りつけていた太陽の光が、流れる雲に遮《さえぎ》られて一気に陰る。ふと空を見上げたとき、何か赤いものがふわりと降ってきてリリアの視線を覆《おお》った。

一体なんなのだと手に取ってみると、それは薄い小さな布切れだった。まだほんのり生温《なまあたた》かいそれは、紛《まぎ》れもなく女性用のパンティーだ。

リリアがそう気づくと同時に、建物の窓から女性の甘ったるい声が聞こえてくる。

「やだぁん……ドナルド様ったら、そういうご趣味だったのですわね。ふふふ、私は鞭《むち》を使っていたぶるのも好きですけど、縛られるのも嫌いじゃないの。ああ、早く貴方が欲しいわ。あぁん、せっかちですのね」

開け放たれた窓からの淫靡《いんび》な声に、リリアは一瞬で、何が行《おこな》われているのかを悟った。

恐らくこの赤いパンティーの持ち主が、女性を紐《ひも》で縛るのが趣味の男性と、いかがわしい行為に及ぼうとしているのだ。世の中にはそういう趣味を持つ人が存在するのだと、何かの本で読んだことがある。

(ひ……昼間から……なんて破廉恥《はれんち》なの!?　あり得ないわ！)

リリアは顔を火照《ほて》らせながら、あっけにとられて窓を見上げる。

すると、今度は男性の野太い声が響いてきた。

「お前、いい加減にしろ！　これ以上勝手をするつもりなら、女でも容赦なくベッドに縛りつけてやるぞ！」

その声はかなり興奮している。きっと女性を罵《ののし》って楽しんでいるに違いない。

「あぁ……私、燃えてきたわ。こういうプレイも大好物よ、はぁっ……もっと強く縛ってぇ、ドナルド様ぁ」

女性が我慢できないとばかりに甘ったるい声を出している。

あまりの生々《なまなま》しさに、リリアはその場所から動くことができなかった。

男性との交際経験がないリリアにとって、性行為は未知の領域だった。医学書を読んだので、男性の陰茎《いんけい》を女性の膣《ちつ》に挿入《そうにゅう》するのは知っている。けれどそれはあくまで知識でしかなく、実際の行為がどんなものなのかは想像すらしたことがない。

いたたまれなくなって窓から目をそらすと、別の窓越しに『騎士団本部第一資料室』と書いてあるのが見えた。

それを目にした瞬間、リリアの血の気が引いていく。

(やだ！　私ったら、いつの間にか騎士団本部にまで来ていたのね。早く移動しなくちゃ。訓練生がこんなところをうろうろしていたら、怪しまれてしまうわ！)

一刻も早く立ち去ろうとしたとき、誰かの話し声が近づいてきた。とっさの判断で、リリアはパンティーを近くの木の枝に引っかけ、大木のうしろに隠れる。

ほんの数秒後、少し離れた場所にある裏口の扉が開き、黒い騎士服を着た二人の男性が出てきた。

その服は、正式な騎士団員である証《あかし》だ。

「おい、何色のパンティーなんだ？」

栗色《くりいろ》の短い髪をした騎士が、金髪をうしろで束《たば》ねている騎士に話しかけた。

「赤だと聞きました。この辺りに落ちているはずなんですが……」

どうやら二人はあの下着を探しているようだ。

金髪の騎士が藪《やぶ》をかき分けながら、リリアのほうに近づいてくる。リリアはひやりとしたが、息を殺して様子を窺《うかが》う。

「さすがビビアン嬢だな、あんなに団長を興奮させるなんてさ。今度こそ成功したんじゃないか？」

「ええ、これで団長も身を固めて、毎日家に帰るようになってほしいものです。朝から晩まで訓練ばかりさせられてたんじゃ、こっちは恋人を作る時間さえ持てませんからね。その点、貴方はいいですよね。可愛い婚約者がいるのでしょう？」

「ああ。毎日が薔薇《ばら》色だ。ただ、団長がもう少し訓練の手を抜いてくれたらな……。三十にもなってやっと恋人ができたのに、デートする暇もない」

二人の男は軽い調子でしゃべりながら、だらだらと時間をかけてパンティーを探している。彼らの求めているものはすぐうしろにあるというのに、一向に気づく気配がない。

（もうっ！　そこにあるんだってば！　早く見つけてどこかに行って！）

そんなリリアの願いも虚《むな》しく、金髪の騎士がリリアの隠れている木に近づいてきた。

もう見つかってしまうと覚悟を決めて、リリアは瞼《まぶた》をきつく閉じる。するとそのとき、栗毛の騎士が歓喜の声を上げた。

「ああ、あったぞ!!　よかった！　早くヘンリー副団長のところまで持っていこう」

やっとパンティーを見つけたらしい。彼らは、二人してそちらに走っていった。

「それにしても透《す》け透《す》けのエロい下着だな。こういうの彼女にプレゼントしたら、はいてくれるかな？」

「どうでしょうね。私は、こういう下着はちょっと……。やはり、清楚《せいそ》な色の下着のほうが好みです。恥じらいながら脱ぐ姿が見てみたいですね」

「お前みたいなのが案外むっつりスケベだったりするんだよな。恥ずかしがっている女を無理やり脱がしたがるタイプか……ははっ」

騎士の二人は、そのまま楽しそうに会話を続けながら、裏口から建物の中に戻っていく。

リリアはほっとして、思わずその場にへたり込んだ。ズボンが土で汚れるが、そんなことを気にしている余裕はない。いまだに足が震えている。

（よかったぁ……見つからなくて）

しばらくして冷静になってくると、先程の女性の甘ったるい声が思い出された。

女性は相手の男性のことを、ドナルドと呼んでいた気がする。

（ドナルドって、どう考えてもドナルド・ゲリクセン騎士団長のことよね？　噂通り女遊びが激しいだけじゃなくて、倒錯的《とうさくてき》な趣味まで持つ変態男なのだわ。最低――!!）

騎士団長に対する嫌悪感《けんおかん》を募《つの》らせながら、リリアはその場を離れた。

◇　◇　◇　◇

騎士団本部の三階には、ドナルドの私室がある。ほとんど毎日騎士団で寝泊まりしているドナルドのため、執務用の団長室とは別に用意された部屋だ。

ドナルドが大きなソファーに身を沈めて自分の剣を振りまわしていると、ノックの音がして部屋の扉が開いた。

入ってきたのは、ヘンリー・フレウゲル副団長だった。うしろには、諜報《ちょうほう》部隊の隊員を一人連れている。

「お前か……ヘンリー」

ドナルドがぎろりと睨《にら》みつけると、ヘンリーの背後にいる隊員が小さな悲鳴を上げて立ちすくんだ。

ドナルドはそんな反応を無視して、いまだに剣を振りまわすのをやめない。鋭い刃《やいば》が空気を裂く音が、部屋に響き渡る。少しでも手を滑《すべ》らせれば、近くにいる者の命が危ないだろう。なのにヘンリーは平然と剣の軌道すれすれの場所に立つ。

その様子を見て震えながらも、諜報《ちょうほう》部隊の隊員は懸命に挨拶《あいさつ》した。

「ゲ、ゲリクセン団長。お休みのところ、し、失礼いたしますっ」

彼は諜報《ちょうほう》部隊からたった今入った報告を伝えに来たという。

それを聞いた瞬間、ドナルドは不機嫌だった顔を一瞬で輝かせ、すぐさまソファーから身を起こした。

「バルテス国の主戦派の残党でも紛《まぎ》れ込んだか!? それともこの辺を荒らす野盗の本拠地がわかったのか!? どっちでもいいから、早く情報を寄こせ。居場所さえわかったら、一日で壊滅させてやる。最近は剣を振るう機会が少ないから、俺も騎士隊長たちも退屈しているんだ」

ブルタリア王国は地理にも資源にも恵まれた大国だ。それ故《ゆえ》に他国から狙われている。先の大戦で圧倒的な力を見せつけて勝利したので、今は平和が保たれているが、主戦派の残党が小競《こぜ》り合いを起こすこともあった。

だが、隊員が報告しに来たのは別件らしい。

「す……すみません。あまりたいした情報ではないのですが、野盗のことでご報告に来ました。野盗たちはシームズの森辺りを中心に活動しているようです。馬車を襲って、相手が貴族なら拘束し、それ以外の者は殺してしまいます。さらわれた貴族の家族はすぐ身代金《みのしろきん》を払ってしまうため、なかなか尻尾《しっぽ》をつかむ機会がなく……。隠れ家はいくつか判明しましたが、組織の首領《しゅりょう》や本拠地などはいまだ不明です」

その報告を聞きながら、ヘンリーが眼鏡《めがね》を指で押し上げ、気難しい顔をした。

「困りましたね。シームズの森の近くには、王国の重要な街道が通っています。あの辺りの治安が悪くなると、国益にも影響を及ぼしかねません」

ドナルドは一瞬で不機嫌に戻る。ソファーに深く腰かけ、剣を先程よりも激しく振りまわした。

「ああ……だから宰相の爺《じい》さんや大公が協力しろってうるさいのか。この間、第二王子の剣の相手をしに王城に行ったときも随分長くつきまとわれて、第四騎士団で森を警備してほしいと懇願《こんがん》された。警備なんか騎士の仕事じゃないと言って追い帰したが、あの狸《たぬき》じじいどもは諦《あきら》めんだろう。あの手この手を使って手伝わせようとしてくるに違いない」

宰相や大公は、この国で王に次《つ》ぐ権力を持っている。それを狸《たぬき》じじい呼ばわりした挙句《あげく》、第二王子とも親交があることを明かすドナルドに、隊員はあっけにとられていた。

彼のような一般の隊員は知らないだろうが、ドナルドは国の要職に就く者たちから絶大な信頼を得ており、何かというとみんな彼を頼るのだ。

「そういえば、第二王子は団長のご学友でしたよね。今でも懇意《こんい》になさっているのですか？」

ヘンリーの問いにドナルドは頷《うなず》く。

ゲリクセン伯爵家は、代々王家に仕える名門貴族でもある。貴族の子息が通う学校では第二王子と同級生で、今でもそれなりに付き合いがあった。

第二王子は頭脳派でドナルドとは正反対のタイプであるにもかかわらず、まるで実の兄のように慕《した》ってくる。そんな王子を、ドナルドは少々鬱陶《うっとう》しく思っていた。

「最近、あいつが俺に剣を教えろとうるさいんだ。チェスは嫌いだから誘われてもやらないが、剣はときどき相手をしてやっている」

ヘンリーに向かって答えると、その隣で棒立ちになっている隊員に目が行った。

「おい、お前。もう報告は済んだんだろう？　暇なら諜報《ちょうほう》部隊に戻る前に、俺が剣の稽古《けいこ》をつけてやろうか？」

「い……いえっ！　まだ仕事が残っていますので、私はここで失礼します！」

隊員は間髪《かんはつ》を容《い》れずに言葉を返す。

彼が挨拶《あいさつ》もそこそこに慌てて退出したあと、ヘンリーはまたかというように溜息《ためいき》をついた。

「団長……騎士団の直属ではない隊員を無駄に怯《おび》えさせるのはおやめください」

「そんなつもりはまったくない。あいつらが勝手に怯《おび》えるんだ」

王国の英雄と呼ばれている男が直々《じきじき》に稽古《けいこ》をつけてやろうというのだから、もっと喜んでもいいはずだ。なのに、なぜか彼らは決まって真っ青な顔をする。ドナルドは不満たっぷりに剣を木の床に突き立てた。

「それより、ヘンリー。今日も妙な女が俺の部屋にいたぞ」

騎士団本部は、許可のない者は立入禁止である。だというのに、ドナルドの部屋にはたびたび女が入り込んでいた。

彼女たちを手引きしているのは、騎士隊長たちだ。どうやら彼らは、女っ気のないドナルドを、色気づかせようとしているらしい。

だが、そんなことは余計なお世話で、ドナルドはいい加減イライラしていた。

「ああ、やはりお気に召しませんでしたか」

「気に入るわけがないだろう。今日部屋にいた女はろくに話もせずに服を脱ぎ出して、裸のまま俺に抱き着いてきた。鬱陶《うっとう》しいから押し返したら、縄《なわ》で縛れと言うんだ。だからお望み通りに、指一本動かせないようにしてやったぞ。うるさい口にはさるぐつわを噛ませて、隣の部屋に転がしておいた。後始末は任せる」

それを聞いて、ヘンリーが呆れたように溜息《ためいき》をつく。

「彼女はこの辺りで一番の美女と謳《うた》われているビビアン嬢ですよ。彼女でダメなら、一体どんな女性が好みなのですか？」

ヘンリーがもう一度大きな溜息《ためいき》をつき、眉間《みけん》に皺《しわ》を寄せた。

彼はドナルドにそろそろ結婚しろと、いつも口うるさく言ってくる。執拗《しつよう》に年頃の女を紹介してきたり、ドナルドの好みを聞き出そうとしたり。騎士隊長らが本部に女を招き入れていることも、彼は黙認している。

「俺だって、一度や二度くらい女と関係を持ったことはある。でも、ああいったつまらん行為より、剣を振って体を動かすほうがよっぽど気持ちがいい。面倒で口うるさい女と結婚するくらいなら、剣と結婚したほうがましだ。いっそのこと、本当にこの剣と結婚式でも挙げてやろうか。そうすれば妙な女に言い寄られずにすむだろう」

ドナルドは優しい手つきで剣の刃に触れ、惚《ほ》れ惚《ぼ》れしながら眺める。それを見たヘンリーは、真っ青になってドナルドに縋《すが》りついた。

「そ……それだけはおやめください！　貴方は王国一の騎士なのですよ！」

「だったら、もう俺に女をあてがおうとするな。どんな女を寄こしても、その気にはならんぞ」

ドナルドが女性や結婚に興味を持たないのには、幼少期の経験が少なからず関係している。

父親は若い愛人に溺《おぼ》れていたし、母親も何人もの男と浮名《うきな》を流していた。二人は悪びれることなく、幼いドナルドに向かって『結婚と恋愛は別だ』と主張し、奔放《ほんぽう》な生活を続けた。

そんな両親を見て育った彼は、恋愛や結婚生活になんの夢も抱かなくなったのだ。

「そういえば最近、俺が性豪《せいごう》だなんていう噂が立っているらしいじゃないか。あれもお前らのせいだろう。あの噂のおかげで、どこに飲みに行っても遊び目的の女が寄ってきて鬱陶《うっとう》しい」

「ああ、それは半年前に団長にこっぴどく振られた女性が、悔し紛《まぎ》れに社交界で嘘を振りまいたせいですよ。我々は一切関与しておりません」

ヘンリーが自分たちは無実だと主張する。

「どいつもこいつも、余計なことばかり。ああ、体を動かしていないとイライラする！　これから訓練するぞ！　騎士隊長たちを呼んでこい！　他の騎士隊員も全員だ！　ついでに訓練生も走らせておけ！」

意気揚々《いきようよう》と剣を担ぎ上げ、ドナルドは私室をあとにする。そんな彼のうしろ姿を見て、ヘンリーは頭を抱えた。

「はぁぁぁぁ……王国の英雄とまで呼ばれた男が、三十を過ぎても独身とは頭が痛い」

団長室の窓から下を見下ろすと、騎士隊長らがドナルドに見つかり、無理やり剣の相手をさせられようとしているのが目に入った。

「結婚とは本当に素晴らしいものなのですよ。団長……」

ヘンリーは身重《みおも》の妻と三歳になる娘を想った。

第二章　騎士団長、幻《まぼろし》の少女に会う

「ああ！　もう最低！　試合が終わったかと思ったら、今度は十キロも走らされるなんて！　しかもゲリクセン団長が体を動かしたいからって、どんな理由よ！　一人で走ったらいいじゃないのよ！　あの横暴《おうぼう》変態男が！」

今日の訓練を終えたリリアは、顔も知らないゲリクセン団長への怒りに燃えていた。

すべての試合が終わったあと、訓練生の指導をしている騎士が突然、長距離走をするように命じてきた。なんでも、ゲリクセン団長の指示らしい。

意味のわからない理由で十キロも走らされたせいで、リリアは汗だくになっていた。なのに、今夜は風呂に入れない。

訓練生の部屋には風呂がなく、みんな大浴場を利用している。しかし女であるリリアがそこを利用できるわけがなかった。

それがわかっていたからこそ、試合では極力汗をかかなくてすむよう、あっさりと決着をつけたのに。そんな努力も、あの変態性豪《せいごう》団長のせいで台無しだ。

リリアは仕方なく疲れた体に鞭《むち》を打ち、騎士団の敷地の端にある川まで体を洗いに来た。

周囲に誰もいないことを確認し、シャツとズボンを脱いでいく。胸に巻いていたさらしを取ると、深く息を吸って解放感を味わった。

　服を木の陰に隠して、川のほうに向かう。

　時刻はもう、夜の十二時をまわっていた。

　真っ暗な森を、大きな月が照らし出す。月光が水面《みなも》に反射し、まるで星が川に落ちてきたかのように、きらきらと光り輝いていた。

　川のほとりには芝生《しばふ》が広がっていて、その奥に大きな木が立ち並んでいる。柔らかな風がときどき吹き抜けていき、木々の葉を揺らしてささやかな音を紡《つむ》ぎ出す。

　リリアは辺りに人影がないことをもう一度確認して、ゆっくりとパンティーを脱いだ。ピンクの絹《きぬ》のパンティーを足の先からするりと抜くと、すぐさま冷たい川に入る。

「はあ……生き返るわ！　体中べたべたで気持ち悪かったのよね」

　パンティーもさらしも、汗でぐっしょりと濡《ぬ》れている。だが、リリアはケビンになりすますことで頭がいっぱいで、替えの下着を持ってくるのをうっかり忘れてしまったのだ。下着は川で洗って乾かすしかないだろう。

「それにしても、今夜は綺麗《きれい》な満月だわ。真珠《しんじゅ》のように輝いていて、見ているだけで吸い込まれそう」

　夜に裸で泳ぐだなんて、こういう事態にならなければあり得なかった。こんなこと、きっと他のどんな令嬢だってしたことがないだろう。見つかれば大事《おおごと》になる。でも、その緊張感がリリアの冒険心をくすぐった。

(ふふっ、なんだかゾクゾクしてきちゃったわ)

冷たい水の流れを堪能《たんのう》し、体を一通り洗ったあと、リリアは川の浅瀬に移動した。そこで、さらしとパンティーを洗い始める。

そのとき、対岸で草のこすれる音がした。

「えっ？　何⁉」

音のしたほうを振り向くと、木の傍《かたわ》らに男が一人立っていた。金色の髪をした屈強な体つきの男だ。

男は呆然と立ち尽くしたまま、リリアのほうを食《く》い入るように見つめている。

月明かりに照らされた瞳は、緑がかった青色をしていて、とても美しかった。

(この人……なんて綺麗《きれい》な目をしているのかしら……まるで海の底のような色だわ)

一瞬でその美しさに引き込まれてしまったリリアは、男から目をそらせなくなる。

「どうしてこんなところに、裸の女が……ここは騎士団の森だぞ」

男の低い声で、リリアは弾《はじ》かれたように正気に戻った。

(いけないっ！　そういえば私、真っ裸なんだったわ！　忘れてた！)

すぐに冷静になり、現状を確認する。

リリアはまず、服のある場所に目を走らせた。服は、男が立っているすぐ横の木の陰にある。そこには、護身用にと持ってきた短剣も置いている。

せめて短剣を手元に持っていればよかったのだが、まさかこんな事態になるなんて想像できな

かったのだから仕方がない。

（どうしてこんな時間に人が来るのよ！　おかげで知らない男性に裸を見られてしまったじゃない！）

男に悟られずにあそこまで辿《たど》り着き、服と武器を手にして逃げなければ……一糸《いっし》まとわぬこの姿では、貞操《ていそう》が危ないかもしれない。理想の紳士に会えるまでは大事に取っておくつもりの純潔を、見知らぬ男に奪われるわけにはいかない。

リリアは心を落ち着けて、男をじっくりと観察してみた。

その胸についた筋肉の厚さを、シャツの上からでも窺《うかが》い知ることができる。まともに組み合ったら、リリアが負けるのは間違いない。

ならば、どうにかして男の気をそらすしかなさそうだ。そこでリリアは、やむなくある手段を取ることにした。

（どうせ裸は見られてしまっているのよ。だったらここは、それを利用するのが得策ね。男性を誘惑した経験なんてないけれど、やってみるしかないわ）

リリアは自分の身を守るため、あえて彼を誘惑して主導権を握ろうと考えた。

目を細めて、精一杯妖《あや》しく微笑む。そして昼間の女性を真似して、色っぽい声を出してみた。

「そこを動かないで……じっとしていて」

男の前で裸を晒《さら》していると思うと、恥ずかしさに目が潤《うる》んで、頬が熱くなってくる。

けれども男に隙を見せてはならない。か弱い少女だと思われたら、すぐにでも襲われかねないからだ。

リリアは唇を震わせながらも勇気を振り絞り、体を隠したくなる気持ちを抑えて逆に胸をそらした。

（は、恥ずかしい！　胸を見られるなんて初めてだわ！　私の裸……どこか変だったりしないわよね!?）

なるべく堂々として見えるようにふるまうと、彼は魂《たましい》を奪われたかのごとく惚《ほう》けた表情をした。

「なんて美しさだ……君は、空から舞い降りてきた天使なのか……？」

リリアの誘惑は、どうやら成功したようだ。

安心したリリアは、川の中を歩いて男に近づき、川べりに腰を下ろした。そうしてゆっくりと見せつけるように両足を水から引き上げる。

水滴が体を伝《つた》う感触と、男の舐《な》めまわすような視線に、背筋がぞくりとする。

その間、男は微動《びどう》だにせずリリアを一心に見つめていた。

（この人、私の言ったことを律儀《りちぎ》に守っているのね。本当に指一本さえ、動かしていないもの。なんだかおもしろくなってきちゃったわ）

この調子でいけば、服も短剣も簡単に回収できそうだ。

そう思ったとき、男が我に返ったように突然声を上げた。

「待て……君が天使だなんて、あり得ない！　騎士団に潜入したスパイかもしれないじゃないか」

（まあ、そう思うのが普通よね。だとしても、ここであっさり認めるわけにはいかないわ）

リリアは男の言葉を冷静に受け止め、こう切り返す。

「スパイは無防備に裸で水浴びしたりしないわ。疑《うたぐ》り深い男は嫌いよ」

男を睨《にら》みつけながら、リリアは頬を膨《ふく》らませてみせる。男は気まずくなったようで、ぱっとリリアから視線を外し、地面に向けた。

(あら、こんなにすぐ人を信じちゃうだなんて、意外に素直で可愛いかも。この人、騎士なのよね？　訓練生にしては歳が行きすぎているし、この体躯《たいく》……騎士じゃないっていうほうが不自然だもの)

男の立ち姿には隙がなく、相当な手練《てだ》れであることがわかる。彼がその気になれば、リリアなど簡単に捕らえられてしまうだろう。

(このまま彼の横を通って、服のある場所まで行くのは難しそうね。もう少し隙を作れないかしら)

そこでリリアは、一糸《いっし》まとわぬ肢体《したい》を手で隠そうともせず、再び男のほうに近づいていった。

その気配を感じた男が顔を上げ、戸惑ったようにリリアを見る。

互いの視線が、深く絡まり合う。男との距離が縮まるにつれ、彼の容姿が暗闇に浮かび上がり、よりはっきりと見えてきた。

(この人……案外整った顔立ちをしているわね。この瞳も、海のような青色に、新緑の色が放射状に溶け込んでいて……なんて綺麗《きれい》なのかしら……)

男の瞳を見ていると、彼がリリアを無理やり襲うような人間には思えなくなってきた。

先ほどまでの危機感も忘れ、まるで吸い寄せられるかのように、リリアの足は男に向かっていく。

気がつくとリリアは、男の体に触れるか触れないかというところまで身を寄せていた。

ふと我に返った途端、急に恥ずかしくなってくる。思わず視線を下ろすと、今度は男の胸元に惹《ひ》きつけられた。

くつろげられたシャツの隙間から、逞《たくま》しい大胸筋がちらりと見える。滑《なめ》らかな筋肉の曲線は、芸術といってもいいほどに美しかった。

（……すごい筋肉だわ、触れたらどんな感じなのかしら……。ああ……触《さわ》ってみたい……）

リリアの口から、自然と溜息《ためいき》が漏れる。

すると男が身じろぎし、くぐもった声を発《はっ》した。その腕がピクリと動いたのに気がついてするりと男の腕から逃《のが》れ、その隣に立つ。

「貴方が少しでも動けば、私は帰ってしまうわよ」

男は切ない目でリリアを見て、それから絞り出すように言った。

「……疑ってすまなかった。だからお願いだ、今すぐ君を抱かせてくれ。もう我慢できそうもな……――っ!?」

男の言葉が不自然に途切れた。彼は自分の発言が信じられないとでもいうように、口に手を当てて驚いた顔をしている。

そしてリリアのほうも、男の言葉に衝撃を受けていた。

（待って。今、抱くって言ったわよね!?　やっぱりこの人、私の純潔を奪おうとしているんだわ！）

リリアの表情がこわばったことに気づいたのか、男は慌てて言いわけをした。

「ち、違うっ！　いつもこんなことを言っているわけじゃない！　今までどんな女性を見ても、抱きたいと思ったことはないんだ！　だけど今は自分でも感情を抑え切れない……初めてなんだ、こんなのは……こんなのは、君だけだ！」

男はなりふり構わず必死に訴えてくる。そんな男の様子を見て、リリアは少し意地悪をしたくなった。

「……貴方、そんなに私を抱きしめたいの？　我慢ができないくらいに？」

抱きたいという言葉の意味は、さすがのリリアでも理解している。ただ、ちょっとした出来心で、この男を困らせてやりたくなったのだ。

リリアの思惑通り、男は困惑した表情でリリアを見る。

「何……を、言っている……？」

「そこまで言うなら抱きしめさせてあげてもいいわ。そのかわり、私のお願いも聞いてくれる？」

あくまでも性的な意味だと知らない無垢《むく》な少女を装《よそお》い、清らかな瞳で男を見る。すると男は、リリアの心の内を見透《みす》かしたかのように、ふっと笑いを零《こぼ》した。

「ああ、もう何もかもどうでもいい。これほど俺の心を乱した女は初めてだ。君になら、俺のすべてを捧げてもいい」

青緑色の瞳を輝かせ、堂々と答えるさまは、とても男らしく見えた。急に恥ずかしくなったリリアは、素《そ》っ気《け》なく目をそらす。

「お……大袈裟《おおげさ》ね。出会ったばかりの女に、何を言っているのかしら。それに、私は貴方のすべてなんて欲しくないわ」

「ははっ、手厳しいな。でも、そんなところも最高に好みだ。従順に笑っているだけの女なんか、見るのもごめんだからな。君は本当に可愛い」

(やだ、なんだか調子が狂《くる》っちゃう。生意気だとか、男勝《おとこまさ》りだとか……そういうふうに言われたことはあるけれど、この人はそんな私を好みだって言うのね……。しかも可愛いだなんて)

胸がじんわりと温かくなって、甘い熱が全身に広がっていく。その感覚に、リリアは心を躍《おど》らせた。頬を熱くしながら、ぎこちなく視線を男に戻す。

その仕草に煽《あお》られたのか、男はリリアを抱きしめようと腕を伸ばしてきた。

それに気づいてリリアは再び釘《くぎ》を刺す。

「勝手に動かないで。私の言う通りにしないのなら――」

「すまない！　もう絶対に動かない！　だから俺から逃げないでくれ！　頼む！」

男は両手を上げて降参の意思を示した。大きな体躯《たいく》に似合わず必死で謝る男を見て、リリアの心に、猛犬を飼いならしたかのような征服感が湧いてくる。

(まるで誰の言うことも聞かない大型犬が、私の命令だけを聞いているみたいだわ)

調子に乗ったリリアは、彼の顔を横目で見ながら微笑んだ。

「ふふ……いいわよ。貴方が私との約束を守る限りは、そのお願いを聞いてあげる。貴方の前から逃げないわ」

男は両腕を上げたまま微動《びどう》だにせず、切なそうに目を細める。彼はもうリリアの言いなりだ。そのまま目を閉じて動くなと命じれば、リリアは服を着て逃げ出すことができるだろう。

なのにリリアはそうしなかった。この男の腕に抱きしめられたら、どんなに心地いいのだろうか。

そんな好奇心が、リリアに言葉を紡《つむ》がせる。

「じゃあ、約束通り抱きしめるだけよ……。先に私が触れるから、いいって言うまで貴方は動かないで」

そう言うと、リリアはゆっくり男に身を寄せた。こんなふうに男性に近づいたことなど一度もなかったので、自分の高鳴る鼓動に気づかれてしまうのではないかと緊張する。

だが右頬を男の筋肉質な胸に押しつけた瞬間、そんなことはすぐに忘れた。

ドクン、ドクン、ドクン……

男の胸から、リリアのそれよりも大きな心臓の音が聞こえてくる。

(この人……すごく緊張しているのね。私よりかなり年上みたいだし、それなりに経験もありそうなのに。ふふ、なんだか可愛い)

安心したリリアは、そのまま全身を彼の体にゆっくりと密着させる。

なんだか笑い出したいような……楽しくて仕方がないというような……くすぐったい気持ちだ。

そろりと腕を男の背中にまわして、シャツをぎゅっと握りしめる。

その状態のまま、リリアは彼の胸の鼓動に耳をかたむける。

ドクン……ドクン……ドクン……ドクン……

（この人の心臓の音を聞いていると、なぜだか安心するわ。ずっとこうしていたら、どっちがどっちの心臓の音だかわからなくなるわね）

「……もう抱きしめていいわよ」

リリアがそう呟《つぶや》くと、男は我慢の限界と言わんばかりにすぐさま腕をまわし、彼女をすっぽりと包み込んだ。

もっと乱暴に抱きしめられるかと思っていたが、男は壊れやすいものに触れるように優しく抱きしめてくる。男の胸の鼓動はさらに激しさを増し、その腕はなぜか小さく震えていた。

全身で男を感じた瞬間、リリアの胸がきゅうんと締めつけられるように痛む。

（おかしいわ。私の理想の男性は洗練されていて気品のある紳士だというのに、どうしてこんな気持ちになるのかしら）

「出会ったばかりなのに、俺は君を心の底から愛してしまったらしい。白々《しらじら》しく聞こえるかもしれないし、自分でもおかしいとわかっている。だが、こんなに誰かを愛《いと》しいと思ったのは初めてなんだ」

落ち着いた低い声で言われ、リリアの後頭部が男の息でほんのり温かくなる。ひときわ高鳴る彼の鼓動が、その言葉が真実であると告げていた。

しばらくして男が腕の力を緩《ゆる》めたかと思えば、金色の前髪を揺らしてリリアに顔を近づけてくる。

びっくりしたリリアがギュッと目をつむると、彼の肉厚な唇がリリアのそれに重なった。

その瞬間、唇の先にまるで火を灯されたような熱さを感じてたじろぐ。けれどもすぐに、繭《まゆ》の中にいるかのような安らぎがリリアの体に広がった。

「ふっ……んんっ……」

リリアの口から、言葉にならない快楽の声が漏れ出す。すると男は再び腕に力を込めて、リリアの腰を抱き寄せた。

二人は互いの体を隙間なく寄り添わせ、唇を重ね続ける。

リリアは男の口づけに酔いしれ、それに溺《おぼ》れた。

うっとりしていると、唇をゆっくりと割って何かが入ってきた。

(ちょ……この熱くてぬるっとしたものって、もしかして……!?)

驚いたリリアは、思わず男の背中に爪を立てる。だが男はそれに怯《ひる》まず、リリアの口内を舌で凌《りょう》辱《じょく》し続けた。体が浮き上がるような心地よさに、他のことなどどうでもよくなってくる。

(あぁ、なんて気持ちいいのかしら。体を溶かされていくみたいな……そんな感じだわ……)

男は歯列をなぞり、舌を絡ませ、リリアのすべてを味わい尽くさんとする。ぐちゅり、ぐちゅり、と互いの唾液が混じり合う音が何度も耳の中でこだました。

(ダメっ、こんなの……まるで生きたまま食べられているみたい。このままじゃ、おかしくなってしまいそう)

男がリリアの唾液を啜《すす》り取り、ゴクンと呑み込む音が聞こえる。リリアは反射的に、もう一度男の背中に爪を立てた。

男がはっと我に返ったように、慌てて唇を離した。絡まった唾液が互いの唇から糸を引き、途中で切れて落ちる。

「すまない……泣かせるつもりはなかったんだ。そんなに嫌だったのか？」

男に言われて初めて、リリアは自分が泣いていることに気がついた。それがなんの涙なのかわからないまま、男のシャツを強く握りしめる。

「ちがっ……でも……だって……キスなんて初めてだし、舌を入れられただけでも驚いたのに……他人の唾液を呑むなんて、そ……そんなのおかしいわっ」

リリアは涙を拭《ぬぐ》おうともせず、震える声で抗議した。その必死な様子を見た男は、微笑ましいと言わんばかりに苦笑を漏らす。

「ははっ、君にとっては初めてのキスだったのか。どうりでぎこちなかったわけだ。君の歯が当たって、俺の口の中が少し切れたからな」

男の態度と言葉に、リリアの顔に怒りで熱が集まる。彼女は男に向かって、大きな声で叫んだ。

「初めてだからって馬鹿にして、ひどいわ！　この鉛《なまり》みたいに重い腕をさっさと離して!!」

「嫌だ。離せばどこかに行ってしまう気なんだろう？　君が天使でもスパイでも、もうどうでもいい。俺が捕まえたんだ。二度と離したくない」

「何を言っているの？　約束と違うわ！　次は貴方が私のお願いを聞いてくれる番でしょう？」

戸惑いつつも、リリアは男をキッと睨《にら》みつけた。だが、男は嬉しそうに笑うばかりで、腕の力を緩《ゆる》める気はまったくなさそうだった。

それを見たリリアは、すぐに反撃に出る。肉を喰《く》らう前の獣《けもの》のように狙いをさだめ、男のシャツから覗《のぞ》く胸元に思い切り噛みついた。

「――っつぅ!!」

男が鋭い叫び声を上げた。彼の顔からは笑みが消え、苦痛の表情を浮かべている。それでもリリアを切なく見つめたまま、腕をほどこうとはしなかった。

だからといって、リリアもここで諦《あきら》めるわけにはいかない。

(たとえ肉を噛みちぎってでも、腕を離してくれるまでは絶対にやめないんだから！)

必死で食らいついていると、リリアの瞳が次第に潤《うる》んできた。やがて、許容量を超えた涙が頬を伝《つた》い始める。

すると男はついに降参したのか、腕をそっと離してくれた。

リリアは噛みつくのをやめ、彼から逃《のが》れるようにあとずさる。

「……ひどいわ……約束を破るなんて……」

「すまない！　なんでもする！　だから行かないでくれ!!」

懇願《こんがん》する男を責めるように、リリアは鋭い目で彼を睨《にら》んだ。

「……そのシャツを脱いで、私に背を向けて座ってちょうだい」

冷たくそう言い放つと、男は大人しく背を向けて地面に腰を下ろし、脱いだシャツをうしろにいるリリアに差し出す。

「一体、何をする気なんだ？」

シャツを受け取ったリリアは、無言で川のほうに歩いていった。シャツにほんの少し細工をしてから、男のところへ戻る。

「貴方は信用できないわ、だからこれで縛っておくの」

そう言って、シャツで男の腕をうしろ手に縛り上げた。

それからリリアは男の前にまわり込み、彼の左胸についた歯形に目を向ける。

「まだ血が出ているわ。結構傷が深いみたいね……」

血を止めるためにそこを二本の指で強く押さえた。

(かなり痛むはずなのに、この人ったらまったく平気な顔をしているのね)

それどころか、男は心底面白いといった表情でリリアを見ている。

「ふっ……剣でつけられた傷はたくさんあるが、女に噛まれてできた傷は初めてだ」

そう言う男の体には、たくさんの傷痕《きずあと》が残っていた。そのどれもが剣によるものだとわかる。

「わ、私は絶対に謝らないわよ。約束を破った貴方が悪いのだから」

少しやりすぎたかもしれないと思いつつも、ここで下手《したて》に出るわけにはいかず、リリアはふいっと顔をそらして言った。

そんなリリアの振る舞いを見て、男は楽しそうに笑う。

「ははは っ……！」

(この人、どうして笑っているの!? きっと私をお子様だと思って馬鹿にしているんだわ！ ぎゃふんと言わせてやりたい！)

リリアが怒りを燃やしていると、男が笑いながら口を開いた。

「君につけられる傷なら大歓迎だ。なんならもう一度噛んでもいいぞ。俺に噛みついてきたときの表情も、戦いの女神のようで美しかった」

男がそんなふうに言うので、リリアはますます腹が立ってくる。

「そう……じゃあ遠慮なく噛ませてもらうわ」

「えっ……？」

不思議そうな顔をしている男に向かって、リリアはにっこりと笑みを浮かべた。

男の前に膝《ひざ》をつくと、彼の両肩に手を乗せ、唇を開いて胸に顔を寄せる。鋭い歯が男の肌に触れようとした瞬間、彼はぴくりと反応した。

男が身構えたのを見て、リリアはくすりと笑う。

そのまま顔を上げてもう一度男に微笑みかけると、彼の唇にキスを落とした。男がリリアにしたのと同じように、その隙間を割って舌を潜《もぐ》り込ませる。

男の口内は、リリアのそれよりも温かく、唾液で潤《うるお》っていた。歯の間をこじ開けて熱い舌を絡め取り、執拗《しつよう》に舐《ねぶ》る。

唾液が男の口の端から漏れ、顎《あご》をつーっと流れていった。

「っ……」

男が唇を重ねたまま小さく声を漏らした。

リリアは唾液を啜《すす》り上げ、ごくりと呑み込む。そうしてゆっくりと唇を離し、勝ち誇ったような笑みを浮かべた。

そんなリリアを、男は惚《ほう》けた表情で眺めている。

「ふふ……貴方こそ、なんてキスが下手なのかしら。色々経験がおありのようだけど、こんな拙《つたな》いキスじゃ、全然気持ちよくないわ」

「……もしかして、俺がさっき言ったことをまだ気にしていたのか？」

男が面白がるような表情でリリアを見つめた。してやったりと思っていたのに、まったく応《こた》えていない男の様子に、リリアは怒りを露《あら》わにする。

「い、今のキスは忘れてちょうだい！　絶対に思い出しちゃダメよ。わかったわね！　じゃあ、さよならっ！」

そう言ってリリアは、男の肩をどんっと突き飛ばした。仰向《あおむ》けに転がった男は、うしろで両腕を縛られているので、すぐには体勢を立て直せない。

その隙に、リリアは自分の服と短剣を素早く回収する。

「……っ！　待てっ！　せめて名前だけでも教えてくれ！」

男の悲痛な声が聞こえてきたが、リリアは構わず逃げたのだった。

◇　◇　◇　◇

「っ！　ちくしょう！　どうしてほどけないんだっ！」

ドナルドの腕には、非力な少女がやったとは思えないくらい頑丈《がんじょう》にシャツが巻かれている。全力で身をよじっても、少しも緩《ゆる》まなかった。どうやら川の水で濡《ぬ》らしてから縛ったらしい。それに気がついたドナルドは、感嘆の声を上げて笑った。

「いつの間にこんなことを……。ははっ、なんて機転だ」

すでに手の届かない場所にまで逃げたのだろうと、シャツをほどくのを諦《あきら》めて地面に寝転ぶ。そうして草の上に横になりながら、少女が走り去った方向をじっと見つめた。

少女の姿を、その熱を……記憶に焼きつけるように思い返してみる。

川の水を浴びて、透明な滴《しずく》で飾った美しい裸体《らたい》。とろけるように甘い妖艶《ようえん》な微笑み。銀の睫毛《まつげ》にふち取られた、強い意思の宿った青い瞳。

彼女はドナルドの心を翻弄《ほんろう》したかと思えば、キスされただけで狼狽《ろうばい》していた。その姿を思い出すだけで、息ができなくなるほどに胸が高鳴る。

それから可愛い抵抗を見せつけられて……。思わず抱きつぶしたくなるほどに愛らしかった。

この場から逃げ出す小さな背中を思い出すと、後悔の波が押し寄せてくる。

どうして少女が、深夜に裸でこんな場所にいたのかはわからない。でも、そんなことはどうでもよかった。

あのとき、自分が約束を守ってさえいれば、少女はまだここにいてくれたのだろうか。あの愛らしい声で、可愛い言葉を紡《つむ》いでくれたのだろうか……。

ドナルドの胸がじくりと痛む。それは、剣やナイフで刺されたときとは違う、心臓を絞られるような甘美《かんび》な痛みだ。

少女を想えば想うほど、頭がおかしくなりそうで、もしかしてあの少女は幻《まぼろし》だったのではないかとすら思えてくる。

だが、胸に残された噛み痕《あと》が、彼女が現実に存在することを証明していた。

しばらく横たわっていたドナルドは、ふと地面に落ちている小さな布に目をとめた。半身を起こし、腕に巻きつけられたシャツを力任せに引き裂くと、その布を拾い上げる。

それは、ピンク色をした女性の下着だった。おそらく、あの少女のものだろう。

ドクンと胸が高鳴り、感情が激しく揺さぶられる。

ドナルドは、下着を大事に握りしめると、ズボンのポケットにしまった。

三十二歳にもなる王国の騎士団長が、名前すらわからない少女の下着を持ち歩くなど、あるまじきことだ。だが、ドナルドはそんなことなど気にもならなかった。

あの少女を見つける手がかりになるなら、それがなんであろうと手放したくない。

「俺はあの少女を必ず見つけ出す。そして、絶対に手に入れてみせる！」

今までの人生で、これほど心から欲しいと思ったものは他にはなかった。

ドナルドは決意して、少女が消えていった暗闇を見つめた。

◇　◇　◇　◇

見知らぬ男の手から間一髪《かんいっぱつ》で逃《のが》れたリリアは、騎士訓練生の寮にこっそり戻ってきた。

（ああ、危なかった！　まだ心臓がバクバクしているわ！）

いまだに震える足を必死で動かし、つま先立ちで廊下を歩く。就寝時間など、もうとっくに過ぎている。部屋に入ると、同室のハンスは寝息を立ててぐっすり眠っていた。

ベッドまで辿《たど》り着いたリリアは、柔らかいマットに体を沈み込ませる。その心地よさに溜息《ためいき》が出たが、お尻の辺りに違和感がある。

実は、男から逃げる際にパンティーを忘れてきてしまったのだ。だからリリアは、下着なしで直接ズボンをはいている。

明日屋敷に帰る前に、もう一度あの場所に行ってパンティーを探してみようと思った。

とても疲れているはずなのに、目が冴《さ》えて眠れそうにない。

自《みずか》らがとった行動を思い返すと、恥ずかしさで叫び出したい衝動に駆られる。見知らぬ男性に生まれたままの姿を見られてしまったことへの羞恥心《しゅうちしん》も、あらためて湧いてきた。

それに、生まれて初めてのキス……

口元に手を当てて、男の唇の感触を思い出す。

（キスがあんなに気持ちのいいものだったなんて、知らなかったわ……）

リリアは、先ほど見た男に思いを馳《は》せる。

まず浮かんでくるのは、彼の切ない瞳だ。青緑色の宝石のようなそれは、とても綺麗《きれい》だった。

体についた無数の傷痕《きずあと》から考えて、男は騎士に違いない。

かなりきつく腕を縛ってしまったが、無事本部に戻れただろうか。それに、思い切り噛んだ胸の傷も心配だった。

（あの人がその気になれば、私を力でどうとでもできたはず。なのにそうしなかったわ）

たとえリリアが短剣を手にしていたとしても、あの男に敵《かな》うとは思えない。

そう考えると、裸のリリアを前に、男はそこそこ紳士的だったと言わざるを得ないだろう。

現に、彼はリリアの言うことをきちんと聞いていたし、最初のキスのあとを除けば、嫌だと言ったらすぐに力を緩《ゆる》めてくれた。

（すごく可愛くて、単純で……。もう、二度と会えないのかしら）

なぜか男のことばかりが頭に浮かんで、結局リリアはほとんど眠れずに朝を迎えた。

◇　◇　◇　◇

「団長、複数の騎士が、体が動かないからと休みを申し出ていますよ。彼らに限界まで訓練させるのはおやめくださいと、何度も申し上げたはずです。みんなが団長のように、化け物並みに体力があるわけではないのですか……ら……だ、団長……？」

翌朝、団長室を訪れた副団長のヘンリーは、団長の姿を見て度肝《どぎも》を抜かれた。

部屋の真ん中で床の上に座り込み、周りに山ほどの書類を広げている。部屋のあちこちに紙が散乱していて、足の踏み場もないくらいだ。

「な……何をなさっているのですか？」

「ああ、ヘンリー。ちょっと人を探していてな。いいところに来た。お前も手伝え」

ヘンリーのほうを見る時間も惜《お》しいのか、団長は書類から顔も上げずに言った。

「誰をお探しなのですか？　団長の訓練に付き合ってくれそうな元気な若者ですか？」

書類仕事が一番嫌いな団長が、二番目に嫌いな文字を読んでまで探している人物とは、一体誰なのか。ヘンリーには心当たりがなかった。

「違う……俺が探しているのは昨日の深夜にそこの川で泳いでいた少女だ。たぶん歳は十七、八くらいで、銀の髪にサファイアよりも濃いブルーの瞳をしていた。お前、知らないか？　この辺に住んでいるはずなんだが」

団長が女性を探しているなど、にわかには信じがたい。今まで何人もの魅力的な女性に言い寄られていたが、誰にも興味を示さなかったのだ。

脳まで筋肉になってしまったせいで、おかしくなったと言われたほうが、まだ信じられる。

そんな内心を押し隠し、にこやかに微笑んだままヘンリーは言う。

「若い女性に興味がおありでしたら、昨日、団長が縄《なわ》で縛り上げたビビアン嬢はいかがですか？確か彼女は青い目をしていたと思いますし、髪も銀色に染めてもらいましょうか？　赤の下着が団長のお気に召さなかったようだと悔いておられましたし、呼べばすぐにでも来てくれると思いますよ」

「下着？　ああ、下着といえばヘンリー、これを見てくれ。昨夜の少女が忘れていったんだ。手掛かりにはならないか？」

そう言って、団長が胸ポケットから小さなピンク色のパンティーを取り出した。それを見たヘンリーは、普段の冷静さを一瞬で失う。

「ど……どうして団長がそんなものをお持ちなのですか⁉　――はっ！　もしや……」

誤解を恐れたのか、団長がパンティーを握りしめたまま慌てて否定する。

「違うっ！　あの少女が忘れていったから拾っておいただけだ。あんな場所に置いておけば、他の男が持って行くかもしれんだろう。それだけは絶対に嫌だったんだ！」

「だからといって、ポケットに入れておく必要性はないのでは？」

ヘンリーはもっともな指摘をし、冷たい目で団長を見る。

「……持っていないと、落ち着かないんだ。これは彼女が残した唯一のものだからな。変態だと言うなら言え。だが、なんと言われようと俺はこれを手放す気はないぞ。たとえお前であっても、絶対に触《さわ》らせない」

団長がここまで執着するなんて、その少女に一度会ってみたいものだ。

ヘンリーが感心していると、団長はうっとりしながら少女について語った。

「彼女は極上の女だ。傾国の美女のように気高く妖艶《ようえん》に笑ったかと思えば、次の瞬間には無垢《むく》な乙《おと》女《め》のような恥じらいを見せて……それに、俺から逃げ出したときの機転も素晴らしかった」

逃げ出した――その言葉に、ヘンリーは真っ青になる。

「まさかとは思いますが、その少女の下着を無理やり脱がすような行為に及んだのでは……」

「おかしなことを言うな！　俺が見つけたときには、彼女はすでに裸だった！」

「ああ、ほっとしました。ということは、団長がその少女に無理やり何かしたわけではないのですね？」

ヘンリーが胸を撫《な》で下ろした直後、団長が頬を赤らめ、照れくさそうに目をそらした。ヘンリーの背筋に冷たいものが走る。

（下着を放置してまで逃げたということは、少女にそのつもりはなかったということになる。つまり……）

ヘンリーは最悪の想像をして、慌ててその考えを否定した。

（いや、そんなことあるはずがない！　この辺りで一番と言われる美女の裸を前にしても、縄《なわ》で縛って放置するような人だぞ？　これまで女性にほとんど興味を示さなかった団長が……そんなことをするわけが……でも……！）

「もしかして、十七、八歳くらいの銀髪に青い目をした幼気《いたいけ》な少女を襲って、強引にイタしてしまったんじゃないでしょうね!?」

「はは、何を言い出すかと思えば。あれは合意の上での行為だった。しかもどちらかといえば、俺が襲われたようなものだ。ほら、見てみろ。ここに歯形が残っているだろう？　少女が俺を噛んだんだ。この俺を噛む度胸のある女がいるなんて感動したよ」

団長は照れくさそうにシャツをはだけさせて、胸に残された歯形を見せつけてくる。

ヘンリーは全身から血の気が引いていくのを感じた。

（なぜそういう結論になるんだ!?　うら若き女性が男の……しかもこんな大男の厚い胸板に噛みつ

いただなんて、よほどの状況でなければあり得ない！　普通に考えれば、彼女が団長を拒絶していたことは明らかなのに！）

その少女は必死に抵抗したのだろう。彼女の恐怖を思うと、ヘンリーは申しわけなさでいっぱいになった。

（なんとしてもその少女を先に見つけ出して謝罪し、団長から遠ざけてしまわないと！　少女にもう一度会ったら、団長は何をしでかすかわからない！）

ヘンリーは努めて平静を装《よそお》いながら、床の上に座り込んで書類を読みふける団長を見た。

「少女のことは、私がなんとしてでも探し出します。なので団長は、安心して訓練にいそしんでください。それに飽きたら、五十キロでも百キロでも走られるといいでしょう」

万が一にも、自分より先に見つけられてはいけない。そう思ったヘンリーは、団長の気を少女からそらすことにした。

だが団長は、ヘンリーの提案にやや怪訝《けげん》な顔をする。

「お前がそんなことを言うなんて珍しいな。だが、俺は一刻も早く彼女を見つけたいんだ。お前のことは頼りにしているが、人に任せてなんかいられない。あんなに可愛らしいんだから、うかうかしていると他の男に取られてしまうかもしれん」

「ですが、団長が直々《じきじき》に探すのはおやめください。そんなことをしたら、大騒ぎになってしまいますし、その少女にとってもよくないことだと思いますよ。私が騎士隊長たちに頼んで内密に探させますから、団長はどうかいつも通り訓練に励《はげ》んでいてください」

ヘンリーのもっともな意見に、団長は渋々《しぶしぶ》ながらも頷《うなず》いた。

「……わかった。今は大人しくしておく。だが、少女を見つけたらすぐに知らせてくれ。俺が迎えに行くまで、他の誰にも見せるなよ。あれはもう俺のものだ。誰にも渡さない」

あまりの執着っぷりに、ヘンリーはますます不安になってくる。

（あれほど女性に無関心だった団長が、まだ十代の少女にここまで夢中になってしまうとは。そんなに魅力的な少女だったとでもいうのか……）

「一つお伺《うかが》いしておきたいのですが、その少女を見つけたら、団長はどうするおつもりなのですか？」

ヘンリーは内心の混乱を必死に押し隠し、震える声で質問する。

「そうだな……とりあえずは俺の家に引っ越してきてもらうことにしよう。それからすぐに結婚の準備に取りかかる。俺はこれでも貴族だし、国の英雄だからな。たとえ彼女がどこかの国の王女だったとしても、まったく釣り合わないわけではないだろう」

団長は少女との幸せな未来でも想像しているのか、恍惚《こうこつ》とした表情を浮かべる。

（どこかの国の王女が、深夜に騎士団の敷地内の川で泳いでいるわけがないでしょう！　あぁ、団長はすでに正常な判断能力を失っている。副団長である私がしっかりしなければ……！）

ヘンリーは大きく深呼吸をし、己《おのれ》を奮《ふる》い立たせた。

団長よりも先に少女を見つけて、早急に事を収めなくては。団長が少女を無理やり襲ったことが噂になれば、第四騎士団の存続が危ぶまれる。

（私には大切な家族がいるし、来年生まれてくる子供もいるのだ。こんな大事なときに職を失いたくない。慎重に動かなければ……）

ヘンリーは心してこの件に取りかかることにした。


その数時間後。ヘンリーは副団長室の重厚な執務机に座り、絶望に身を震わせていた。

「……なんだと？　もう一度……もう一度報告してくれ」

目の前に立つ騎士隊長に聞き返すと、彼は両腕を体のうしろで組んで報告する。

「ヘンリー副団長、周辺の村を捜索しましたが、該当の少女はおりませんでした。この辺りの村では、濃い茶色の髪をした者がほとんどです。青い目をした少女なら珍しくありませんが、銀の髪となるとかなり目立ちますし、もしそんな少女がいたら、すぐに噂になるでしょう」

ヘンリーは谷底に突き落とされたような気分になる。深夜にあの川にいたというのだから、近隣の村の娘だろうと思っていた。そうでないとするなら、団長が襲った少女というのは、一体どこの誰なのだ。

「ところで副団長、その銀髪の少女がどうかしたのですか？」

騎士隊長が不思議がって尋ねてくるが、ヘンリーはすげなく返す。

「それは知らなくていいことだ。少女を見つけたら、私に知らせてくれるだけでいい。ご苦労だった、もう下がっていいぞ」

まだ何か聞きたそうな彼に、目で退出を促《うなが》す。彼が部屋から出ていったことを確認してから、へンリーは机に肘《ひじ》をついて頭を抱えた。

「いない……少女がどこにもいない……一体どういうことだ？　団長は誰に会ったんだ？」

ヘンリーが考え込んでいると、団長が満面の笑みを浮かべて副団長室に入ってきた。調査に出ていた騎士隊長が戻ったのを知って、すぐやってきたに違いない。

「ヘンリー、どうだ？　あの少女は見つかったか？」

開口一番にそう聞かれて、芳《かんば》しい成果は得られていないことを話した。

自《みずか》ら探しに出ようとする団長をなんとかなだめすかして、もう少し調査に時間をもらえるよう説得する。

団長は渋々《しぶしぶ》といった様子ではあったが、どうにか納得してくれた。

それから仕事をすると言って団長室に戻ったものの、十分おきに副団長室にやってきては、少女のことを尋ねてくる。

それを繰り返しているうちに、とうとう副団長室から離れなくなってしまった。

「彼女は最高の女性だ。頭の回転だって速いし、俺に対抗してくる度胸もある。それに、信じられないほど魅惑的なんだ。最初は俺が彼女に（舌を）入れたんだが、二回目は仕返しだと言ってあっちのほうから入れてきた。どうだ、可愛いだろう」

団長の口から語られる恐ろしい話に、ヘンリーは全身を震わせた。

（て、抵抗する幼気《いたいけ》な少女を二回も襲ってしまったなんて。団長！　いくらその少女が魅力的だったとしても、非道すぎます！　鬼畜《きちく》の所業です！　彼女のほうからだなんて、団長の妄想でしょう！　じゃなきゃ下着を放って逃げ出したりしませんってば！）

ヘンリーは波立つ心を、壁に飾られた家族の肖像画《しょうぞうが》を見ることでなんとか落ち着かせる。そのあと、大きな体躯《たいく》をソファーに横たえている団長を横目で見た。

もしこれが、女性を使って団長を腑《ふ》抜《ぬ》けにするという何者かの作戦ならば、見事に成功している。実際団長は、少女のことしか頭にないようだ。

（すっかり少女に魅せられているな……。心苦しくはあるが、真実を告げなければ、団長はいつまでたってもこのままに違いない）

「団長、その幻《まぼろし》の少女は、近隣の村にはいなかったのですよ？　ということは、残る可能性は二つしかありません。一つは、何者かが団長を堕落《だらく》させるために送り込んだ娼婦《しょうふ》。もう一つは、この騎士団にいる誰かの恋人。少女はきっと、そのどちらかです」

意を決してヘンリーが告げると、団長は突然ソファーから身を起こして反論する。

「彼女は俺が初めての（キスの）相手だと言った！　あれはどう見ても演技ではなかったぞ！　だから娼婦《しょうふ》などではない！」

ヘンリーは、目を丸くして固まった。

（よりにもよって処女を襲ってしまったというのか⁉　団長のモノはかなりの大きさだ。常識はずれの大きさだと言ってもいい。それを幼気《いたいけ》な処女に二回も挿入《そうにゅう》するとは……！　なんて可哀想なことを……）

絶望的な気持ちになるヘンリーをよそに、団長は名案を思いついたというように明るい声で言う。

「ここにいる騎士の恋人だとしても、彼女にもう一度会わずに諦《あきら》めるなんてできない。ヘンリー、彼女はまだ騎士団の敷地内にいるかもしれないな！　よし、今から宿舎をしらみつぶしに捜索しろ！」

「落ち着いてください、団長。騎士団内に女性を宿泊させるのは、原則として禁止されています。もし仮に団員の恋人なのだとしたら、こっそり潜《もぐ》り込ませていたのでしょう。実際にそういうことをしている団員もいるそうですからね。それに、正規の騎士ではなく訓練生の恋人という可能性もあります。どのみち、あまりおおっぴらに騒ぎ立てたら、逃げられてしまうでしょう」

ヘンリーにとって、事態はより悪い方向へと向かっていた。

騎士の恋人ともなれば、貴族である可能性が高い。しがない村娘ならまだしも、貴族令嬢が被害者だとしたらかなりデリケートな問題だ。悪くすれば、団長が部下の恋人を無理やり襲って純潔を散らしたと、社交界で噂になるだろう。

「とにかく、団長はじっとしていてください。私は部下を使って宿舎を秘密裏《ひみつり》に調べます。少女が見つかればすぐに連絡しますので、しばらくお待ちください」

もし少女が見つかったとしても、団長に正直に告げるつもりはない。

（そんな少女はいなかった。この世には存在しない幻《まぼろし》の少女なのだ。代わりに、銀色の髪と青い瞳をした少女を何人か見つけて紹介しよう。団長は色気のある大人な女性が好きなのだと思い込んでいたが、清楚《せいそ》な少女が好みだということなのだろう。そうとわかれば、少女の代わりを見つけるのは簡単だ）

ヘンリーはどこまでも有能な男だった。

◇　◇　◇　◇

リリアの最後の試合は、午後から始まる。それまで暇なので、午前中は他の訓練生の試合を見学することにした。

闘技場をぼんやりと歩いていると、あの男のことで頭がいっぱいになる。考えないようにすればするほど、彼のことばかり思い出してしまい、叫び出したい気持ちにかられるのだ。

リリアの理想の男性は洗練されていて気品があって、スマートなエスコートができる紳士だ。それに対してあの男は、野性的で乱暴で、まったく女心をわかっていない。

なのに、理想と正反対な男のことが頭から離れない。それどころか、もう一度会いたいとさえ思っている。そんな自分が信じられなかった。

（あの人、あんな大きな体のくせして、どこか可愛いんだもの……私が最後にキスしたときなんて、キラキラした目が落ちそうなほど見開いていて……）

そんなことを考えていると、キスのあとの屈辱《くつじょく》も思い出してしまい、リリアは顔をしかめた。

初めてのキスに動揺したことを馬鹿にされ、その仕返しに、男を嘲《あざけ》ってやろうと考えていた。その心を見透《みす》かされ、そればかりか余裕の笑みで返されたショックは途方もなく大きい。

「ぎゃふんと言わせてやりたかったのにぃ！　悔しいっ！」

リリアが突然叫んだので、近くにいた訓練生が驚いて跳び上がる。我に返って恥ずかしくなったリリアは、彼らに愛想《あいそ》笑いを振りまくと、踵《きびす》を返した。

そのとき、闘技場の建物の陰に、女性の姿が見えた。濃い緑のドレスを着ていて、金色の髪が美しく輝いている。彼女は何かを見ていたようだが、すぐに身を翻《ひるがえ》して木々の間に消えていった。

騎士団に女性がいるなんて珍しいなと思っていると、同室のハンスに声をかけられる。

「リリ……いや、ケビン、ちょうどよかった。これから面白い試合があるんだ。一緒に観に行かない？」

「ああ、ハンス。ちょうど時間を持て余していたところなんだ」

そう言ってリリアは、ハンスと一緒に闘技場の観客席に向かった。

ハンスの言う面白い試合とは、昨日馴《な》れ馴《な》れしく絡んできたクリスの試合だった。他の訓練生も、名門ワルキューレ家の息子の試合に興味があるようで、闘技場にはすでにかなりの人が集まっている。

一番後ろの列に、なんとか二人並んで座れそうな席を見つけ、ハンスとともに座る。

試合が始まるまでまだ時間があるというのに、周囲の訓練生たちは大いに沸いていた。耳が割れんばかりの大歓声に、思わず両手で耳を塞《ふさ》ぐ。

昨日リリアが試合に出たときとは、えらい違いだ。

「クリスって、そんなにすごい奴なのか？」

リリアが問うと、ハンスは彼女の耳に口を寄せ、大きな声で答える。

「クリスは十七歳のときから三年間、隣国に留学していて、去年ここの訓練生になったばかりなんだ！　だけどもう実力が認められて、来年には騎士になることが決定している！　歴代の訓練生と比べても、抜きん出て優秀だから、クリスの試合はいつもこんな感じなんだよ！」

「ふーん。まあ、偉そうに言うだけの実力はあるってことか……」

リリアが呟《つぶや》くと、闘技場の真ん中にクリスが堂々と現れた。よほど腕に自信があるのだろう。彼の態度からは余裕が感じられた。

「クリス・ワルキューレ対イオニス・ブルージュ！　試合開始!!」

審判の声を合図に試合が始まり、訓練生たちが一気に沸き立つ。

対戦相手のイオニスはかなり大柄な青年で、試合開始とともに力任せに剣を振った。それをクリスは悠然とかわす。イオニスは何度も何度も剣を振るうが、クリスはほとんど反撃せずにかわし続けていた。

リリアはそれを冷静に分析する。

「相手が疲弊《ひへい》するのを待つ戦術だな。よくある手だから、相手もそろそろ気づくだろう。ほら、攻撃の手を止めて慎重になった。次はどう出るんだろう……」

「すごいね。そこまでわかるんだ」

女だてらに剣に詳しいリリアに、ハンスは感心していた。

両者とも睨《にら》み合ったまま、同じ間合いを保って隙を窺《うかが》っている。闘技場の声援もやみ、辺りが急に静かになった。みんなが固唾《かたず》を呑んで勝負の行方《ゆくえ》を見守る。

だが、じりじりと動いていたイオニスがある場所に来た瞬間、クリスがニヤリと笑った。

（違う……疲れさせるのが目的じゃないわ。クリスは彼をあの場所に誘導したのよ！）

そう思った途端、クリスが一気に間合いを詰めて剣を振り上げる。

なぜかイオニスは、その攻撃を避《よ》けようとしない。

クリスの剣がイオニスの首筋に突きつけられた。

「勝者！　クリス・ワルキューレ!!」

割れるような歓声が闘技場に響き渡る。優雅に一礼したクリスは他の訓練生に労《ねぎら》われながら退場していく。

（ふーん、身体能力や技で押すだけじゃなくて、頭も使うわけだ。さすが軍人一家の息子ね）

リリアが感心しつつクリスの背中を見ていると、隣に座る訓練生たちの会話が聞こえてきた。

「さっきトイレに行ったときに、ブルネットの色っぽい美人とすれ違ったよ。きっとゲリクセン団長の今日のお相手さ」

「俺が昨日見た美女はブロンドだったぞ。団長は剣の腕だけじゃなしに、下半身の剣のテクニックもすごいんだろうな」

そう言って、下品に笑い合っている。

彼らの話から推測するに、ゲリクセン団長は毎日違う女性を騎士団に連れ込んでいるに違いない。

先程リリアが見た女性も、そのうちの一人なのだろう。

（本当にゲリクセン団長って、最低最悪の男だわ！）

リリアはゲリクセン団長に対する嫌悪感《けんおかん》をますます募《つの》らせた。

そうこうするうちに午後の部が始まり、リリアの番がまわってきた。

リリアは腕をぐるりとまわし、軽く準備運動してから試合にのぞむ。

闘技場の真ん中に立つと、空気がピンッと張り詰め、否《いや》が応《おう》でも気持ちが引き締まる。たくさんの訓練生の視線が自分に注《そそ》がれているのを感じた。

リリアの前に、大きくてがっしりとした体つきの対戦相手が現れる。

「ケビン・バスキュール対ルドガー・ガブリアス！　試合開始!!」

合図とともに、対戦相手のルドガーが体重を乗せた重い剣を振るってきた。リリアは身を軽々と翻《ひるがえ》して、次々と避《よ》けていく。

対戦相手の体格を見たときから、リリアは戦法を決めていた。

クリスと同じように、対戦相手の攻撃を避《よ》け続ける。そうして相手をある場所に誘導し、その瞬間を狙う。

何度かルドガーの剣をかわしたり受け流したりしたあと、待ちに待った好機が訪れた。リリアは剣を振り上げ、計算通りの角度に傾ける。

太陽の光が剣に反射し、ルドガーの目をくらませた。

「なんだ!?　眩《まぶ》しくて何も見えない!!」

ルドガーがそう叫ぶと同時に、リリアの剣の切《き》っ先《さき》は彼の喉《のど》を捉《とら》えていた。

「勝者、ケビン・バスキュール!!」

審判が勝者の名を声高に叫んだ。

大柄なルドガーが小柄な相手に倒されたのを見て、訓練生たちが一斉に歓声を上げる。リリアは息も切らさず、余裕の表情で一礼した。

そうして闘技場の隅《すみ》まで歩いていくと、クリスが現れリリアの前に立ちはだかった。

リリアはクリスを一瞥《いちべつ》して、呆れたように大きく溜息《ためいき》をつく。クリスはそんなリリアの態度も意に介さず、興奮した様子で言った。

「お前、俺の真似をしやがったな」

「さあ、なんのことやら」

リリアはそう言って、クリスの脇をすり抜けようとする。ところが、クリスが肩をつかんできて、真剣な表情で口を開いた。

「とぼけるな。敵をわざとあの位置に誘い込んで、太陽の光を剣に反射させて視界を奪う……俺がさっき使った技だ。一度見ただけで、簡単に真似できるようなものじゃない。お前、今まで実力を隠していたのか」

クリスは怒っているのかと思いきや、同時に楽しんでもいるようだ。鋭い声ではあるが、目は好奇心に満ちている。

「だからなんのことかわからないって。多分、運がよかっただけじゃないかな。さあ、用がすんだならそこをどいてくれ。行くところがあるんだ」

リリアは手を振りほどこうと身をよじり、全身で迷惑だと示すが、クリスは一向に通じない。

「今度、一度でいいから手合わせをしてみないか？　お前の実力を知りたい」

（本当にしつこい男ね。ここは適当に約束して、あとで本物のケビンになんとかさせようかしら。ケビンの実力が訓練生の中でも最低レベルだとわかれば、クリスも気がすむでしょう）

リリアとしては、今日を乗り切れさえすれば、あとのことはどうでもいい。

「わかった……今度手合わせしてあげるよ。だからクリス、今はそこをどいてくれないか」

その言葉でクリスを納得させ、ようやく手を離してもらって闘技場をあとにした。これでリリアの役目は終わりだ。

四日間にわたる試合も今日ですべて終了した。今晩はその打ち上げのため、訓練生はみな町に飲みに行くという。リリアもそれに紛《まぎ》れて町へ出かけ、そこでケビンと入れ替わる予定だった。

「その前に、ちょっと探し物をしておかなくちゃ」

そう言って、リリアは昨夜の川に足を向けた。なくしたパンティーを見つけるためだ。

別にパンティーの一枚や二枚なくなっても困らない。いくら弱小貴族のバスキュール家でも、そのくらい買い足すお金はある。だが、問題はお付きの侍女だ。

リリアのパンティーが一枚見当たらないとなれば、大騒ぎするに違いない。特にリリアの侍女はしっかり者で、細かいことが気になるタイプだった。下着の一枚一枚まで、きっちり数を把握しているだろう。

貴族の令嬢が下着をなくす状況となると、普通に考えたら可能性は一つしかない。

侍女から両親に報告がいけば、彼らはなんとしても相手の男性を探し出して、リリアと結婚させようとするに違いなかった。

昨夜の男は騎士だろうから、結婚相手として申し分ない。だが相手が誰であれ、そんな形で結婚するのは絶対に嫌だった。

互いに求め合い、ロマンチックなプロポーズを経て結婚式を挙げる。その夢だけは、何がなんでも譲《ゆず》れない。

「目立つ色をしているから、すぐに見つかると思うのだけれど……」

煉瓦《れんが》造りの建物の間を抜けて、騎士団本部の東側にある森に分け入っていく。そうしてしばらく歩いていくと、木々が開《ひら》けて芝生《しばふ》と川が見えてきた。日光が辺りを明るく照らしているので、昨晩とはまるっきり雰囲気が違う。

ふと、川岸に大きな白い人影があるのに気づいた。

「あの男だわ!!」

リリアのほうに背を向けて芝生《しばふ》に座る男は、手に何かを持っている。目を凝《こ》らして見てみると、それこそが探している物だとわかった。

なぜ、男がリリアのパンティーを大事そうに握りしめ、この場所に座っているのかはわからない。

だが、それが男の手にあるのは問題だ。

どうにかしてパンティーを取り戻そうと、リリアは考えを巡《めぐ》らせる。

ケビンの姿をしている今、恐らく騎士であろう男の前にのこのこと姿を現すわけにはいかない。

もし入れ替わりがばれたら、ケビンだけでなく、バスキュール子爵家にもおとがめがあるはずだ。

悩んだ結果、リリアはいい方法を思いついた。

◇◇◇◇

腹心の部下ヘンリーが少女の捜索をしてくれると言うので、ドナルドはひとまず心を落ち着かせた。ヘンリーからの報告を待つ間、自分の仕事をこなし、今は休憩がてら散歩をしている。

ヘンリーがその気になれば、必ず彼女を見つける。そう信じられるほどには、ドナルドは彼に信頼を寄せていた。

本当なら、自《みずか》ら捜索したい。だが、それは憚《はばか》られた。

ヘンリーに釘《くぎ》を刺されたからだけでなく、自分の影響力というものを思い出したからだ。彼が普段、社交の場に姿を現さないのには、そういう理由もあった。

一個小隊でその何倍もの大軍を全滅させたとか、一人で敵の城に乗り込み攻め落としたとか、数々の武勇伝が広く周知されている。

もちろんどれも事実ではあるが、そのせいでドナルドの言動は、周囲に対して絶大な影響力を持っていた。

取り入ろうと媚《こび》を売る者はあとを絶たないし、そうでなくても、みな彼に注目するのだ。

「俺が探しに行けば、すぐに噂になるだろう。そうなったら、あの少女は隠れてしまうかもしれない。あぁ、早くあの少女に会いたい……」

ドナルドは満たされない感情を持て余していた。少女の妖《あや》しくも愛らしい笑顔が頭の中を支配して、他には何も考えられなくなる。いい歳をして情けないと思いながらも、彼女を求める気持ちが抑えられない。これほどまでに一人の女性を求めたのは、生まれて初めてだった。

いや……誰かを愛したこと自体、彼にとって初めての経験だ。

気がつくと、ドナルドは昨夜少女と会った場所に来ていた。彼女がいた場所に腰を下ろし、弾《はじ》けるような瑞々《みずみず》しい肢体《したい》や、妖艶《ようえん》な表情を思い返しては、その余韻《よいん》に浸《ひた》る。

ポケットから彼女が残した唯一のものを取り出し、手の中に握りしめる。その手触りに、少女を欠片《かけら》でもいいから感じようと意識を集中させた。

「少女の下着を持っていないと落ち着かないなんて、俺は気でも触れてしまったのか……。騎士団長がこんなものを大事にしていると知れたら、変態扱いだな……」

そう自嘲《じちょう》ぎみに呟《つぶや》き、少女に噛まれた胸の傷痕《あと》を指でなぞりながら、彼女の唇の感触を思い出していると――

「何しているの？　もしかして貴方、昨日の夜からずっとここにいるんじゃないでしょうね」

鈴を転がしたような声が耳に飛び込んでくる。驚いて振り向くと、あの少女が、昨夜と同じ生まれたままの姿で立っていた。

感動のあまり声が出せない。

何も身に着けていないにもかかわらず、少女はえも言われぬ気高さを醸《かも》し出している。

月明かりの下で見る少女も素晴らしかったが、日の光の下で見る彼女もまた格別に美しかった。

吸い込まれるような深い青色の瞳と、桜色の唇。乳房はほどよく盛り上がり、そのピンク色の先端は、ゼリーのように柔らかそうだった。女性らしい体の曲線が、滑《なめ》らかで弾力のある肌をより美しく見せている。

秘部を覆《おお》う茂《しげ》みは髪と同じ銀色をしていて、その下にある丘陵《きゅうりょう》がうっすらと覗《のぞ》いていた。

女神のように神々《こうごう》しく、世界のすべてを征服したかのような自信に溢《あふ》れた姿に、ドナルドは体が動かなくなるほどの衝撃を受ける。

「ああ……君か……本物の君なんだな……」

ドナルドの心は歓喜に打ち震えた。

◇　◇　◇　◇

「もしかして、俺に会いに来てくれたのか？」

昨夜の男が、期待するように言った。

リリアはそんな男を見下ろして、素《そ》っ気《け》なく言い放つ。

「……さあ、どうかしら？　どうとでも好きなように思ってくれればいいわ。私には関係ないから」

「ははっ、相変わらずつれないな。君は一体、何者なんだ？　もしかして、騎士団の誰かの恋人なのか？」

男は浮かれた表情で質問を投げかけてくる。

「貴方がそれを知る必要はないわ。私も言うつもりはないし」

「とにかく、俺はおかしくなりそうなほど君に会いたかったんだ。ああ、もう一度会えて本当によかった！」

頬を紅潮させ、そう訴えてくる彼は、リリアとの再会に舞い上がっているようだ。それを見ているだけで、なぜかリリアの胸は締めつけられた。そのことに困惑して、溜息《ためいき》をつく。

（はぁ……やっぱり、どこからどう見ても全然好みじゃないわ……。なのにどうして彼を見ていると、こんなに胸が苦しくなってしまうのかしら）

切ない目でリリアを見上げる大男は理想とは真逆で、ロマンチックさの欠片《かけら》もない。だが、そのまっすぐで曇《くも》りのない瞳を見ていると、なぜか胸がざわざわして、頭を撫《な》でたい衝動に駆られる。

彼の金色のくせっ毛はとても柔らかく、触《さわ》ると気持ちよさそうだ。リリアは男の頭に手を伸ばしかけたが、その欲求をどうにか抑えた。

そんなリリアの前で、男は嬉しそうな笑みを浮かべている。まるで大型犬が尻尾《しっぽ》を振って甘えているようだ。

大きな図体《ずうたい》に似合わず、どこか可愛らしい男を、リリアは不思議と嫌いになれなかった。

（私……この人に惹《ひ》かれているのかもしれない……）

「そういえば、どうして君はまた裸になってるんだ？　今日はこれから泳ぐのか……？　いや、もしかして、誰かに何かされたのか!?」

男はそう言って、先ほどまでとは打って変わって鋭い目をした。リリアは男の凄《すさ》まじい気迫に気《け》圧《お》され、その身をこわばらせる。

だが、そんなふうに心配してくれる男に、リリアの胸がきゅぅんとなった。それを悟られないよう、わざと素《そ》っ気《け》なく男の質問に答える。

「そ、そうじゃないわ。そこは色々事情があるの。ここへは下着を探しに来たのよ。貴方が手に持っているそれ、返してちょうだい」

その言葉に、男が迷うそぶりを見せた。

「そうだな……代わりに君のすべてを手に入れられるのなら返してもいい。これは俺の宝物だ。それくらいの条件でなければ、君にだって渡したくない」

(そんなことを言って……私が頷《うなず》くわけがないじゃないの……本当に馬鹿なんだから)

男の主張に、リリアは呆れて溜息《ためいき》をつく。

そして昨夜と同じように初心《うぶ》な少女を演じ、男をからかってやることにした。

「そんなことでいいの？　そのくらいなら簡単よ。ほら、早く立ってこっちに来なさいよ。私を手、、、、、の中に入れたいのでしょう？　まさか冗談だったなんて、男らしくないこと言わないわよね」

男を迎え入れるように、リリアは両腕を大きく広げる。ここまでやるとさすがの男も怒り出すかと思ったが、突然大きく口を開けて笑い始めた。

「ははは、本当に可愛いな、君は。わざとやっているのだろうが、もちろんそういう意味じゃない。でも、そんなふうに可愛く誘惑されたら、俺の理性も持ちそうにないな」

男はリリアを愛《いと》おしそうに眺めて言う。

「ゆ、誘惑だなんて、失礼なこと言わないで！」

リリアが否定するのも聞かず、男は着ていたシャツを脱ぎ始める。それを見たリリアは、慌てて叫んだ。

「ちょ、ちょっと、どうしてシャツを脱いでいるの⁉　また縛られたいなんて言うんじゃないでしょうね！」

すると男は朗《ほが》らかに笑う。

「君に着せてあげようと思ったんだよ。いくら暖かい日とはいえ、そのままじゃ寒そうだ。だが……そうだな、じゃあ俺が今から君に触れるから、嫌だったら君が止めてくれればいい。それでどうだ？」

（ん？　シャツを着せるかどうかの話じゃなかったかしら？　いえ、そんなことより、パンティーを取り戻す方法を考えなくちゃ）

「そうしたら、下着を返してくれる？」

リリアが聞くと、男は少し考えてから答えた。

「……いいだろう」

「わかったわ。でも、私がやめてって言ったらやめてね。次に約束を破ったら殺すわよ」

「ははっ……物騒《ぶっそう》だな。だが、そんな気の強いところも丸ごと愛しているんだ。可愛くてどうしようもなくて、抱きつぶしてしまいたくなる」

男は破顔《はがん》し、目尻を下げてリリアを見つめた。

（この人、本当に私のことが好きなのね。それだけは嫌というほど伝わってくるわ）

その一途《いちず》な想いを感じて、リリアもつい頬を熱くした。

「頼むから絶対に昨夜みたいに、いきなり逃げ出さないでくれ」

寂しそうに笑う男の言葉に、リリアは無言で頷《うなず》いた。

「……じゃあ始めるぞ」

男は立ち上がってリリアに近づくと、自分のシャツを彼女に着せた。大きなシャツなので、リリアが着ると膝《ひざ》くらいまでの長さがある。

それから男は、両手をリリアの肩に置く。その手をリリアの指の先に向かって、撫《な》でつけるようにゆっくりと動かした。

昨夜と同じ優しく愛情深い手つきに、リリアの鼓動は激しさを増してゆく。男の体温が肌に染み込んで、体中にふんわりと広がり、心地よくなってきた。

（やだ……なんだか変な気持ちになってきちゃった。このまま見つめ合っていたら、私が彼に惹《ひ》かれているのを見透《みす》かされそうで恥ずかしい。なのに、どうしてこの瞳から目がそらせないのかしら……）

男の片手はそのままリリアの腰にまわされて、もう片方の手は胸の膨《ふく》らみに触れた。

（ま、待って！　そんなところも触るの!?）

リリアは思わず身を硬くする。けれど不思議と嫌な感じはしなかった。

太くて節《ふし》くれだった指が、リリアの乳房をすっぽりと包み込む。そのまま大事そうに膨《ふく》らみをそっと揉《も》み始めた。

ドナルドの指が動くたびに、乳房はその形を変えてぷるりと揺れる。

「ふっ……んん」

リリアの口から、甘い吐息が零《こぼ》れた。

(胸を触《さわ》られるのって、体が浮き上がりそうなほどに気持ちがいいのね……やめてなんて、そんなこと……言えそうもないわ)

男の指から広がる熱に浮かされ、リリアは彼にされるがままになる。徐々に全身の力が抜けていくのを感じた。

「……ぁ……」

すぐに立っていられなくなり、男の肘《ひじ》に手を添えてもたれかかる。それでも視線は動かすことなく、互いに見つめ合っていた。

(彼の瞳が、なんだか熱っぽくなってきた気がする。それに、肌も赤く染まってきたわ)

同時に、リリアは自分がどんな顔をしているのかにも気づいてしまった。

男の瞳に、リリアの恍惚《こうこつ》とした表情が映っている。瞳を潤《うる》ませ、濡《ぬ》れた唇を震わせる――そんな自分が、まるで別人のように思えた。

足の指から髪の毛の先まで男の熱情が染みわたり、その心地よさに溺《おぼ》れていく。

リリアが初めての悦楽《えつらく》に戸惑いながらも、それを甘受《かんじゅ》していることに、彼も気がついているのだろう。

「……キス……するぞ、いいか……？」

男が愛欲のにじんだ目で遠慮がちに問いかけてくる。けれどリリアは、何も答えることができない。荒い息を何度も繰り返して、小さく頷《うなず》くのが精一杯だった。

彼の唇が近づいてくると、リリアは自分から誘い込むように、自然に唇を開けた。

ぬるりとした舌が、ゆっくりと入り込んでくる。それだけで、体の芯から新たな快感が湧き上がり、全身に広がっていった。

「んんっ……ん……はぁ」

互いに舌を絡ませ、むさぼるように求め合う。少し離れては、またどちらからともなく交わされる口づけを、何度も何度も繰り返した。

しばらくすると、男は急にその唇を離した。彼は憤《いきどお》っているような、切ないような表情を浮かべて溜息《ためいき》をつく。

「はぁっ……キスをしていると、君の可愛い顔が見えない。それにキスだけじゃなくて、君の体の隅々《すみずみ》まで舐《な》めつくしたいのに、一体どうしたらいいんだ……」

大きな体をした男が、なさけない顔をして言う。それがおかしくて、リリアの口からつい笑いが零《こぼ》れた。

「ふふっ……やだ、どこを舐《な》めたいというの？　貴方って本当に犬みたいね」

「もちろん全部だが、一番舐《な》めたいのはここかな」

そう言ったかと思うと、男は身をかがめてリリアの乳房の先を口の中に収める。

「ひゃあああんっ!!」

熱い舌の感触に、リリアは思わず悲鳴を上げてその場にしゃがみ込んだ。男の口から解放された乳房が、熱を惜《お》しむように大きく上下に揺れる。

男は草の上にひざまずくと、リリアの肩をつかんで押し倒した。

仰向《あおむ》けにされたリリアに男が覆《おお》いかぶさってきて、柔らかい乳房を再び口の中に含む。

「熟《う》れたサクランボのようにぷっくりとしていて、まるで早く食べてくれと可愛くせがんでいるみたいだ」

「や……あんっ……」

舌で、指で、唇で……男は弄《もてあそ》ぶようにリリアの乳房を攻めた。

未知の感覚に恐怖したリリアは、やめてと口にしようとする。だが、次々と押し寄せてくる快感の波に呑まれて、そのたった三文字の言葉が紡《つむ》げない。

(はぁっ……もうどこを舐《な》められていて、どこを触《さわ》られているのかわからないわ。こんなの激しすぎて……おかしくなっちゃうっ)

「や……やめ……やめてっ！」

なんとか言葉を絞り出した瞬間、男はリリアの胸の頂《いただき》を口に含んだまま、ぴたりと動きを止めた。

リリアは体を地面に横たえたまま、男の肩越しに広がる青い空をじっと見上げていた。

「はぁっ……はぁ……はぁっ……」

リリアがどうにか呼吸を落ち着かせている間も、ぬるりとした男の舌は敏感な先っぽを包んでいる。

泣きそうになったリリアは、弱々しい声を出した。

「やぁ……いつまでそこを咥《くわ》えているのっ……早く、口を離してちょうだいっ」

男は言われた通りに唇を離し、ぷっくりと膨《ふく》れた乳首を解放した。何度も舐められた突起《とっき》は唾液で濡《ぬ》れそぼり、外気に触れるとひやりと冷たさを感じる。

「どうだ、ちゃんと言われた通りにやめただろう。今度は約束を守ったぞ」

彼は褒《ほ》めてくれと言わんばかりに微笑んだ。

その様子が可愛らしくて、リリアはぼうっとしながらも、くすりと笑ってしまう。

「もし君が許してくれるのなら、次は『イく』という感覚を教えてあげたい。初めてなんだろう？」

男の言葉に、リリアは真っ青になった。

「や……ちょっと待って、最後までするつもり⁉　冗談じゃないわ！　こんなところで貴方に純潔を奪われるくらいなら、死んだほうがましよ！」

「ああ、それは君が完全に俺のものになってからでいい。君の純潔を奪うことなく、今まで味わったことのないような快感を教えてあげよう。だから俺に五分くれ、いや三分でもいい」

リリアの上に覆《おお》いかぶさったまま、男がそう提案した。リリアは混乱した頭で、なんとか答えを出そうとする。

（どうしよう。でも、三分くらいならあげてもいいかもしれない……。だって彼の指に触れられる

のは嫌いじゃないし、むしろとても満たされた気持ちになるんだもの）

自分がこの男に惹《ひ》かれていると、心よりも先に体が理解していた。名前も知らない、理想とは正反対のこの男に、リリアはもうどうしようもなく心を奪われている。

（この人に、もっと触《さわ》ってもらいたい……）

だが、そんなことは到底口にできず、リリアは男から視線をそらしてコクリと頷《うなず》いた。

「ははっ……君は本当に俺を夢中にさせる天才だな。あまりに可愛くて、心臓がおかしくなりそうだ」

そう言うと、男はいきなりリリアの足首をつかみ、強引に足を開かせて秘部に顔を寄せた。まさかこんな格好をさせられると思っていなかったリリアは、驚いてやめさせようとする。

「ちょ、ちょっと……ひゃあぁぁっ……んっ！」

けれどリリアが止めるより先に、熱い舌が花弁の中に割って入り、敏感な芯を探り当てた。腰から頭頂部まで、ビリビリとした感覚が走り抜けて、リリアは思わず嬌声《きょうせい》を上げる。

それに煽《あお》られたのか、男がそこを舌で舐《ねぶ》るように激しく転がした。

「ぁあぁっ……んっ」

（なんなのこれ……今までの比じゃないわ！　……やだっ……もう何も考えられない……）

生まれて初めて蕾《つぼみ》を嬲《なぶ》られたリリアは、その強すぎる快感から逃《のが》れようと身をよじる。

だが、男の腕がリリアの体をしっかりと押さえ込んでいた。銀の長い髪が汗ばんだ肌に張りつき、太陽の光を反射してキラキラと輝く。

ぐちゅり、ぐちゅりと淫靡《いんび》な音がリリアの耳に響いた。

恥部を舌でまさぐられ、恥ずかしさと快感から意識が朦朧《もうろう》としてくる。どうにか抵抗しようとするが、それを凌駕《りょうが》する快感がリリアを包み込んだ。

「いやぁああっ……ぁふあ……んん」

男の唇が、ひどく鋭敏になっている蕾《つぼみ》を吸った。花弁から溢《あふ》れる蜜を、男は余すことなく啜《すす》り上げていく。そのたびに体の奥に熱が生まれ、うねるように快感を押し上げていく。

「そ……そんなところ、汚いっ……！　あっ……あぁっ……」

リリアの両足がつま先までぴんと伸びて、弾力のある豊かな乳房がふるふると揺れる。

「すごい……どんどん蜜が溢《あふ》れてきて止まらない。それに、君のここは果実のように甘い……。ああ……なんて可愛いんだ」

男に視線を向けると、彼はリリアの太腿《ふともも》の間に顔を埋《うず》めたまま、こちらを見つめていた。

「や……見ないで！　恥ずかしっ……あぁっ！」

羞恥《しゅうち》のあまり、リリアは思わず手で顔を隠す。けれど男はますます刺激を強くした。

「可愛い……すごく可愛いよ。それにここも可愛らしい。ピンク色で、ぷっくりと膨《ふく》れていて……まるで舐《な》めてくれと誘っているみたいだ……可愛すぎて堪《たま》らない」

彼が何かを話しているのはわかるが、リリアの頭にはさっぱり入ってこない。股の間から込み上げる快感の波が、だんだんと強さを増していき、どうにかなりそうだった。

「な……なんだかおかしいわっ……ぁ！　やだ……あっ、あぁっ!!」

リリアはなおも両手で顔を隠そうとするが、力が入らず、上手く隠せていない。

「やぁ……へ、変になるぅ！　ダメっ！　口を離してぇ！　あぁんっ……」

どんどん高まっていく快感の波は、やがて激しい渦《うず》になり、リリアを呑み込んでいく。生まれて初めて味わう快感になすすべもなく、怖くて涙が溢《あふ》れてくる。

「何か来る……来ちゃう、やだ……怖い!!　怖いのぉ！」

リリアは両手を、まるで赤子のように男に向かって伸ばした。

「あぁ、どうしてそんなに可愛いことばかりするんだ。その表情も堪《たま》らないほど可愛い」

そう言いつつ、男はリリアが伸ばした手をそっと握ってくれる。

リリアは顔をくしゃくしゃにしながら、縋《すが》るように強く、彼の指に自分の指を絡めた。

その瞬間、快感がビリビリと全身を通り抜ける。

「ひゃあぁぁぁぁぁんっ……!!」

それはまるで、次々と押し寄せる高波のごとく、何度も何度もリリアの体を蹂躙《じゅうりん》していく。

リリアはわけがわからなくなって、ただ体をびくびくと震わせた。

「ああ……なんて可愛いんだ。こんなに可愛いものは初めて見た！」

快感でぐちゃぐちゃになったリリアの顔を見て、男はただただ可愛いと繰り返す。

「はっ……はぁっ……」

浅い呼吸を繰り返し、ぐったりと横たわるリリアを、男は瞬《まばた》きするのも惜《お》しむように見つめ続けた。

リリアはそんな男を薄目で見ながら、体の力を抜いて瞼《まぶた》を閉じる。

達してしばらくしてからも、リリアは男に絡めた指の力を緩《ゆる》めなかった。呼吸がやっと落ち着いてくると、リリアはゆっくりと目を開け、弱々しい声で呟《つぶや》く。

「あんなところを舐《な》めるだなんて……そんなの知らなかったわ。は、恥ずかしぃ……」

「大丈夫、みんなやっていることだ。そんなことも知らないなんて、本当に初心《うぶ》だな。そんな君の初めての男になれて、本当に嬉しい」

リリアは頭がぼうっとして、男の発言にツッコむことすらできない。

そんなリリアを見て、男は幸せそうに苦笑する。

「俺の両手をこんなに握りしめてくれるのは、胸がちぎれそうなくらい嬉しいんだが……そろそろ離してもらってもいいだろうか？　君の涙を拭《ぬぐ》ってあげたいんだ」

そう言われて初めて、リリアは自分が男の手を握りしめたままだということに気づいた。すぐに手を離して、顔を火照《ほて》らせながら叫ぶ。

「そ、それより先に、私の体を起こしてちょうだいっ！」

男は、そっと彼女の上半身を起こした。そうして満面の笑みを浮かべ、膝《ひざ》の上に横抱きにする。まるで宝物を愛《め》でるように、節《ふし》くれだった指でゆっくりとリリアの涙を拭き取る。それから満足そうに微笑むと、リリアにこう告げた。

「俺の名はドナルド・ゲリクセン。この第四騎士団の団長だ。君の人生を俺にくれないか。君なしの人生なんて、もう考えられないんだ」

突然の告白に、リリアは大きく目を見張った。

（なんですって⁉　この男が、毎日女を取っ替え引っ替えしているという、あの性豪《せいごう》で有名なゲリクセン団長だというの⁉）

つい先ほど彼に惹《ひ》かれていることを自覚したばかりのリリアは、大いに戸惑った。だが、すぐに冷静になる。

闘技場で訓練生たちが、団長のお相手らしき女性を見かけたと話していた。それにリリア自身も、別の女性を見ている。

アリエナイ‼

彼への好意は一瞬で消え失せ、代わりに激しい嫌悪感《けんおかん》を抱いた。

下半身がだらしない男のものになるつもりなどサラサラない。

（一刻も早くこの男と離れなければ……そうだわ！　彼が私を嫌いになるように振る舞えばいいじゃない！）

そうすれば、もう追いかけられることもないだろう。

「貴方があの有名なゲリクセン団長なのね。でも、貴方に私を満足させられるかしら。私は他の女と違うわよ。町一つくらいもらわないと満足できないわ」

「その程度なら大丈夫だ。先の大戦の報奨《ほうしょう》として、かなりの広さの領地をもらっている。ハミル地方一帯が俺の所有地だ。町一つと言わず、全部お前にやるぞ！」

（うっ……ハミル地方といえば、商人がたくさん集まる交易の盛んな地域じゃない。バスキュール子爵家は小さな村が点在する山間の土地しか持っていないというのに、この男はどれだけの財産を持っているのよ！）

それを惜《お》しげもなくやるというドナルドに、ふつふつと怒りが湧いてくる。どうせ他の女にも同じようなことを言っているのだろう。

「ふふふっ、それは楽しみね。すぐにでも貴方の領地を見に行きたいわ。でもその前に、体が少し汚れてしまったから、川で洗い流してきてもいいかしら？」

リリアはそう言うと、ドナルドの腕から器用にすり抜けて立ち上がった。

その瞬間、リリアの太腿《ふともも》に透明な液体が流れる。

ドナルドがそれを凝視《ぎょうし》しているのに気づき、リリアは羞恥心《しゅうちしん》から一気に顔が熱くなった。

「こ、これって私の……？　ち、違うわよね。貴方が舐《な》めたから……そうよ、貴方の唾液でしょう？」

「いや、違うよ。君はすごく濡《ぬ》れやすいみたいだな。敏感で本当に可愛い。全部舐《な》め尽くしたと思ったんだが……」

そう言いながらドナルドは、リリアの太腿《ふともも》をつかんで引き寄せる。そして、その液体をぺろりと舐《な》め取った。

「なっ……な、な、な、何を……っ!?」

リリアは全身を硬直させて青ざめる。

（今……舐《な》めたっ……舐《な》めたわよね。しかもそれを呑み込んだわ！　やだやだ！　死にそうなくらい恥ずかしい！）

ドナルドの信じられない行動に動揺したリリアは、大声で叫んだ。

「む、向こうを向いて座ってて!!　私がいいと言うまで動いちゃダメよ!!」

リリアの怒りを感じたのか、ドナルドは弾《はじ》かれたように背を向けた。

「わ、わかった。言う通りにするから怒らないでくれ。怒った顔も可愛いが、やっぱり君には笑っていてほしいからな」

リリアはドナルドが本当にじっとしているかどうか確認したあと、その場から離れた。

パンティーと、近くの草むらに隠してあった服を素早く回収して川に向かう。髪を濡《ぬ》らさないように気をつけながら、浅いところを選んで川をわたり、反対側の岸に上がった。そうして、ドナルドのシャツで足を拭き、手早く服を身につける。

（よし、これでいいわ。距離も充分離れたし、大丈夫ね）

この服を着ているところを見られるわけにはいかないので、木の陰に姿を隠してから、リリアはドナルドのほうに向かって大きな声で叫んだ。

「ゲリクセン団長！　悪いけど、もう二度と貴方に会うことはないわ！　パンティーは取り戻せたから、会う理由もないもの！　そもそも貴方は全然タイプじゃないし、女にだらしがない男は大嫌いなの！　じゃあ、さようなら！」

そう言い残すと、リリアは森の中へ駆け込んだ。

「待て！　待ってくれっ!!」

ドナルドは大慌てで立ち上がり、リリアを追いかけようと川に入る。だが、服が水を吸って邪魔になり、そう速くは進めないようだ。

「行かないでくれ！　せめて名前だけでも教えてくれないか！」

ドナルドの悲痛な声が、森中に響き渡る。驚いた鳥たちが我先にと飛び立っていく。

（彼とのことは、夢だったのよ。そう……昨夜の満月が見せた夢だったんだわ……。だから、何もかも記憶から消去するの）

リリアは胸が痛むのも無視して、ただひたすらに走り続けた。


なんとかドナルドの手から逃げ出したリリアは、闘技場でほっと胸を撫《な》で下ろした。

壁沿いに置かれた長椅子に腰かけて、息を落ち着かせる。周りではたくさんの訓練生たちが、友人同士ではしゃいでいた。やっと試合が終わって、解放感から陽気になっているようだ。

リリアはドナルドから取り返したパンティーをズボンのポケットに押し込む。

ドナルドが、他の女性を抱いた汚らわしい手で持っていたのだ。そんなものを身に着けるわけにはいかないので、仕方なくノーパンのままでいることにした。

（それにしても、危機一髪だったわ。あの狂騎士《きょうきし》と呼ばれるゲリクセン団長から、二回も逃げ出したのよ。自分で自分を褒《ほ》めてあげたいぐらいだわ）

リリアは、ドナルドが自分のことを必死に追いかけてきていたのを思い出す。

かなり執着されているようなので不安がないわけではないが、ケビンと入れ替わればもう会うこともないだろう。それに、大勢の美女が周りにいるのだから、リリアのことなどすぐに忘れるに違いない。

(大体、あんなに必死な顔で私のことを愛しているとか言ったくせに、他の女性とも破廉恥《はれんち》な行為をしていたなんて、最低の男だわ！　危うく騙《だま》されるところだったわよ！)

腹の底から怒りがふつふつと湧いてくる。

そのとき、ハンスが息を切らして駆け寄ってきた。

「ああ、やっと見つけた！　君を探していたんだ。ケビンが……いや、リリア嬢が面会に来てるよ」

「な……なんですって⁉」

(あ……ヤバい。うっかり女言葉が出ちゃった！)

周囲を見まわすと、他の訓練生が妙な顔をしてこちらを見ている。リリアは咳払いで誤魔化《ごまか》したあと、小さな声でハンスに聞き返した。

「ちょっと、どういうことなの？　説明してちょうだい！」

町で待ち合わせするはずのケビンが、どうして騎士団に現れたのか。それはハンスにもわからないそうで、とにかく会うしかないと、リリアは訓練生宿舎にある応接室に向かった。

応接室は、訓練生の家族が訪ねてきたときのために用意された部屋だ。リリアがその扉を開けた途端、中にいた令嬢が青い瞳を輝かせて振り向く。リリアのドレスで綺麗《きれい》に着飾ったケビンだ。その隣には、侍女のギルダが控えている。

ギルダは、リリアの姿を見るとすぐに頭を下げた。リリアは動揺しつつも、ケビンの真似をしながら低い声で言う。

「姉さん、ギルダ、よく来てくれたね。今日は一体どうしたんだい？」

「……えっとね、ケビン……。私、貴方が試合に勝ったのかどうか心配で来ちゃったの。大丈夫だったかしら？」

（そんな理由でここにやってきたというの⁉　あと数時間もすれば結果はわかったはずでしょうに、このお馬鹿！）

わざわざリスクを冒《おか》してまで騎士団に来る必要などない。そう思いながらも、リリアはケビンを演じ続ける。

「ははは、勝ったに決まっているだろう。誰に向かって聞いているんだ。姉さんは心配性だな」

わざと横柄《おうへい》に言い放ったリリアは、女装姿のケビンに抱きつき、耳元でささやいた。

「どうして来たのよ！　しかも、なんでギルダまでいるわけ？」

二人は抱き合いながら、こっそりと会話を交わす。

「僕が屋敷から抜け出そうとしたときに見つかっちゃったんだ。どこに行くのか問い詰められたから、ケビンのところに行くって答えるしかなくて……。どうしようもなかったんだよぅ」

（ケビンったら、上手く屋敷を抜け出すこともできないなんて。本当にお馬鹿なんだから！）

「過ぎたことは仕方ないわ。とにかくどこかで服を交換するわよ！　このままでいるわけにいかないでしょう⁉」

リリアはそう言って体を離し、意味深な顔でケビンと微笑み合った。

するど突然、思いがけない人物の声が聞こえてくる。

「おい、ケビン。お前にこんな美人の姉さんがいたなんて、知らなかったよ」

いつの間にか部屋に入ってきたらしいクリスが、興味深そうな様子で栗色《くりいろ》の髪をかき上げた。

(た、大変！　彼は勘がよさそうだから、さっさと帰ってもらわないと)

「クリス……どうしてお前がこんなところにいるんだ？　せっかく姉さんが僕に会いに来てくれたんだ。邪魔しないでくれ」

そう言いながら、クリスをぎろりと睨《にら》みつける。リリアに扮《ふん》したケビンは、驚いた顔で立ちすくんでいた。

「バスキュール家の美しいご令嬢の顔を見に来ただけだよ。なんて可憐《かれん》なんだ。まるで花のような人だな」

クリスが女装したケビンのほうを見て言った。

彼はリリアの体を押しのけるようにしてケビンの前に進み出る。そしてその手を取ると、甲に口づけし、キザな仕草で自己紹介をした。

「初めまして。私はクリス・ワルキューレ。ワルキューレ伯爵家の三男です」

「クリス様、お初にお目にかかります。私はリリア・バスキュール。お会いできて光栄ですわ」

(うわっ、すごい裏声。さすがケビンね。全然違和感がない上に、本物よりも女の子らしいかも……)

「そうだ、リリア嬢。私がこの騎士団内を案内してあげましょう。いかがですか？　よろしければすぐに許可を取ってきますよ」

（ダメ――！　クリスが傍《そば》にいたら、入れ替わるのが難しくなっちゃうじゃない!!）

リリアは表情でなんとかケビンに伝えようとするが、どうにも上手くいかない。

それどころか、侍女のギルダまでもがこんなことを言い出す。

「リリア様、とてもいい機会ですわ。ぜひいってらっしゃいませ」

リリアは結婚適齢期の十八歳だ。ワルキューレ伯爵家に嫁げば、弱小貴族である実家にもかなり強力なうしろ盾ができることになる。有能な侍女であるギルダが、この機会を逃《のが》すわけもない。

結局二人を止めることができず、クリスがリリアに扮《ふん》したケビンの手を取って部屋を出ていこうとする。

さすが伯爵家の息子だけあって、クリスのエスコートは完璧だった。ケビンとも、すごくお似合いに見える。

リリアも慌ててあとに続こうとするが、彼らを二人きりにしたいギルダに手をつかまれた。

「ちょ……ちょっと、ギルダ！　あいつは手が早いから、僕が見張っておいてやらないと……」

「いーーえ、坊ちゃま。手が早いなら、なおさら二人きりになってもらわなくてはいけません。既成事実という言葉をご存じですか？　今日ここで、バスキュール子爵家の未来が決まるのです！　ギルダはこの手を絶対に離しませんよ！」

（いや、だから手を出されたら、違う意味で未来が決まっちゃうんだって!!）

そう叫ぶわけにもいかず、とうとうケビンたちの姿を見失ってしまった。

◇　◇　◇　◇

リリアに扮《ふん》したケビンは、クリスにエスコートされて、騎士団の訓練場やら馬術場やらを見学してまわっていた。

よく知る場所ばかり案内され、何を話していいかわからなくなっている。しかも相手が訓練生トップの成績を誇るクリスなので、ガチガチに緊張していた。

「リリア嬢は大人しいんだな。何か趣味はあるのかい？」

クリスに問われて、ケビンはしばし考える。リリアの趣味……それは多岐《たき》にわたるのだ。そしてそれらは、乗馬だったり、絵を描いてみることだったり、およそ令嬢らしくないものばかりである。あるときは医者の仕事に興味を持って医学書を読み漁《あさ》っていた。

「え――っと、趣味は詩集を読むことと、刺繍《ししゅう》ですわ。昨日はクッションカバーを一日で仕上げましたのよ」

ケビンは貴族の令嬢のたしなみとして無難な二つを答えておく。

「それにしても、クリス様がケビンと親しくしていらっしゃるとは知りませんでしたわ。いつの間に仲良くなりましたの？」

「昨日からかな。今度剣の手合わせをしてもらう約束もしたからね」

クリスの答えに、ケビンは肩を震わせた。訓練生の中でも群を抜いて優秀なクリスと手合わせなど、自分が他の訓練生の前で惨《みじ》めに地面に這《は》いつくばっている姿しか想像できない。思わず涙が出そうになるのを、なんとかこらえる。

「ほ、ほほ、そうなのですか。そ……そういえばクリス様、この先は立ち入り禁止ですわよね？　別の建物に移動しませんか？　私、隣の建物にある厩舎《きゅうしゃ》を一度見てみたいですわ」

「え……あ、ああ、そうだな。でも、どうしてそんなことを知っているんだ？」

「そ、それは……ケビンに聞いたのですわ。弟は騎士団のことをいろいろ話してくれるんですのよ。ほほほっ」

ケビンはとっさに笑って誤魔化《ごまか》す。

「……そうか。ケビンは家に帰ると、何をやっているんだ？　今でも師事している剣の先生はいるのか？」

「えっと……ジョーゼフ先生が、以前よく剣の稽古《けいこ》をつけにいらしてましたわ」

「ジョーゼフ？　あの有名なジョーゼフ・ブルンジかっ！　すばらしい先生がついていたんだな。ようやくわかったよ。ケビンがあれほどの実力を隠していた理由が！」

（姉さん、いったいどんな試合をしたんだ⁉　普通に勝ってくれるだけでよかったのに！）

ケビンは内心で悲鳴を上げた。

それからもクリスはケビンのことばかり根掘り葉掘り聞きたがるので、段々と嫌気がさしてくる。

ケビンが適当に質問に答えていると、一人の騎士がこちらを見て絶叫した。

「あーー！　いたっ！　青い目に銀の髪！　彼女だ！　いた、本当にいたよ！」

騎士はすぐに近寄ってきて、安堵の表情を浮かべる。

そのうしろから別の騎士が走ってきてケビンを見ると、叫び声を上げた騎士と頷《うなず》き合い、すぐに引き返してどこかに行ってしまった。

この場に残った騎士の襟《えり》についた階級章を見て、クリスはただちに敬礼をする。

「クリス・ワルキューレ。第三班所属の訓練生です。彼女はリリア・バスキュール嬢で、第二班所属のケビン・バスキュールの姉であります。本部に許可をいただき、自分が案内しておりました」

「ああ、楽にしていいよ。僕たちは彼女を探していただけなんだ。ところで、君たちはどういう関係なんだい？」

ケビンはすっかり混乱していた。目の前に立っているのは、騎士団に十二人しかいない騎士隊長の一人だ。訓練生の立場では、話しかけることすらできないエリート騎士が、リリアを探していたという。

（一体、姉さんは何をしたというんだ!?　いや、あの姉さんならなんだってやりかねない!!）

「ク、クリス様は、弟の試合が気になって思わず来てしまった私に、騎士団内を見せてくださっていたのです。私をお探しだったようですが、なにかご用でしょうか？」

ケビンが泣きそうな顔で言うと、先ほど走り去っていった別の騎士隊長が、誰かを連れて戻ってきた。その顔を見て、ケビンは度肝《どぎも》を抜かれる。

（ヘ……ヘンリー・フレウゲル副騎士団長!!）

「ああ……銀の髪に、サファイアよりも濃いブルーの瞳。間違いありません！　よく見つけてくれました！」

ヘンリーは騎士隊長から報告を受けると、丁寧に理由をつけてクリスだけをこの場から追いやった。

騎士隊長たちも下がってしまい、ヘンリーとケビンだけがその場に取り残される。

(騎士団のナンバー2と二人きりだなんて、何が起こるんだ!?)

「見つかってよかった。貴女ですね、うちの人間に、その……無体なことをされたお嬢さんというのは……」

(無体なこと？　姉さんは一体誰に何をされたというんだ？　よくわからないけれど、とりあえず姉さん自身が何かをしたわけではなさそうだからよしとしよう)

ケビンがそんなことを考えている間も、ヘンリーは話し続ける。

「貴女のような可憐《かれん》なご令嬢に、なんて不始末を……。申しわけありません。彼に代わって、私からお詫《わ》びを申し上げます」

そう言ってヘンリーが、ケビンに深々と頭を下げる。

騎士が頭を下げるなど、よっぽどのことだ。しかも雲の上の人である副騎士団長が、突然現れて謝罪するという事態に、ケビンの理解力が追いつかない。そうして彼は考えるのを放棄した。

「謝罪をしたところで、奪われたものが二度と戻らないのは承知しています。しかし、その代わりと言ってはなんですが、こちらから提案があります。来年、弟のケビンさんを騎士に昇格させるということで、今回の件は内密にしていただけないでしょうか？」

（き……騎士に昇格――‼）

「はい、わかりました！　私、誰にも言いませんわ！」

ケビンは即答した。

騎士に昇格。その一言で、他のことなど一切どうでもよくなった。

「そうですか、理解が早い方で助かりました。弟君の一生は我々にお任せください。決して悪いようにはいたしません。フレウゲルの名にかけて、お約束は必ず守ります！」

ヘンリーの言葉に、ケビンはもう一度大きく頷《うなず》いた。

そのあと、ケビンは丁重な扱いを受けて応接室に戻り、リリアと再会した。リリアに扮《ふん》したケビンが、弟に別邸まで送ってもらいたいと言うと、簡単にその要望が通る。

その対応に、リリアは釈然としない顔をしていたが、何も言わず素直に馬車に乗り込んだ。

ケビンはヘンリーとの取引のことについては、リリアに一言も話さなかった。

この姉が誰かに無体を働かれたというのなら、すでに何倍もの仕返しをしているに違いない。姉がそういう人であることを、ケビンはよく知っていた。

しかも、姉は仕返しさえ終われば、まったくあとに引きずらない。放っておいても、きっとすぐに忘れてしまうだろう。

だが気になって、ケビンは一応聞いてみる。

「姉さん、騎士団で何かあったの？　誰かに何かされた？」

「えっ？　何もないわよ。もし何かされたら、三倍にして利子もつけて返してやるわ。ふふふ。でも急に何？　どうしてそんなこと聞くの？」

「なんとなく聞いてみただけだよ。じゃあ僕は騎士団に戻るね。ありがとう、リリア姉さん」

予想通りの答えに、ケビンはにっこり微笑んで服を着替え始めた。

◇　◇　◇　◇

騎士団に戻るケビンを見送ったあと、リリアは自室に向かう。

ソファーに座ると、テーブルの上に置かれたクッションカバーが目に入った。見事な刺繍《ししゅう》が施《ほどこ》されたそれは、どうやらケビンが手慰《てなぐさ》みに作ったもののようだった。

リリアは刺繍《ししゅう》は苦手だ。これだけは性《しょう》に合わない。何度やっても糸が絡まっておかしなものが出来上がる。

それに引きかえケビンは、こんな複雑な模様の刺繍《ししゅう》をたった二日でやり遂げたというのか。

「恐るべし、我が弟よ……」

騎士団に戻ったケビンのことを考えていたら、自然とドナルドのことが思い出された。けれどそれを無理やり頭から追いはらう。

（明日からまた、ただの子爵令嬢としての毎日が始まるのよ。この二日間の出来事は、夢だったと思って忘れるに限るわ。そして次の夜会で、今度こそ理想の男性とのロマンチックな出会いを果たすのよ！）

リリアは最後にもう一度だけ、ドナルドの切なげな顔を思い浮かべる。

（ないない！　あの節操《せっそう》なしの男だけはあり得ないわ！　結婚したところで、他の女の影に泣く未来が見えているもの！）

その顔を再び頭から消し去り、リリアはベッドに潜《もぐ》り込んだのだった。

第三章　騎士団長、幻《まぼろし》の少女を乞《こ》う

団長が件《くだん》の少女リリアに逃げられてから三日が経つ。魂《たましい》が抜けたようになってしまった団長に、ヘンリーは悩まされていた。

毎日、胸に残された少女の噛み痕《あと》を見ては溜息《ためいき》を漏らし、風呂にも入ろうとしない。暇さえあれば少女と出会った川に足を運び、この世の終わりを見たような顔をして戻ってくる。

さすがに心苦しくなったヘンリーは、リリアに似た容姿の娘を何人も団長に会わせた。だが、銀髪に青い目をした彼女たちを見ても、団長は眉一つ動かさない。それどころか、日に日に憔悴《しょうすい》していく。

「もう二度と会わないと言われたんだ。タイプじゃないし、女にだらしない男は大嫌いだとも言われた。自分では別にだらしないとは思わないが、もしかして俺が童貞でなかったから幻滅されたのだろうか。もし過去に戻れるのなら、絶対に彼女以外の女を抱かない自信がある……なのにそんなに嫌がるものなのか……」

副団長室のソファーで横になった団長は、幽霊のように生気のない顔で呟《つぶや》く。

だがリリアが団長を拒絶するのは、彼が童貞ではなかったからではなく、無理やり純潔を奪われたからだろう。

(脳筋にもほどがある。どうしてそんな思い違いができるのか、一度頭の中を覗《のぞ》いてみたいものだ……まったく)

「団長、せめて風呂には入ってください」

青白い顔をして溜息《ためいき》をつく団長にヘンリーは声をかける。

「彼女の下着も失ってしまった。もう二度と会えないなら、せめて彼女の肌に触れたこの体を、水で洗い流さずにいたいんだ」

(何を乙女《おとめ》チックなことを言っているんですか！　団長――‼)

心の中でツッコミを入れたあと、ゆっくりと心を落ち着かせながら、ヘンリーは論理的な言葉を返す。

「団長、そんなことを言っていると、また少女に会えたとしても、臭《くさ》いと言って逃げられますよ。不潔な男は、女性に最も嫌われますからね」

ヘンリーが呆れ顔で言うと、団長は弾《はじ》かれたようにソファーから身を起こす。そして、近くにいた使用人に大急ぎで風呂の用意を命じた。

そんな団長を横目で見ながら、ヘンリーは溜息《ためいき》をつく。

弟を騎士にする代わりに、今回の件を内密にする――そんなヘンリーの提案を受け入れたのだから、リリアは団長のことをよく思っていないに違いない。

心苦しくはあるが、ここで少女の正体を告げても、団長が彼女と結ばれることはないだろう。それどころか、彼女は悲劇を忘れて前向きに生きていこうとしているはずだ。

（幼気《いたいけ》なあの少女の未来を守れるのは、私しかいない！）

そんな使命感に燃えていると、団長がとんでもないことを言い始めた。

「ヘンリー、俺は騎士団長を辞めようと思うんだ。そして、少女を探す旅に出る……」

「ちょっ、だ、団長！　何を言い出すんですか！　この第四騎士団は、団長のおかげでもっているようなものです！　騎士たちだって、団長がいるからこそ命を張って戦闘に向かうのです！　貴方がいなくなったら第四騎士団はどうなるんですか！　馬鹿なことを言うのはやめてください！　それに騎士団で出会ったのですから、少女はきっとまたここに来ますよ！」

「でも、すでに三日も会えてない……。もうダメだ……これ以上会えないと、俺はダメになってしまう……。もう剣を持つ気力すら失ってしまった。彼女を探しに行けないなら、生きている意味もない」

筋肉馬鹿の団長が、最愛の剣も握らずに憔悴《しょうすい》していく。

少女への想いを拗《こじ》らせて、完全におかしくなっていた。

だが、来週の騎士団会議には、まともな状態で参加してもらわないと困る。もし今後もこの状態が続くなら、それは国家の存亡に関わる一大事だ。

（腑《ふ》抜《ぬ》けになってしまった団長を、なんとかしっかりさせなければ！）

ヘンリーはしばらく熟考したあと、一つの解決方法を導き出した。

（かくなる上は、リリア嬢に一肌脱いでもらうしかない。彼女から面と向かってハッキリ拒絶されたら、団長も間違いに気づくはずだ）

もうこれしか打つ手は残っていないように思えた。

そうしてヘンリーは、弟のケビンに手紙を託すことにする。

「申しわけないがリリア嬢、奥の手を使わせてもらいます」

ヘンリーは決意を胸に、そう呟《つぶや》いた。

◇　◇　◇　◇

ヘンリーがそんな決意をしたのと同じ頃、リリアはバスキュール子爵家の別邸でギルダの特訓を受けていた。次の夜会で、素敵な男性をゲットするための技を伝授《でんじゅ》してくれるらしい。

「食事のときは、小さく口を開いて少しだけ食べ、すぐにお腹いっぱいだと言うのが基本です。ですからお嬢様、夜会でもそのようになさってください」

（でもギルダ、夜会には我が家では手に入らないような珍しいお菓子や料理が、ところ狭しと並べられているのよ？　あれを全部食べてはいけないだなんて、拷問《ごうもん》に等しいわ……）

そう思うけれど、リリアが余計な口をはさむ隙はない。

「気に入った殿方がいたら、近くにいる既婚の女性に仲介を頼みなさいませ。自分から目を合わせては、はしたないと思われてしまいますよ」

（おばさま方にいちいちお願いするのは、まわりくどくて好きじゃないわ。だって、素敵だなと思う人は、すぐに他の令嬢にかっさらわれてしまうんだもの。こういうことは先手必勝でしょう？）

「いくら男性側のリードが下手でも、お嬢様がリードするのはやめてください。男性というのは女性に手綱《たづな》を握られるのを好まないのですよ。男性に従順なふりをして、陰で操《あやつ》るスキルが女性側には求められます」

（そんなの難しいわ。確かにお母様はお父様を陰から支配しているけれど、それはお母様だからできる最高難度の技よ！）

ギルダがいろいろな技を教えてくれるが、どれもリリアにはできそうもない。特訓が終わる頃には、すっかり疲れ果てていた。

そこでリリアは、気分転換に親友のヘレンと町へ買い物に出かけることにした。ヘレンは幼い頃からの友人で、先日ある素敵な男性と婚約したばかりだ。

彼とは夜会で出会い、その後少しずつ関係を深め、つい最近プロポーズを受けたのだという。しかも相手の男性は豪華な遊覧船《ゆうらんせん》を貸し切ってヘレンを招待し、夜景と楽団が奏《かな》でる音楽をバックに、ひざまずいて結婚を申し込んだらしい。

まさに自分が夢見るロマンチックなプロポーズだ。そのときの情景を想像して、リリアはうっとりした。

真っ昼間に森の中で、しかも上半身裸で求婚してきたドナルドとはえらい違いだ。リリアのほうも彼のシャツ以外は何も身に着けていなかったのだから、まったくもってあり得ない。

出かける支度をしながら、ドナルドのことを思い出して、再び怒りが湧いてきた。あんなプロポーズ、絶対に受け入れられない。それにドナルドのことだから、他の女にもその場の勢いで求婚しているに違いない。

「あのサカリのついた大型犬！　どんな女にも尻尾《しっぽ》を振るんだから節操《せっそう》がなさすぎるわ！　あんな駄犬に、餌《えさ》なんて二度と与えないんだから！」

ドナルドのことを早く忘れるためにも、次の出会いに人生をかけようと決意を新たにする。そうして、ヘレンとの待ち合わせ場所に向かうため、リリアは馬車に乗り込んだ。

行き先は、王都の少しはずれにある大きな町だ。交易の拠点である海や川、街道にも面しているので、国内外から商人らが集まっており、常に活気で溢《あふ》れている。町には建物が所狭しと立っていて、その間に狭い道がいくつも通っている。

馬車を降りてヘレンと合流したリリアは、その曲がりくねった道を、大勢の通行人に揉《も》まれながら歩く。

以前は、貴族の令嬢が供も連れずに歩けるような場所ではなかったのだが、王国が戦争で大勝して以降、町の治安は飛躍的によくなった。

そんな町を見まわしながら、ヘレンが口を開く。

「こうしてリリアと楽しくお買い物できるのも、八年前の戦争のときに、ゲリクセン騎士団長が敵の船を沈めてくださったおかげよね。……あら、どうしたのリリア？　顔色が悪いんじゃない？」

「そ……そんなことないわ。ゲリクセン騎士団長ね。聞いたことくらいはあるわよ」

（実はそのゲリクセン騎士団長に裸を見られた上に、キスを交わして、股の間まで舐《な》められてしまったなんて――ヘレンには口が裂けても言えないっ！）

冷や汗を流しながら、リリアはヘレンに向かってぎこちなく微笑む。

おっとりとした性格のヘレンは、リリアの動揺に気づかず、そのまま話を続けた。

「社交の場にはお顔を見せてくださらないから、私もお噂くらいしか知らないわ。ほんの少し女性関係が奔放《ほんぽう》だなんて話もあるわね」

(ほんの少しどころではないわ！　私が騎士団にいた二日間だけで、私以外の複数の女性とも破廉《はれん》恥《ち》な行為をした、節操《せっそう》なしよ！)

道沿いに店を構えている商人が、大きな声で客引きしている。リリアたちも声をかけられ、それを愛想笑いで断りながら雑踏《ざっとう》を歩いた。

「あんなにお強い方なら、リリアにぴったりじゃないかしら？」

とてもいいことを思いついたと言わんばかりに、ヘレンがリリアに向かって提案する。

「リリアは昔から強くて賢くて、よく私やケビンを守ってくれていたもの。川で溺《おぼ》れたのを助けてもらったこともあるし、野良犬《のらいぬ》を撃退してくれたことだって覚えているわ。そんなリリアには、きっとゲリクセン団長みたいな人がお似合いよ。そう思わない？」

ヘレンの話に狼狽《ろうばい》したリリアは、大きな声で答えた。

「な……何を言い出すの？　お似合いなわけがないわ!!　絶対にない!!　そんなの真っ平ごめんよ！」

あまりの剣幕《けんまく》に、ヘレンが申しわけなさそうにうつむく。

「あ……あの、冗談よ……。リリアの好みは洗練された気品のある紳士ですものね」

「え、ええ。そうよ……ふふふ」

リリアは笑って誤魔化《ごまか》す。そのとき、人混みの中に見覚えのある人物を捉《とら》えた。

「あれは……。ヘレン！　ごめんなさい、少しだけそこで待ってて!!」

「えっ？　リリアっ!?」

考えるより先に体が動いて、人をかきわけながらその人物のほうへ走る。

リリアが目にしたのは、先日闘技場で見かけたブロンドの女性だった。

（私、何をしているの？　彼女のあとをつけてどうするつもり？）

無意味な行動とはわかっていても、動き出した足を止めることはできなかった。

女性はブロンドの長い髪をなびかせながら、ひと気のない狭い路地に入っていく。リリアは気づかれないよう、慎重にそのあとを追いかけた。

近づくにつれ、彼女の容姿がはっきりと見えてくる。

（間違いない、あのときの女性だわ。この人がドナルドのお相手の一人なのね。顔は私とはタイプが違うからなんとも言えないけれど、胸は……負けたわ……くぅっ）

リリアはがっくりとうなだれた。

そのとき、女性がある建物の前で立ち止まった。そこには線の細い優男ふうの男性が立っており、二人は待ち合わせをしていたようだ。熱いキスと抱擁《ほうよう》を交わすと、親しそうに話をしながら建物の中に入っていく。

（あの男性……ドナルドとは正反対のタイプだわ。服のセンスは悪くないけれど、あの模様って……）

男の服には、尻尾《しっぽ》の先にも頭があるドラゴンのような生き物が刺繍《ししゅう》されていた。どこかで見たような模様に、リリアはなぜか目を奪われた。

二人が入っていったのは、どうやら恋人たちの逢引き宿らしい。建物の雰囲気から、恋愛経験のないリリアでもなんとなくわかった。

勢いでここまで来たが、建物の中まで女性をつけていく勇気はない。

その場にしばらく立ち尽くしていると、女性に対して謎の怒りが湧いてきた。

「ふ……不潔！　不潔だわ！　ドナルドがいるのに、他の男性とも淫《みだ》らな行為をするだなんて！　相手の男性だって、神経質そうで嫌味そうで、全然素敵じゃないわ！　絶対にドナルドのほうが包容力もあるし、男らしくてカッコいいのに……！」

怒りのままに叫んで、リリアはようやく我に返った。

「わ、私ったら、何を言っているのかしら。あんな男、もうどうでもいいのに！　そんなことより、早くヘレンのところに戻らなくちゃ。町中《まちなか》に一人、置いてきちゃったわ。本当、ひどい友人ね」

わざと明るい声を出してみるが、まったく楽しくならなかった。無言で肩を落とし、来た道をとぼとぼと歩いて戻る。

心配そうに待っていたヘレンを見つけ、リリアは平謝りする。ヘレンはすぐに許してくれたが、リリアの心は少しも晴れなかった。それどころか、だんだん胸に鉛《なまり》が溜まっていくかのように苦しくなる。

そんなリリアの様子に何かを感じたのか、ヘレンが帰り際にリリアの手を握ってこう言った。

「リリア……私はいつでも貴女の味方よ。貴女のように強くはないけど、心に寄り添うことはできるわ。だから悩みがあったら、いつでも相談してね」

リリアは泣きそうになるのをこらえて、微笑みを返した。

◇◇◇◇

フレウゲル副団長から昇格の話を聞いた三日後。なぜか副団長室に呼び出されたケビンは、嫌な予感で頭がいっぱいだった。

「やっぱり、姉さんが何かやらかしてたのかな……。もしかして、仕返しするときにやりすぎたんじゃ……あぁ……」

重い足取りで副団長室の前まで来ると、扉の前には騎士隊長の一人がいた。彼はケビンの来訪を中にいるヘンリーに告げ、許可を得て扉を開ける。

ケビンが部屋に入ると、執務机に座っていたヘンリーが顔を上げた。その表情は微笑んではいるが、妙な威圧感を放っていて、ケビンの足が震え始める。

そんなケビンを見て、副団長は優しくゆったりした口調で話し始めた。

「先日、君のお姉さんから聞かれたことがあってね。その質問の答えを手紙に書いておいた。よかったら、彼女に届けてくれないだろうか？」

意味深な頼みに、ピンときたケビンはすぐに話を合わせる。

「は、はい、姉も喜ぶと思います。わざわざありがとうございました」

手紙を受け取ったあと、副団長室から退室した。足早に自室に戻ったケビンは、さっそく手紙を開封して、中身を読んでみる。


『親愛なるリリア嬢。

彼が貴女に会いたいと、毎日胸を痛めています。深く反省しているようなので、できれば彼に直接会って、貴女のお気持ちを伝えていただけないでしょうか？　このままでは、騎士団の存続も危うくなりそうです。そうなると、弟君も困ることになるのではないかと心配しております。

いいお返事をお待ちしています。

貴女のお友達、ヘンリー・フレウゲル』

ケビンは手紙をそっとたたんで机の奥にしまうと、大きく溜息《ためいき》をついた。椅子の背もたれに体を預け、両腕を組んで考え込む。

（この手紙を読む限り、姉さんは騎士団の誰かと恋仲になったみたいだな）

フレウゲル副団長まで出てきていることから考えて、恐らく十二人の騎士隊長のうちの誰かなのだろう。隊長たちはみんな既婚者のはずだ。だからこんなにこそこそしているに違いない。

手紙の最後にはやんわりと脅《おど》しの言葉も添えてある。何がなんでもリリアを騎士団に連れてこなければ、ケビンの将来が危うい。

（でも、姉さんは僕と副団長の取引を知らないんだよな。他人に何かを強要されることが、大嫌いな姉さんだ。もし取引のことを知れば、僕の騎士昇格の話も断ってしまうに違いない）

手紙から推測するに、リリアは相手の男性にはもう会いたくないと突っぱねたようだ。相手が既婚者なら当然だろう。でも、相手はまだリリアにご執心《しゅうしん》とみえる。

「姉さんが会わないと言ったのなら、この手紙を渡したところで絶対に会おうとしないだろうなぁ……でも、僕の騎士昇格もかかってるし。うーん、どうしようか……そうだ！　二人が話せるように、どこかの部屋に閉じ込めればいい！」

強情なリリアのことだ。話し合えと言っても、意地を張って逃げ出そうとするだろう。だったら騙《だま》して連れてきて、相手の男性と一緒に部屋に閉じ込めてしまえばいい。

「よし、明日さっそく副団長に相談してみよう。姉さんから事情を聞いたことにすれば、うまくいくはずだ！」

ケビンは悪魔に魂《たましい》を売り渡した。

◇　◇　◇　◇

「急に呼びつけてごめんなさい、姉さん。でも僕、本当に困っていて……」

騎士訓練生の宿舎にある応接室で、ケビンが両手を合わせ、泣きそうな顔でリリアに言った。

困ったことがあると、ケビンはいつもリリアを頼ってくる。

リリアもリリアで、ねぇたま、ねぇたま、と舌足らずに自分を呼んでいた弟の幼い頃を思い出すと、ついつい甘やかしてあげたくなる。

「……もう、仕方がないわね。何があったの？　貴方の手紙を受け取ってすぐ、ギルダに内緒で屋敷を抜け出してきたんだから、手短にお願い」

「ああ、やっぱり姉さんは頼りになるよ」

まだ幼さが残る顔をほころばせて、ケビンが笑う。

彼についてくるように言われて訓練生の宿舎を出たリリアは、彼とともに騎士団本部に入っていった。なぜかそこかしこに隠れている騎士の気配が気になるが、ケビンは迷わず進んでいく。

本部の最上階に辿《たど》り着くと、豪奢《ごうしゃ》な細工が施《ほどこ》された扉の前に立つ。ゆっくりと扉を開けたケビンは、リリアに部屋の中へ入るよう促《うなが》す。

言われた通りにリリアが足を踏み入れると、ケビンはすぐこう言った。

「姉さん、ごめん。バスキュール子爵家の未来のために頑張って。それに、一度は好きになった人なんでしょう？　二人でじっくり話し合ってみたほうがいいよ」

「えっ？　なに？」

驚くリリアのうしろで扉が閉まる。慌てて開けようとするが、外から鍵をかけられたのか、びくともしない。

「ちょっと！　ケビン！　開けなさい！　冗談じゃすまされないわよ！　こら！　開けなさい!!」

何度か叫んでみるが、扉の向こうからはなんの音も聞こえてこない。もう誰もいないようだ。

（ケビンったら、何を考えているのかしら？）

リリアは観念して部屋の中を探ってみることにした。かなり身分が高い人の部屋らしく、調度品の材質はどれも最高級な上に、細工も上等だった。部屋の中央に配置されているソファーには金糸で刺繍《ししゅう》が施《ほどこ》されており、見ただけで一級品だとわかる。

もしかすると、騎士団の最高責任者の部屋なのかもしれない。

（あ、あれ？　ま……まさか、この部屋って……）

ぐるりと見まわすと、隣の部屋へ続く扉が開け放たれており、そこから見えるベッドの上で、誰かがのっそりと起き上がる。

その人物もリリアに気がついたようで、ぴたりと動きを止めた。

「ドナルド！　やっぱり貴方の部屋だったのね！」

ドナルドは、騎士団長のみが着用する赤いライン入りの制服に身を包み、ベッドの上で呆然としている。

リリアは驚きつつも、まるで何かに引き寄せられるかのように彼に近づいていく。すると、ドナルドの様子がおかしいことに気づいた。

柔らかい金色の髪は艶《つや》を失い、ぼさぼさになっている。あまり眠れていないのか、目の下には隈《くま》が深く刻まれていた。全体的に生気がなく、どう考えても普通の状態ではない。

「……本物の君なのか？　……それとも、俺は幻覚を見ているのか？」

頼りなく震える声にも、以前のような威厳はない。

あまりにも変わり果てた彼の姿に、リリアは驚きを隠せなかった。

（どうして悲しそうな目をしているの？　王国一の騎士団長が、こんなふうになってしまうなんて……信じられないわ）

「ねぇ、ドナルド……もしかして、私と会えなくて寂しかったの？　私のことが、そんなに好きだとでも言うの？」

リリアはベッドの端にぽすんと腰を下ろした。そうしてドナルドのやつれた頬に手を当て、ゆっくりと優しく指で撫《な》でる。そんなリリアを、ドナルドは瞬《まばた》きもせずに見つめていた。

「ああ、これは幻覚に違いない……俺はついにおかしくなってしまったんだ！」

そう言った瞬間、彼は勢いよくリリアの両肩をつかんだ。あまりの力強さに、鋭い痛みが走る。

「つっ！」

リリアが苦痛に顔を歪《ゆが》めても、ドナルドは力を緩《ゆる》めようとしなかった。そのまま力任せにリリアを押し倒す。スプリングのきいたマットレスが大きく軋《きし》んで、上質な絹《きぬ》のシーツが波打つ。

「やめてっ！　ドナルド！　離してちょうだい！」

以前のドナルドは、リリアが本気で嫌がれば、すぐにやめてくれた。なのに、今のドナルドはリリアの言うことに耳を貸そうともしない。

「手を離すと、君はすぐに俺から逃げていく。だから君が泣いても叫んでも、俺はもう絶対にこの手を離さない！」

「ちょっ……んんんっ!!」

反論しようとした瞬間、唇を唇で塞《ふさ》がれた。乱暴に舌が挿入《そうにゅう》され、口内を余すところなく探られる。

ありったけの力を込めて逃《のが》れようとするリリアだが、相手は弱っていても騎士団長。その太い腕はびくともしなかった。

「好きだ！　……愛している！　もう君がいないと生きていけない!!」

何度も何度も貪《むさぼ》るような口づけをされて、リリアは呼吸すらままならない。

（こ……この馬鹿犬!!　まずは正気に戻さないと、貞操《ていそう》どころか命が危ないわ！）

リリアは足に力を込めると、膝《ひざ》を曲げてドナルドの体を押し返した。それでも唇を離そうとしないので、無理やり上半身を捻《ね》じってうつぶせになる。すると、ようやく息ができるようになり、リリアは咳《せ》き込みながら必死に空気を吸った。

「げほっ……はぁ……」

「愛している！　傍《そば》にいてほしいんだ！　もう逃げないでくれ！」

ドナルドは悲痛な叫びを上げながら、なおもリリアを拘束しようとしてくる。リリアは歯を食いしばり、思い切り頭をうしろにそらした。ドナルドは虚《きょ》をつかれ、リリアの頭突きを顔面にくらう。

いくら筋肉馬鹿でも、顔だけは鍛《きた》えられない。顔面にはいくつか急所もあるので、上手く当たればドナルドの動きを止められるはずだ——と、そこまで計算したはいいが、代償は思った以上に大きかった。

「いったぁぁぁぁい!!」

ごつんという鈍い音に続いて、リリアの悲鳴が響き渡る。

リリアは体を起こしながら両手で頭を抱え、涙目でドナルドのほうを振り返った。リリアの後頭部は割れそうなくらい痛んでいるが、ドナルドはまったくダメージを受けていないようだ。ポカンとした顔でリリアをじっと見つめている。

「し……信じられないわっ！　全然痛くないわけ!?　どれだけ頑丈《がんじょう》なのよ！」

痛みとショックから、涙がぼろぼろと頬を伝《つた》って流れていく。

そんなリリアを見て正気に戻ったドナルドは、冷や汗をかきながらおろおろし始める。

「すまない、本当に……本当にすまん。これからは君の許可がない限り、絶対に指一本触れないから、どうか許してくれ……。ああ……そんなに泣かないでほしい。俺が悪かった……。君に二度と会えないと思って、おかしくなっていたんだ」

取り乱すドナルドを前にして、彼への怒りが徐々に薄れていく。

それどころか、微笑ましいとさえ思えてきた。自然と涙が止まって、代わりに笑みが零《こぼ》れる。

「ふふっ……そんなに私を愛しているの？　おかしくなってしまうくらいに？」

リリアはシーツに手をついてドナルドのほうに顔を近づけた。

ドナルドは両手を握り締め、厚い唇を噛んでいる。どうやらリリアに触れそうになるのを我慢しているらしい。

「君を愛している。君以外の女はもう絶対に抱かないし、君好みの男に変わってもみせる。だからお願いだ……もう俺の前から消えてしまわないでくれ」

ドナルドは今にも泣きそうな顔でリリアを見つめた。

リリアは何も言わず、白魚《しらうお》のような指を彼の上着の襟《えり》に這《は》わせる。

ドナルドの肩がビクリと震えた。リリアは指で襟元《えりもと》をしばらくもてあそんだあと、上着のボタンを外して前をはだけさせた。それから、シャツのボタンもゆっくりと外していく。

「……なに……を、するつもりなんだ……」

「お仕置きに決まってるじゃない。だって貴方ったら私を窒息させかけた上に、頭にたんこぶまで作らせたのよ。充分、お仕置きに値《あたい》すると思わない？」

「たんこぶも俺のせい……なのか？」

ドナルドは大きな体を丸めてベッドの上に座り、しょぼんとしながら呟《つぶや》く。

王国の英雄の情けない姿を見て、リリアは自然と笑いが込み上げてきた。それを悟られまいと、怒っているふりを続ける。

やがてシャツのボタンはすべて外れ、隆起した硬い胸筋が露《あら》わになった。リリアはむくれた表情のまま、人差し指で自分が残した噛み痕《あと》に触れる。それはもう、ほとんど消えかけていた。

ドナルドが顔を上げ、怯《おび》えた表情でリリアを見る。

（ふふ、その顔。もう一度噛まれるんじゃないかと思っているわね。もう少しだけ脅《おど》してから、許してあげましょう）

「ねぇドナルド。私にされて一番嫌なことは何？　――それをお仕置きにするわ」

にっこり笑ったリリアに、ドナルドが静かに言った。

「……わかった。じゃあ、君に教えてあげよう」

突然リリアの視界がくるりと回転し、背中からベッドに沈む。脳が状況を理解する前に、耳の柔らかい部分をドナルドの唇がぱくりと咥《くわ》え、そこに舌を這《は》わせた。ぬるま湯が肌の上を流れていくような感触に、思わず背中がゾクリとする。なぜかそれを気持ちいいと感じてしまい、リリアは誤《ご》魔《ま》化《か》すように声を上げた。

「い、いきなり何するのっ⁉」

のしかかってこようとするドナルドの胸を、両手で力いっぱい押し返す。

「君に嫌な顔をされるたびに、俺は心が苦しくなる。胸が張り裂けそうなほど辛くなる。俺にこういうことをされるのは嫌なんだろう？　それとも嫌じゃないのか？」

ドナルドはそう言って、面白そうにリリアの様子を窺《うかが》う。リリアは顔がカーッと熱くなり、わなわなと震えた。

（こ……こんなふうに聞かれたら、嫌じゃないなんて言えない！　そんな恥ずかしいこと、口が裂けても絶対に言えないわ！）

「い、嫌に決まっているじゃない‼　聞かなくてもわかるでしょう⁉」

「だったら、これが俺にとって一番のお仕置きだ。君に拒絶されるのは死ぬほど辛いが、仕方ないから続けよう」

残念そうに言うと、ドナルドは節《ふし》くれだった指で、リリアのドレスの前ボタンを外し始めた。辛いと言いつつも態度の端々《はしばし》から、それを楽しんでいるのがわかる。あっという間にドレスの前が開き、胸が露《あら》わになった。

ドナルドの指や舌が、リリアの肌の上を這《は》う。それらがリリアの表面をどろどろに溶かしているのではないかと思うくらい体が熱くなっていった。

燃え盛る火のように熱を帯びた舌が、頬に、首筋に、腕に、お腹に伸び……至るところをとろけさせていく。

声を出さないように唇を噛みしめるが、全身に与えられる快感に、リリアはもう耐えることができなかった。

「んんっ……ふぅ……ん……んっ……」

唇の隙間から漏れ出た声が甘く響く。

「これも、君にとっては嫌なことなんだろう?」

「い……嫌……よ……やぁ……んんっ」

(本当は嫌じゃない……すごく気持ちがよくて、雲の上にいるみたいに、体がフワフワする……)

いつの間にかドレスを脱がされ、リリアは裸になっていた。夢見心地の中、太腿《ふともも》やつま先にまで舌を這《は》わされる。

全身を余すことなく舐められ、そろそろ終わるのだろうかとリリアが思ったとき、ドナルドが低い声で呟《つぶや》いた。

「股を開いて見せてくれ」

「そ、そんなの……恥ずかしくて、できないわ……」

「だからこそやるんだ。俺にお仕置きがしたいんだろう？」

確かに、そう言ったのはリリアだ。けれど、こんな恥ずかしい思いをするつもりは一切なかった。ほんの少し脅《おど》してやろうと思っただけなのに、どうしてこんなことになったのか。

「や……無理ぃ……」

泣きそうになりながら拒絶するが、ドナルドは表情を硬くしたまま無言でこちらを見つめている。それに一度お仕置きをすると言った以上、このままやめるのは負けを認めることと同義に思えてくる。リリアの性格上、それだけは絶対にできないことだ。

恥ずかしさに押しつぶされそうになりながらも、リリアは震える足に力を込めて、ゆっくりと股を開いていった。

ドナルドを恨《うら》めしそうに見るが、彼は真剣な表情を崩さない。

「もう少し足を広げないと、奥のほうが見えない。このままじゃお仕置きにならないぞ。それでもいいのか？」

ドナルドの言葉に、恥ずかしさが募《つの》る。だが、リリアは意地になって恥辱《ちじょく》に耐え、さらに足を開いていった。

そうして限界まで足を広げたリリアは、緊張しながらドナルドの反応を待った。けれど、彼は何も語ろうとしない。

無言でじっと見つめたあと、一呼吸おいてピンクの花弁に触れた。リリア自身も触れたことのない秘所を、無骨な男の指がまさぐる。襞《ひだ》をかき分けられる感触に、リリアは体を硬くして唇を噛んだ。

「ン……やぁ……はっ……」

ドナルドの指は、割れ目を何度も行き来し、花弁を隅々《すみずみ》まで凌辱《りょうじょく》していく。そのうち、ぴちゃぴちゃと水音が聞こえてきた。自分の蜜口から生み出される音だと理解したリリアは、恥ずかしさで頭がいっぱいになり、両目をきつく閉じた。

ぐちゅり……ぐちゅ……ぐちゅ……

(私がこんな淫《みだ》らな音を出しているなんて、信じられない！　これ以上ドナルドの前で恥を晒《さら》したくないのにっ……)

なんとか水音を止めたいと思うけれど、どうしていいかわからない。そんな彼女の思いに反して、ピンクの花弁はますます潤《うるお》い、くちゃくちゃと淫猥《いんわい》な音を響かせる。ドナルドを誘うように甘い香りがふわりと漂い、淫靡《いんび》な滴《しずく》がシーツを濡《ぬ》らしていった。

「すごい……もうびしょびしょだ。君は本当に濡《ぬ》れやすいな。見てみろ、俺の指を咥《くわ》え込みたくて、必死で絡め取ろうとしている」

ドナルドはそう言って、透明な液体をまとった手をリリアに見せつける。目の前に差し出されたそれは、蜜をたっぷり絡ませ、銀色の光を放っていた。ドナルドの指からぬるりと零《こぼ》れ落ち、桃色に染まったリリアの胸に銀の滴《しずく》を垂らす。

その甘美《かんび》な水滴を、ドナルドはもったいないと言わんばかりに、音を立てて啜《すす》り上げた。

「やだ……も……これ以上は……ゆ、許して……無理ぃ」

羞恥心《しゅうちしん》が限界を超え、リリアは蚊《か》の鳴くような声で訴えた。

するとドナルドは、硬い表情を崩して申しわけなさそうな顔をする。

かと思うと、リリアにガバッと覆《おお》いかぶさり、その細い肩を抱きしめた。それからゆっくりと、両手でリリアの背中をさすり始めた。

まっすぐな銀の髪がドナルドの指に絡まって、絹《きぬ》のシーツの上にするりと流れ落ちる。

「すまん！　これ以上は無理だ。君が可愛すぎて、俺が耐えられない！」

(なんなの？　さっきまでとても強引だったのに……でも……今はそんなこと、どうでもいいわ。頭がぼうっとして何も考えられないもの……)

リリアはドナルドの腕に身をゆだねたまま、しばらく体中を撫《な》でまわされていた。

気持ちが少し落ち着いた頃、ふと足の付け根辺りに、熱くて硬いものが当たっているのに気づく。

それがなんであるのかすぐに思い至り、リリアはカッと顔を熱くする。

その様子に気づいたドナルドが、照れ臭《くさ》そうに言った。

「……これは違うんだ。決して君をそういう目で見ているわけじゃない。ただ、君だからこうなるというか……その、君にしかこうならないというか……」

「辛そうな顔をしているわ。もしかして……苦しいの？」

ズボンの前は、はち切れんばかりに膨《ふく》れ上がっている。生まれて初めて目にした光景に、リリアは心配になってきた。

「そりゃあ、大きくなりすぎて痛いくらいだが、君に軽蔑《けいべつ》されるほうが……死ぬよりも辛い」

（この人、自分が何を言っているのか、わかっているのかしら。王国最強の騎士団長だというのに……私に嫌われるのが死ぬより辛いだなんて）

ドナルドはリリアのせいでこうなったと言っていた。だとすれば、責任はリリアにある。

「軽蔑《けいべつ》なんかしないわ。どうしたら楽になるの？」

「……手伝ってくれるのか？」

「私にできることならやってもいいわ。胸の傷の……お詫《わ》びよ」

「だったら、少しの間だけでいい、膝《ひざ》を閉じていてくれないか？」

それでどうやって手伝うのか、よくわからない。けれど、膝《ひざ》を閉じるくらいなら簡単だ。リリアは返事の代わりに、瞼《まぶた》を少し伏せた。

するとドナルドはズボンとパンツを膝《ひざ》まで下げて、大きな手でリリアの膝《ひざ》を持ち、それをリリアの上半身に向かって曲げる。

何をする気だろうと思った次の瞬間、熱くて硬いものがリリアの濡《ぬ》れそぼった秘所にあてがわれた。それは花弁に沿って動き、リリアの敏感な芯をぬるりとこすり上げる。

「あぁぁぁぁっ!!」

押し寄せてくる快感に、思わず腰が浮く。ドナルドのほうを見ると、彼は心配そうにリリアを見つめていた。

「大丈夫、私……い、やじゃ……ないわっ……」

桃色の吐息を漏らしながら、リリアは小さく微笑んだ。するとドナルドは、ゆっくりと腰を動かして男根を秘所にこすりつける。ぐちゅりと淫靡《いんび》な音が鳴って、リリアの脳は快感を貪《むさぼ》り始めた。

「あぁぁっ!!　や……ぁっ!!　あぁっ……!!」

ぱんっ、ぱんっ。

肌と肌がぶつかる激しい音が、何度も繰り返し響く。その音に、ドナルドの興奮に満ちた熱い息が混じった。

「はぁっ！　はっ！　はぁっ！」

ドナルドのものをこすりつけられるたびに、リリアの白い裸体《らたい》はシーツの上で小刻みに震えた。とめどなく快感が湧き上がり、リリアの脳を痺《しび》れさせていく。

「んあぁっ……あぁ……」

リリアが限界近くまで高まっているのを、ドナルドは見逃さなかった。リリアの足の間に体を割り込ませ、覆《おお》いかぶさって唇に情熱的なキスを落とす。何度も、何度も……激しく貪《むさぼ》るように。

リリアは夢中でドナルドにしがみつく。彼女自身も、その瞬間が来るのを肌で感じ取っていた。

「ああ……愛している！　愛しているっ！」

苦しいほどに抱きしめられ、ドナルドの動きが速くなったかと思うと、リリアのお腹の上に熱いものが放たれた。それと同時に、リリアのほうにも激しい快感の波が押し寄せる。

「あああぁぁっ……!!」

ドナルドの温かい腕に抱かれて、リリアは今まで感じたことがないほどの幸福を噛みしめていた。

逞《たくま》しい筋肉に、柔らかい頬を押しつける。その感触が堪《たま》らなく心地いいことを、リリアの体は覚えていく。

（あぁ……私、ドナルドが好きだわ。全然タイプじゃないし、ちっともロマンチックじゃないけど……でも、彼の腕の中はこんなにも気持ちがいいんですもの）

リリアは溢《あふ》れる愛《いと》しさを胸に、ゆっくりと口を開いた。

「リリアよ……」

「え……？」

ドナルドは腕の力を緩《ゆる》め、リリアの顔を覗《のぞ》き込む。

リリアはドナルドの汗ばんだ頬を両手で挟み、もう一度、今度は彼の目を見て言った。

「リリアよ。私の名前。教えてほしいって、最後に別れたときに言ってたじゃない」

するとドナルドは目を潤《うる》ませ、困ったような切ないような、なんとも言えない顔をした。彼は長い溜息《ためいき》をつくと、嬉しくて堪《たま》らないというように顔をほころばせる。

「ありがとう、リリア。ありがとう。ああ、リリアというのか。可愛い名前だな。リリア、リリア、リリア……！」

「そんなに何度も呼ばないで。なんだか犬にでもなったような気分だわ」

「ははっ……たとえ君が犬だったとしても、変わらず愛する自信がある！」

ドナルドは自分の頬に当てられていたリリアの手に触れる。それからもう片方の手でリリアの背を支えて彼女を起き上がらせた。

先程リリアのお腹にまき散らされた白濁《はくだく》が、濡《ぬ》れそぼった股の間に流れ落ちる。それはまだ温かく、独特の匂いを放っていた。

「あ……やだっ。何か拭くものはないの？」

そうリリアが尋ねると、ドナルドは満面の笑みで自分の上着を差し出した。

「騎士団長の上着でなんて、拭けるわけないでしょう！」

そこで、リリアはドレスのポケットにハンカチを入れてあるのを思い出した。

まだ体に力が入らないので、ドナルドに頼んでドレスから取り出してもらう。

するとハンカチを見たドナルドが、感嘆の声を上げた。

「これはリリアが刺繍《ししゅう》したのか？　素晴らしい獅子《しし》だな。獲物の首に喰《く》らいついている様子が、とてもリアルだ！」

ドナルドがハンカチを広げて褒《ほ》め称える。けれど、リリアは黙って頬を赤らめるしかなかった。

実は獲物に噛みつく獅子《しし》でなく、草を食《は》んでいるウサギだとは言い出せない。

初めはそのハンカチを使うことを嫌がったドナルドだが、リリアが目で促《うなが》すと彼は大人しく従う。

リリアの肌に残る白い液体をハンカチで丁寧に拭き取った。

それが終わると、綺麗《きれい》に拭き取れたかどうかを確認するように顔を近づけ、最後にリリアのお腹の上にキスを落とす。ちゅっと音が鳴り、肌が震えてなんだかこそばゆい。

それからドナルドは顔を上げ、突然真剣な目をして口を開いた。

「このハンカチ。もらってもいいか？　ちゃんと洗うし、誰にも触《さわ》らせたりしない」

何を言い出すのかと思えばそんなことかと、リリアは呆れながらも少し考えてみる。

「そうね、じゃあ代わりに貴方のパンツをちょうだい。貴方のせいで、私は丸一日下着なしで過ごしたの。だから貴方も今日一日、下着なしでいてね。そのくらい、当然の報《むく》いよ」

リリアは騎士団に潜《もぐ》り込んでいたときのことを思い出し、我ながらいいことを思いついたとばかりに手を差し出した。少しでもドナルドが困ればいいと思ったのだが、予想に反して、彼は嬉々《きき》としてパンツを脱いだ。

最終的に自分のほうが下着をねだる形になってしまい、なんだか恥ずかしくなってきた。

顔を火照《ほて》らせつつも、ドナルドの手からパンツを奪い取る。

ドナルドはベッドの上に座ったまま、満面の笑みを浮かべた。

「ありがとう、リリア。このハンカチは一生、肌身離さず持っている!」

でこぼこの刺繍《ししゅう》がされたハンカチにさえ愛情を抱くドナルドに、リリアの胸がきゅうんと締めつけられる。けれど、頭を振ってその感情を追い払った。

ドナルドが大事そうに握りしめているハンカチは、彼の精でぐっちょりと濡《ぬ》れているのだ。

(なんてムードの欠片《かけら》もない男なのかしら! それなのに胸をときめかせた自分にも腹が立つわ! 私ったら、どうしてこんな男を好きになっちゃったのよ!)

「わ、私はこのパンツ、家に帰ったらすぐに捨てるわ!」

つい冷たい口調になってしまう。リリアは、素早く服を着てベッドから飛び下り、ドナルドの下着をドレスのポケットに捻《ね》じ込んだ。

「待ってくれ！　次はいつ会えるんだ⁉　それとリリアはどこに住んでいる？　君のご両親に挨拶《あいさつ》に伺《うかが》ってもいいか？」

「何を言っているの？　私たちデートもしたことないのに。そんなの順番がおかしいわ」

リリアが心底呆れた顔で文句を言うと、ドナルドが食《く》いつかんばかりに身を乗り出した。

「だったら、今からデートしよう！　リリアはどこに行きたい？　どこへでも連れて行ってやるぞっ！」

必死な顔で言うドナルドを見て、リリアはくすぐったい気持ちになる。

（やだわ……王国の英雄が、私なんかにここまで真剣になるなんて。ふふ、ちょっと焦《じ》らしてみたくなっちゃう）

「三日後にミラ町の広場で会いましょう。ちょうど市《いち》が立つ日だから……朝の十時でいいかしら？　そのときは、今までより紳士的な貴方を見せてちょうだい。そうすれば、少しは見直すかもしれないわ」

「本当か⁉　絶対、絶対に約束だぞ！」

筋骨隆々《きんこつりゅうりゅう》な体にシャツ一枚だけを羽織《はお》り、下半身丸出しで言うドナルド。そんな彼に、リリアは冷ややかな目を向ける。

「……私が脱がしておいてなんなのだけれど、早くズボンをはいたほうがいいと思うわ。せめて手で前を隠してちょうだい。女性とデートの約束をするときの格好としては、あり得なさすぎるもの」

それだけ言うと、リリアは大きな窓に近づき、カーテンを開けた。眩《まぶ》しい陽光が一気に差し込んできて、部屋の中を明るく照らす。

すると、棚に置いてある鍵が目に留まった。恐らくこの部屋の鍵だろう。リリアはそれを手の中に握りしめた。

「待て、リリア！　俺が家まで送る。この辺は男ばかりだから心配だ」

慌てて服を着て追いかけてこようとするドナルドを、リリアは目で制する。

「必要ないわ。私はまだ貴方のことを信用したわけじゃないの。私の心配をするよりも、毎日睡眠を充分にとって、きちんと食事もすることね」

「俺を気遣ってくれるのか？　リリアは優しいな」

「違うわ、不健康で足取りもおぼつかない男性とデートしたくないだけよ。じゃあね」

(さて、私は私で話をつけないといけない人がいるわね……)

そう心の中で呟《つぶや》くと、リリアは団長室をあとにした。


ドナルドの部屋を出たリリアは、長く続く廊下を通って階段を下りた。そのまま目当ての部屋を探して歩く。

すると柱の陰から、黒い制服を着た大柄な騎士が現れた。リリアは騎士の存在を無視してその脇を通り過ぎる。けれどもすぐに別の騎士が現れ、両腕を大きく広げてリリアの行く手を阻んだ。

「ここから先は、立ち入り禁止です」

その騎士の襟《えり》には、たくさんの徽章《きしょう》が光っている。階級や勲章《くんしょう》にあまり詳しくないリリアにも、彼が位の高い騎士だとすぐにわかった。恐らく騎士隊長だろう。

「貴方が誰だか知らないけれど、そこをどいてちょうだい。話をつけなきゃいけない人がいるの」

「申しわけありません。貴女には、まっすぐお屋敷に戻っていただくようにと、上司から命令されています」

騎士は顔色も変えず、慇懃無礼《いんぎんぶれい》に言い放つ。その態度に、リリアはムッとした。

「じゃあ、その上司とやらに会わせてください。今回のことを詳しく説明してもらいたいわ」

ケビンに案内されて部屋に連れていかれるとき、複数の騎士がそこかしこに潜《ひそ》んでいた。今思えば、あれはリリアのことを見張っていたのだろう。そう考えると、今回リリアが騎士団に呼び出されたことは、組織的に計画されていたとしか思えない。

今回の件に、騎士団の上層部が関わっているであろうことは間違いなかった。

「素直にお帰りください。貴女のように、団長に拒絶されたにもかかわらず粘ろうとする女性はよくいるのです。でも無駄な行為ですから、おやめください。ご令嬢に痛い思いをさせたくはありませんからね」

そのセリフに、リリアはカチンときた。この騎士はリリアのことを、団長に群《むら》がる軽い女の一人だと思っているのだ。見下すような事務的な対応に、リリアが我慢できるはずもなかった。

「そう……じゃあ、貴方がたの上司とやらは自分で探すわ」

そう言って、当初の目的通りに足を進める。

そんなリリアを止めようと、騎士は慌てて彼女の腕をつかんだ。予想通りの行動に、リリアはすぐさま反応する。つかまれたほうの腕をくるりとまわして、騎士の腕を捻《ひね》り上げた。

まさか年若い令嬢に反撃されるとは思ってもみなかったのか、騎士は大柄な体を二つに折って、痛みに顔を歪《ゆが》める。その隙に、リリアは急所に膝蹴《ひざげ》りを入れた。

「ううううっ!!」

騎士が股を押さえて床に突《つ》っ伏《ぷ》し、痛みに悶《もだ》える。

「女だからって馬鹿にしないでね！」

(ざまあみろだわ。私をその辺の女と一緒にした罰よ！　恥を知ればいいわ！)

床に転がる騎士団員を放置して、リリアは廊下を足早に進んだ。

「上司さんとやら！　近くにいるんでしょう!?　出てきなさいよ！」

大きな声で叫ぶと、わらわらと他の騎士たちが湧いてきて、リリアを捕らえようとする。

「もうっ！　男のくせにこそこそ隠れてるんじゃないわよ！　卑怯《ひきょう》じゃない、か弱い女性にこんな大勢で襲いかかってくるなんて！」

思いのほか騎士たちの数が多く、リリアの形勢が悪くなってきた。かといって、今さら大人しく屋敷に帰りますとは、口が裂けても言えない。そんな屈辱《くつじょく》を味わうくらいなら、自力で脱出してやると心に決めた。

そうしてリリアは一番近くにある窓を開けてそこに腰かける。リリアのいる場所は二階だ。飛び下りるには少々勇気がいるので、床までのびたカーテンにぶら下がってなるべく低いところから下りようと考える。

リリアはカーテンを手に巻きつけ、足を窓の外に出した。そうして決意を固めて飛び下りようとした瞬間、よく通る声が彼女を引き留める。

「待ってください!!」

窓枠に座ったままリリアが振り返る。

リリアを引き留めた男の騎士服には、銀色の飾緒《しょくしょ》がついている。ということは、位《くらい》の高い騎士なのだろう。おそらく副団長あたりではないかと、リリアは予想する。

この男なら何か知っているに違いないと直感した。

「うちの騎士たちの無礼をお許しください。危ないですから、せめてそこから下りていただけませんか？」

リリアは窓枠に座ったまま、その男を観察する。

彼は茶色の髪をうしろで一つに縛り、銀縁の眼鏡《めがね》をかけていた。灰色の瞳には鋭い光が宿っており、一筋縄《ひとすじなわ》ではいかなそうだ。リリアは気を引き締めて聞く。

「貴方、副団長かしら？　ケビンはどうして私をあの部屋に閉じ込めたの？」

「その質問には、私があとでゆっくりお答えします。とりあえず、今はご自分の身の安全を考えてください」

思ったとおり、この男は副団長で間違いないようだ。

「今答えてくれないなら、すぐにでもここから飛び下りるわ。あれほど大勢の騎士を使って見張っ

ていたのですもの。私に好き勝手されると困るのでしょう？　それでもいいのかしら？」

副団長は、少しばかり動揺を見せたが、すぐに冷静さを取り戻した。

「……貴女も同意の上だと思っていましたが、違いましたか？」

「さあ……なんのことだかわからないわ」

二人は本心を探り合うようにお互いを睨《にら》む。

「これ以上の話は、ここではしないほうがお互いのためだと思いますが。他の騎士たちの目もありますので」

目の前の有能そうな男は、何がなんでもリリアの正体を隠したいらしい。その理由を知りたくなったリリアは、小さく溜息《ためいき》をつくと、大人しく彼の提案に従った。

「わかったわ。場所を変えましょう」

副団長に促《うなが》されるまま、小綺麗《こぎれい》な部屋に入る。

ドナルドの部屋に負けず劣《おと》らず豪華な造りの部屋に、リリアは少し気圧《けお》された。だが、すぐに副団長との駆け引きに意識を集中させる。

彼はソファーに腰かけ、権威を見せつけるかのようにゆっくりと腕を組んだ。リリアもその向かいに座って、負けじと背筋を伸ばす。

「……リリア嬢、困りますね、勝手に騎士団内を動きまわられると……。彼との関係がばれるのは、貴女にとっても本意ではないでしょう？　ケビン君の昇格の話が危うくなりますよ」

（ケビンの昇格……？　どういうことかしら）

疑問に思うものの、それを表情には出さずに副団長の話を聞く。

「彼との関係を内密にする代わりに、ケビン君を騎士にする約束のことです。あのとき、貴女も確かに同意したと思うのですがね」

そこまで言われて、勘のいいリリアはすぐに気がついた。

（あの、馬鹿弟が!!　騎士の位に目がくらんで、私を売り飛ばしたわね！）

ケビンに対して怒りが湧いてきたが、ひとまず目の前の問題に神経を集中させる。

副団長は、リリアと取引をしたと思っているようだが、リリアにそんな覚えはない。ということは、ケビンがリリアの格好をして騎士団にやってきた、あの日に行《おこな》われたのだろう。

幸いにも、ケビンとの入れ替わりはばれていないようなので、そこには触れないことにする。

まずは彼がどこまで知っていて、何が目的なのかをはっきりさせることが先決だ。リリアは情報を引き出そうと、曖昧《あいまい》な表現で答えた。

「そのことなら、約束は守っているわ。だってあんなこと……誰にも言えるわけがないじゃないの」

「そうですね……あれが公《おおやけ》になったら、騎士団はおしまいです」

（おかしいわ。騎士団がおしまいだなんて……私とドナルドの関係が公《おおやけ》になったとしても、そんな一大事にはならないはず。彼は何をそんなに気にしているのかしら）

ドナルドが既婚者ならまだしも、彼は独身のはずだ。彼との出会いは恥ずべきものだったが、副団長が二人の関係を隠したがる理由がわからない。

「ドナルドは私の名前を知らなかったわ。貴方、私の正体を彼に教えてなかったのね。それはどうしてなの？」

するとと副団長は眉根を寄せて、困ったように溜息《ためいき》をついた。

「はぁ……私は騎士団に入団してから十五年間、団長を傍《そば》で見てきました。彼は本来、女性に無理やりああいった行為をする方ではないのです」

(この間の倒錯的《とうさくてき》プレイのことを言っているのかしら。ということは、彼もドナルドが女性を縛って興奮する趣味があると知っているのね)

もう二度と他の女性を抱かないと誓ってくれたドナルドを、疑いたくはない。だが、それだけではこの副団長の態度に説明がつかない。

「……もしかして、ドナルドはまだあのパンティーの女性と……」

リリアはもしやと思いながら、恐る恐る尋ねた。

「ああ、あの下着のことですか。三十二歳にもなる大の男が、ああまで執着するだなんて、思いもよりませんでしたよ。何度も何度も飽きもせず……」

(なんてこと！　ドナルドはまだあの下着の女性と、倒錯プレイを続けているのだわ！)

副団長の立場なら、それを知っていてもおかしくない。彼がこれほどまでに自分の存在を隠したがる理由が、やっと読めてきた。

つまりドナルドにとっては、リリアは数多くいる遊びの相手の一人にすぎないということだろう。性豪《せいごう》だと噂のドナルドでも、さすがに年若い貴族令嬢を弄《もてあそ》んだと知れたら、大スキャンダルだ。

騎士は名誉を重んじる。王国の英雄だとしても、どんな処罰が待っているのか想像もつかない。

大人の男性の巧妙な嘘に騙《だま》されかけたとわかり、リリアの胸の奥が悲鳴を上げるように痛みを発《はっ》する。だが、リリアは表情を崩さず、胸に渦巻《うずま》く感情をひたすら押し隠した。

「リリア嬢、ゲリクセン騎士団長の、この王国における影響力を知っていますか？　彼は一人で一個師団を壊滅させたこともある猛将なのです。彼が騎士団長であることは、敵国に対する抑止力《よくしりょく》にもなっているのですよ。団長を失うことは、国家の一大事であると念頭に置いて、今回のような軽率な行動は控えていただきたいのです」

「……私だって、二度と会うつもりはなかったわ。なのに貴方がそう誘導したのではなくて？　私の存在を秘密にしたいなら、どうして弟を利用して私を呼ぶような真似をしたの？」

「私もはじめは、貴女を団長に会わせる気などありませんでした。ですが、団長の様子があまりにひどいので、やむなくお呼びしたのです。これで問題が解決すればと思ったのですが、まさか貴女がこんな問題を起こすとは考えていませんでした」

高圧的な態度をとる副団長に、リリアは悲しみを忘れて怒りをたぎらせた。都合のいいように扱われるのは我慢ならない。

彼を睨《にら》みつけながら、頭をフル回転して反撃の方法を考える。副団長はリリアとドナルドが性的関係にあるものだと勘違いしている。それを利用しない手はない。

「貴方の言いたいことはわかりました。ここではっきりさせておきますけれど、私はもう騎士団に来るつもりはありません。ドナルドとも、二度と会うことはないでしょう。私と彼とのことは、一切なかったことにしてください」

リリアがはっきりと言い放つと、副団長は瞼《まぶた》をピクリと動かし、威圧的に言葉を発《はっ》した。

「それはリリア嬢ではなく、私が判断するべきことです。団長のためには、やむをえず貴女を呼び出すこともあるでしょう。それに、弟さんのことはどうでもいいのですか？」

「ねえ副団長さん。私と貴方、どちらが主導権を握っているのかわかってるのかしら？」

リリアはそう言って優雅に立ち上がると、ドレスのポケットに隠し持っていたドナルドの下着を取り出す。

有能な副団長は、目の前のパンツを見つめる。ポーカーフェイスを保とうとしているようだが、口が少し半開きになっていた。

「これを持って、憲兵《けんぺい》団に駆け込んでもいいのですよ？　貴族令嬢の純潔を強引に散らしたとなれば、いくら国の英雄でもおとがめなしとはいかないでしょう。もちろんそんなことをしたら、私にもいい縁談は来なくなるでしょうけど、そちらはもっと傷が深いはずよ。私と一緒に、地獄に落ちる覚悟をしてから出直してらっしゃいな」

リリアの捨て身の脅迫に、副団長が初めて苦悶《くもん》の表情を浮かべた。

その顔を見て勝利を確信したリリアは、強気な態度を崩さずに微笑む。

「私のことをただの小娘だと甘く見ていたのでしょう。でもお生憎《あいにく》様、私はそこらの令嬢とは違うのよ」

「……くっ、わかりました。貴女の申し出を受け入れましょう。私にどうしてほしいのですか？」

敗北に顔を歪《ゆが》ませながら、副団長が言葉を絞り出す。

リリアはそれを見て、冷静に交渉を進めた。

「そうね、ケビンの件はそのままでお願いするわ。それと、今回のことに私が関わっていると知る人物には、全員に口止めをしておいてほしいの。そういう裏工作はきっと貴方の得意分野なのでしょう？　……最後に、貴方もドナルドも、今後一切私に関わらないでちょうだい。これが私の条件よ」

リリアはもう二度とドナルドに会うつもりはなかった。ドナルドに嘘をつかれていたことがあまりにもショックで、嫉妬《しっと》と怒りで体中が燃え上がりそうになる。

「団長が落ち込んで、騎士団を辞めると言い出してもですか……？」

「そうよ。そんなことは、貴方たちがどうにかすればいいでしょう。私を巻き込まないでちょうだい」

「わかりました。条件をすべて呑みましょう。こちらに拒否権はありませんからね」

そう言って副団長は、リリアの手の中にあるパンツをチラッと見た。

なんだか急に照れくさくなったリリアは、それをポケットの中に戻す。

交渉はまとまった。こんなところには一秒たりともいたくないと、リリアは別れの挨拶《あいさつ》をして副団長室を出る。

すぐに四人の騎士に囲まれたが、来たときと違って、彼らはリリアを丁寧にエスコートしてくれた。

そうして誰にも見られず馬車に乗り、リリアは帰路についたのだった。

バスキュール子爵家の別邸に戻ると、玄関ホールに入った瞬間、両親が詰め寄ってきた。

「リリア……！　一体どういうことだ!?」

二人とも、ここでずっとリリアの帰りを待っていたのだろうか。興奮して目が血走っているところを見るに、よほどのことがあったに違いない。

（や……やばいわ。もしかしてドナルドとのことがばれたのかしら？）

思わずポケットの中のパンツをドレスの上から握りしめる。

「ど……どうしたのですか、お父様、お母様……そんなに慌てて……」

父であるバスキュール子爵の背後には侍女のギルダが立っており、彼女までもが興奮した顔でこちらの様子を窺《うかが》っている。ホールの真ん中にある螺旋《らせん》階段の上では、何人かの侍女が聞き耳を立てているのも気配でわかった。

ドナルドとのことがばれてしまったのだとしたら、すぐに彼と結婚させられるか、わけありの男性と無理やり結婚させられるかだ。

ドナルドにリリアと本気で結婚するつもりはないだろうから、当然後者ということになる。

（ああ……私の人生……詰んだわ……）

地獄の淵《ふち》をのぞいたような顔をして、リリアは両親を見上げる。すると父が興奮冷めやらぬ様子で叫んだ。

「お前、いつからワルキューレ伯爵家のクリス君と恋仲になっていたんだ!?　でかしたぞ!!　さすが我が娘だ!!」

その隣で、母も涙をにじませながら言う。

「リリアはもうお嫁にいけないのではと心配していましたのよ。クリス様のようなすばらしい殿方を捕まえるなんて、思ってもみませんでしたわ！」

（え……え？　待って……話が全然見えない。……どうしてここでドナルドじゃなくてクリスの名前が出てくるの？）

「ワルキューレ伯爵家から内々に申し込みがあったんだ！　クリス君がリリアと婚約したがっていると！　これは奇跡だ！　神の御業《みわざ》だ!!」

父は顎《あご》に手をあてて感動している。その隣では、母がハンカチで涙を拭きながら頷《うなず》いていた。

「ちょっと待って……。クリスと私が婚約ですって!?　だって私は、彼と会ったこともないのよ!?」

記憶を辿《たど》ってみるが、ケビンのふりをしていたときを除けば、クリスに会ったことはない。

「いいえお嬢様。この間、クリス様が騎士団を案内してくださったではありませんか。きっとあのときに見初《みそ》められたのですわ！」

話を聞いていたギルダが、リリアの疑問に答える。

（そういえば……でも、あれは私に扮《ふん》したケビンなのよ！　あの子ったら、まさかクリスに色目でも使って誘惑したんじゃないでしょうね!?　あの子ならそのくらいやりかねないわ！）

リリアは全身から血の気が引いていくのを感じた。クリスがあのときのリリアを気に入ったということは、ケビンを気に入ったということだ。このまま結婚しても、性格が違うと送り返される可能性が高い。

「待って、お父様、お母様。これは何かの間違いだと思うの。だから返事は保留にしてちょうだい。クリス様に確認してくるから」

すると父は満面の笑みを浮かべて、リリアの肩に手を置いた。

「照れなくてもいいよ、リリア。大丈夫、手紙が来てすぐに返事をしたから安心しなさい」

（な、なんですって!!　もう返事をしちゃったの!?　何を考えているのよ、お父様ったら!!）

普通は婚約の申し込みがあったとしても、すぐに返事をするものではない。父はよほどこの婚約話を成立させたいようだ。

「私と……クリスが……婚約……？」

失恋の悲しみに浸《ひた》る間もなくやってきた次の問題に、リリアは頭を抱えた。

◇　◇　◇　◇

リリアに完全に敗北したヘンリーは、浮かない気持ちで団長の私室に向かう。

そこにはピシッと制服を着こなし、やる気に満ち溢《あふ》れた団長が立っていた。髪を整え、精悍《せいかん》な顔を見せる団長は、今朝までの彼とはもはや別人である。

（リリア嬢とほんの一時間ほど過ごしただけで、こんなに変わるなんて……。もう何日も眠ってい

ないだろうに、そんなことは感じさせないくらい体中から気力が溢《あふ》れている)

「ああ、ヘンリーか。さっき、また彼女に会ったんだ。名前はリリアというらしい。なんて可憐《かれん》な名前だろう。彼女にぴったりだと思わないか？」

団長は嬉々《きき》としてそう言った。

さり気なくベッドを見てみると、かなり激しくコトに及んだらしく、絹《きぬ》のシーツがぐちゃぐちゃになっている。

(やはりあの下着は団長のものだったということか……嫌がる彼女をまた襲ったに違いない。ならばリリア嬢があそこまで怒る理由もわからなくはないな。彼女にはっきり拒絶されれば、潔《いさぎよ》く諦《あきら》めると思っていたのだが、上手くいかないものだ)

ヘンリーは溜息《ためいき》をついた。

「ふぅ……。それで彼女はなんと？」

「ははは、俺とデートがしてみたいんだと。可愛いだろう。だからヘンリー、溜まっている仕事は今のうちに全部終わらせるぞ。三日後にはデートだからな。万難《ばんなん》を排《はい》して事にのぞむんだ」

(団長――!!　またそんな世迷言《よまいごと》を!!　脳筋にもほどがある!!)

何度も無理やり襲われたリリアが、そんな約束をするわけがない。

先ほどリリアは、団長には二度と会わないと言い切っていたのだ。その言葉を信じるのであれば、おそらく彼女がデートに現れることはないだろう。

そんなことも知らずに、団長は張り切って鼻歌まで歌い出している。

（……ああ、どうしたらいいんだ。明日の騎士団会議はどうにかなりそうだが、デートは三日後……そのあとの団長を想像すると、恐ろしくて足が震えてきた）

「どうしたヘンリー、そんな妙な顔をして……。あ……お前、リリアが最高の女だからといって、惚《ほ》れたら殺すぞ！　見るのも禁止だ！　可愛いリリアが減るからな」

（すみません……今日いっぱい見てしまいました。コトが終わったあとの団長のパンツまで見せられましたよ）

そんなことを思いながらヘンリーが団長の下半身を見つめていると、視線に気がついたらしい彼が誇らしげに言った。

「そういえば、リリアが俺のパンツを持って帰ってしまってな。おかげで今日は下着なしで過ごすことになったんだ。はは、俺のリリアは可愛いことを考えるだろう。でも惚《ほ》れるなよ！　可愛いと思うのも許さん！」

上機嫌で話す団長を見て、ヘンリーは思わず胃のあたりを押さえた。

いざ戦いとなれば、団長は桁《けた》外れの力を発揮するだけでなく、用兵にも長《た》けている。戦闘に関しては驚くほど野生の勘が働くのだ。

（なのにどうして無理やり純潔を奪われた少女が、自分に好意を持っていると思い込めるんだ？むしろ恨《うら》まれているに決まっているだろうに……）

こと色恋に関しては、まったく勘が働かないらしい。それもこれも、三十二歳になるまで剣技にばかり夢中で、まともな恋をしてこなかったからに違いない。

ヘンリーはこれからのことに頭を悩ませ、痛む胃をさすった。

◇◇◇◇

その夜、リリアはベッドの上で横になりながら、どうして自分がクリスと婚約することになったのかを考えていた。

どう考えても、クリス本人がワルキューレ伯爵に頼んだのだとしか思えない。そうでもなければ、ワルキューレ伯爵家のようなレベルの高い家から、貧乏子爵令嬢に縁談が来るはずがないのだ。

クリスは女装したケビンのことをよほど気に入ったらしい。いっそのこと自分が騎士になって、ケビンがお嫁にいくほうがしっくりくるような気がしてきた。

(でも、確かにワルキューレ伯爵家との縁談なんて、無視できないかも……)

クリスはかなり将来有望な青年だし、見た目もクールな二枚目だ。その上、堂々として自信に満ち溢《あふ》れている。どんどん昇進していくのは間違いなかった。彼ならば、この傾きかけたバスキュール子爵家を立て直してくれるかもしれない。

ケビンに子爵家の命運をゆだねるのは、帆《ほ》のない船に乗るようなものだ。リリアの未来の旦那が子爵家の後ろ盾になってくれるなら、そのほうがよっぽど安心できる。そしてそれには、クリスのような優秀な騎士が最適だ。

そこまで考えたところで、突然ドナルドの顔が脳裏《のうり》に浮かんだ。

（いやいや、そりゃ彼は騎士団長だし、規格外に強いのだろうけれど……。彼の実家であるゲリクセン伯爵家も、かなりの名門貴族だわ。でも彼は、私を……私だけを好きなわけではないのよ。他にも大勢恋人がいるんだもの）

所詮、色んなタイプの女性と遊びたいだけの、いやらしい男なのだ。リリアに迫ってきたのは、ただ処女が珍しかっただけなのだろう。

リリアもじきに十九歳になる。早く結婚相手を見つけておかなければ、そのうち嫁《い》き遅れと言われてしまう。悲しいけれど、彼のことは忘れたほうがいい。

リリアはドレスのポケットからドナルドのパンツを取り出した。ほのかに彼の匂いがしたような気がして、顔をこすりつけてみたくなる。

でもなんだか変態みたいで気が引けた。すぐに床に落として、靴の踵《かかと》で踏みつける。

「あの男！　馬鹿にして！　私はその他大勢の尻軽女じゃないわ！」

パンツを踏みつけるたびに、なぜだか涙が零《こぼ》れてきた。わけのわからない感情で胸がいっぱいになって、目から水分がとめどなく溢《あふ》れてくる。

「ドナルドの……ばかぁ……嘘つきぃ……浮気者《うわきもの》ぉ」

リリアはベッドの上でシーツにくるまり、パンツを握りしめたまま声を上げて泣いた。

第四章　絡まって絡まり合う

次の日、起きて鏡の前に立ったリリアは、自分の顔を見て愕然《がくぜん》とした。一晩中泣き続けたので目がひどく腫《は》れていたのだ。今日はクリスに婚約のことを聞きに行こうと思っていたが、これでは外出どころではない。

リリアの両親は娘の顔を見て、クリスとの婚約が泣くほど嬉しかったのかと喜んでいた。そんな事情もあり、クリスに会いに行くのは明日にすることにした。

目を冷やしながらベッドの上で過ごしていると、思い浮かぶのはドナルドとのことばかりで、また涙が出そうになる。

ドナルドのパンツを枕の下からそうっと出してみた。よく見るとかなり大きくて、腰まわりの筋肉の逞《たくま》しさが窺《うかが》い知れる。最後に見たドナルドの裸を思い出し、ポッと頬が熱くなった。

そのとき、リリアは自分が何をやっているのかに気づき、恥ずかしさのあまり枕に顔をうずめる。

（いやぁぁぁ！　ベッドの上で男性のパンツを眺めている処女ってどうなわけ？　淫乱《いんらん》を通り越して痴女《ちじょ》じゃないの！）

「もうっ、忘れた！　全部忘れた！　クリスと結婚してやる！　リリア・ワルキューレ……悪くないじゃないの。それでいこう！」

そう叫び、パンツをごみ箱に捨てようとしてハタと気づく。パンツがごみ箱に入っているのが見つかれば、大変な騒ぎになるに違いない。

これの処分をどうすればいいのか、まったく考えていなかった。かといって、このまま部屋に置いておくのもリスクが高い。

リリアは悩んだ末、クッションカバーの内側に押し込んでおくことにした。ケビンがリリアと入れ替わっていたときに刺繍《ししゅう》したものだ。これなら、誰にも気づかれないだろう。

安心して眠りにつこうとしたとき、寝室の扉がノックもなしに開いた。

「誰っ⁉」

「姉さん‼　クリスと婚約したって本当なの⁉」

入ってきたのは、弟のケビンだった。

両親が騎士団にいるケビンにも連絡を入れたに違いない。どこまで話が広まっているのか、考えただけで眩暈《めまい》がしてくる。

リリアがベッドの上で半身を起こすと、ケビンは彼女の肩をつかんで大きく揺さぶった。その顔は青ざめており、生気をなくしているようだ。

「いつの間にそんなことに……！　きっと僕がリリア姉さんと入れ替わっていたときだよね⁉　あのときに気に入られたに違いない！　姉さん、これはワルキューレ伯爵家と縁続きになれるチャンスなんだよ。絶対に本性《ほんしょう》をばらしちゃダメだ！　趣味は刺繍《ししゅう》と詩を読むことって言っといたからね！」

（この子ったら、そんなことを言いにわざわざここまで来たの!?　昨日は私を騙《だま》してドナルドの部屋に閉じ込めたくせに！）

「報《むく》われない恋をするのはもうやめたほうがいい。僕がなんとか副団長を説得するから。それに、姉さんが婚約したって聞いたら、相手も潔《いさぎよ》く身を引くに決まってる」

報《むく》われない恋という言葉が突き刺さり、リリアの胸が痛む。悲しくなって、思わずケビンを見た。

「姉さん、そんな顔をしないで。クリスはすごい奴だよ。来年には騎士になることが決まっているし、すぐに役付きになりそうなくらい優秀な男だ。彼になら、姉さんを安心して任せられる。だから、不実な男のことは忘れたほうがいい。僕にとっても、姉さんの幸せが一番なんだ！」

ケビンは決意のこもった目でリリアを見つめた。騎士団でリリアがあの女性を見たのと同じように、ケビンもドナルドに会いに来た女性を、何度も目撃しているのだろう。

「ケビン……貴方……」

リリアは目を潤《うる》ませながらケビンを見つめる。

「そうね。彼のことはもう忘れるわ。ありがとう、ケビン！」

「姉さん、応援しているからね。なんでも僕に相談して！」

リリアとケビンは美しい姉弟愛《きょうだいあい》で結ばれ、しっかりと抱き合った。

次の日の午後、リリアは騎士団に行くと言って別邸を出た。クリスに会うと言ったら、二つ返事で許可されたのだ。

だが、ギルダがついて行くと言い張った。なんでも最近、たちの悪い野盗が出没するのだとか。襲った相手が貴族であればさらって身代金《みのしろきん》を要求し、そうでなければ皆殺しにするらしい。地元の憲兵《けんぺい》団だけでは対処できず、ドナルド率《ひき》いる第四騎士団も警備に加わっているという。

ギルダはリリアにも危険があると思っているようだが、襲われたときに命の危険があるのは、貴族ではないギルダのほうだ。それに彼女がついてきても、襲われるリスクは下がらない。そう思ったリリアは、クリスと二人で大切な話があるからと言ってギルダを引き下がらせた。

訓練生宿舎から騎士団本部までは距離があるので、ドナルドにばったり会うこともないだろう。騎士団の幹部など、たとえ訓練生でも普通は会うことのない雲の上の人たちだ。

その騎士隊長の股間を、リリアは思い切り蹴《け》り上げてしまったわけだが……乙女《おとめ》を侮辱《ぶじょく》した罰だ。それくらい甘んじて受けてもらおう。

訓練生宿舎につくと、応接室に通された。

リリアは緊張しながらクリスを待つ。一体どんな顔で会えばいいのかと、ソファーにも座らず部屋の中をうろうろしていた。

しばらくすると、クリスがにこやかな顔をして現れた。

「やあ、リリア。俺に会いに来てくれたのか？　嬉しいな」

そう言って爽《さわ》やかな笑みを浮かべ、リリアをその腕に抱きしめる。まさか恋人ヅラをして抱きついてくるとは思ってもみなかったリリアは、慌てて体を離そうとした。

「あの、クリス様。お父様から私たちの婚約のことを聞いて、何かの間違いだろうと思って確かめに来ましたの。ですから、とりあえずこの腕を離してくださいませんか？」

「間違いじゃないぞ。お前がリリアだろう？　だったら、俺が選んだほうで間違いない」

クリスは涼やかに答えて、腕の力をさらに強める。随分な執着っぷりだ。ケビンの女子力は思ったよりも高かったらしい。早く間違いを正しておかなければ、大変なことになりそうだ。

「実は、以前お会いしたときにお話ししたことは、全部嘘なのです。刺繍《ししゅう》はハンカチにするだけでも半年かかりますし、詩集より医学書や研究書を読むほうが好きですわ。……とにかく、私はクリス様のご希望に沿う女性ではないのです」

するとクリスはリリアの腰に手を添えたまま身を離し、彼女の顔を覗《のぞ》き込んで言った。

「ああ、そうだな。それと剣の腕も立つんだろう？　試合を見ていたから知っているよ。そのことを伝えたら、親父はすぐに許可を出してくれた。ワルキューレは軍人一家だからな。強くて頭のいい女が好きなんだ」

「え……？　あの……クリス……様？」

クリスはリリアがケビンに扮《ふん》して試合に出ていたことを知っているようだ。リリアは足の力が抜けて倒れ込みそうになった。

「な、何を言っているのかしら？　大体貴方、私のことなんて好きでもなんでもないでしょう」

クリスは柔和《にゅうわ》な笑みを浮かべたまま、腕をますますきつく締め上げてきた。

「俺の技を一度見ただけで完璧に再現できる女が目の前にいたら、ワルキューレの男として求婚しないわけにいかないだろう？」

「そ……それって、私自身が好きなのではなくて、強ければ誰でもいいんじゃないの？　なら、他にいくらでもいるでしょう。さあ、この手を離してちょうだい。でないと、貴方の大事なところが使い物にならなくなるわよ」

リリアはドレスの下に隠し持っていた短剣を取り出し、その剣先をクリスの腰に当てた。体が密着しているので見えないだろうが、優《すぐ》れた剣士なら、感覚でわかるはずだ。それなのに顔色一つ変えず、クリスはリリアに冷静な視線を向けた。

「ほう……レッグホルスターをつけているのか。それで、ブェンガーか？　それともボストフなのか？」

ブェンガーもボストフも知る人ぞ知る剣の名匠《めいしょう》だ。この名を知るのは、よほど剣に精通した者とも言える。

自分の短剣の価値を知るクリスに、リリアは調子に乗って自慢する。

「これはボストフが晩年に作ったものの一つよ。手に入れるのに苦労したんだから、譲《ゆず》ってほしいって言われても簡単には応じないわよ。そうね、金貨三百枚なら考えてもいいわ」

クリスを睨《にら》みつけながら、相場の十倍の値をふっかける。

するとクリスは、極上の笑みを浮かべ、リリアのドレスの胸元を人差し指でずり下げた。ふくよかな乳房の盛り上がりに唇を当て、音を立てて吸い上げる。

じゅるっという音が肌を振動させ、吸われた箇所からじわりと熱が広がった。

「ひゃぁっ!!」

突然のクリスの行動に、リリアは妙な声を上げる。

「マーキングだ。ボストフを知っている女なんて、稀少《きしょう》だからな、他の男に取られたくない」

「な、何するの!? 危ないじゃないの、クリス！ 手が滑《すべ》って本当に刺してしまうかと思ったわ！」

「ふっ、人を刺す勇気がないなら、剣を持つべきじゃないな。お前には必要のないものだ。ほら、さっさと渡せ。間違って自分を傷つけてしまうぞ」

リリアはクリスを一瞥《いちべつ》すると、彼の体を膝《ひざ》でグイッと押しのけた。

「お生憎様《あいにくさま》。そこまで下手じゃないのよ。縫《ぬ》い針を手に刺したことはあっても、剣で怪我をしたことは一度もないわ」

実力を見せるため、彼のズボンのボタンを切り取ろうと、短剣を持った手に力を込める。

だが、それを読んだクリスは、リリアの手首をつかんで、あっさりと短剣を取り上げた。

「くっ、ちょっと！ クリス！ そんなの反則だわ！ きゃあっ！」

クリスは右手でリリアの腰を再び引き寄せると、左手でドレスを撥《は》ね上げ、リリアの太腿《ふともも》にあるホルスターに短剣をしまい込んだ。

あっという間の出来事に、リリアは呆然とする。

「ははっ、お前は気づいていないかもしれないが、俺はあの試合を見たときからお前を気に入っている。というか、今確信した。俺はお前を愛している」

あまりにも衝撃的な発言に、リリアは両手を突っ張ってクリスから体を離すと、頭をふるふると横に振った。

「お……お願いだから愛さないで。明日から淑女《しゅくじょ》になるための特訓に励《はげ》むわ。詩集も朗読するし、刺繍《ししゅう》も毎日やるから嫌いになってちょうだい！　大体、貴方いつから私がケビンに成り代わっていると知っていたの⁉」

「ケビンが女装して騎士団に来たときだ。だが、お前が試合相手を一瞬で倒したときから、なぜか俺はお前に惹《ひ》かれていた。あのときは男色家《だんしょく》にでもなったのかと思って真剣に悩んだが……。ふっ、女装したケビンと話してすぐわかったよ」

そのクリスの一言で、リリアは全身から力が抜け、深い溜息《ためいき》をついた。

（あぁ、ケビンのことだもの……。きっとあのとき、何かボロを出したのだわ。あの子ならやりかねない）

クリスは両腕でリリアの体を強く抱きしめ、小さく笑った。そうして彼女の手をつかんで、どこかへ連れて行こうとする。

「ちょ……ちょっと待ってよクリス！　どこに行く気なの？」

「俺の部屋だ。もうじきここを出なくてはならなくなる。まだ話は終わっていないんだろう？」

「貴方の部屋？　いくら表向きは婚約者だといっても、そんなところに行くのは困るわ」

リリアが抵抗すると、クリスは冷ややかな目をして付け加えた。

「もしかして、何か期待しているのか？　安心しろ、すでに手に入れた女を無理やり襲う趣味はない。お前が俺を愛して、泣きながら求めてくるまでは、何もするつもりはないよ」

（このドS《エス》男っ‼）

確かにクリスの言う通り、応接室は使用時刻を過ぎようとしていた。だが、クリスに婚約の申し込みを撤回させるまでは説得を続けなければいけない。

クリスの部屋に行ったとしても、訓練生の宿舎は二人部屋が基本だから、そんなに危険なことはないはずだ。周りに人もいるだろうし、いざとなったら大声を出せば大丈夫。

そう考えたリリアは、渋々《しぶしぶ》クリスのあとをついていった。

部屋に入ると、そこはきちんと整頓《せいとん》されていて、男の人の部屋とは思えないくらいに清潔感がある。壁際には本棚と衣装ダンスが、窓際には大人二人は充分に寝られるくらい広いベッドが置かれていた。

「へぇ、意外と綺麗《きれい》にしているのね。本棚を見る限り、趣味は乗馬ってところかしら。騎士を目指しているとしても、馬の本が多すぎるわ」

「ああ……馬と犬は大好きなんだ。頭がいい上に、調教すればするほど主人に忠実になるからな」

「へ……へぇ……」

なんだかクリスのセリフが自分のことを指しているように感じて、リリアは背筋が寒くなる。

「ひとまず、お前が俺のものだという証拠に、印でもつけておこうか。犬に首輪をつけるのと同じようにな」

そう言って、クリスはリリアをいきなり引き寄せたかと思うと、その唇を無理やり奪った。柔らかい唇の感触に、リリアは驚いて悲鳴を上げる。

「んん――!!」

なんとか逃《のが》れようと体を捻《ひね》るが、後頭部をがっちりとつかまれている上に、クリスの足が股の間に割って入ってきて、身動きが取れない。

そうこうしているうちに、クリスの舌が口の中に侵入してきた。リリアは必死に歯を食《く》いしばり、それを阻止しようとする。

熱を持った舌が、歯の表面をなぞり、口内を蹂躙《じゅうりん》していく。ゾクッとするような嫌悪感《けんおかん》を覚え、リリアは全身を使って抵抗した。

あまりに暴れるからか、クリスはすぐ傍《そば》のベッドの上にリリアを押し倒した。そうして、ゆっくりと上半身を離す。

クリスが支配者の目をして、ベッドに仰向《あおむ》けになったリリアの顔を覗《のぞ》き込んだ。

「クリス!!　貴方、さっき何もしないって言ったばかりじゃないの!!」

噛みつかんばかりの勢いでリリアは叫び、起き上がろうと体に力を込める。そのとき、ようやく異変に気がついた。

リリアの両手首には、ウサギの毛皮にくるまれた白い手錠《てじょう》がはめられている。それは、ベッドの柵につながっていた。

「な……何これ？」

頭上の柵を見上げながら、リリアは呆然と呟《つぶや》いた。

手首を動かすと、鎖《くさり》がこすれて嫌な金属音が響く。体の上にのしかかったクリスがリリアを見下ろし、彼の茶色の前髪が額《ひたい》に触れる。

「首輪じゃなくてすまないな。今はそれで我慢してくれ。なに、ただの躾《しつけ》だよ」

「し……躾《しつけ》ですって！　私は犬じゃないわよ!!」

「いいや、他のどこを探してもいない、稀少《きしょう》な犬だ。自分の犬が他の男に尻尾を振るのは好きじゃないからな。俺に忠実になるよう躾《しつけ》をするだけだ」

他の男と聞いて、リリアは思わずドナルドを思い浮かべてしまう。

ほんのわずかな表情の変化に、クリスは目ざとく気づいたらしい。驚いたような顔をしたかと思えば、ゆっくりと獲物を見るような目つきに変わっていった。

鋭い視線に、リリアの顔がこわばる。無意識にクリスから目をそらしてしまった。

「……誰かいるのか？　他に男が……」

地の底から響くような声に圧倒される。

だがドナルドとのことは、クリスと婚約する以前の出来事だ。責められる覚えはないし、リリアはまだ純潔を守っている。

あまりの剣幕《けんまく》に少し怯《ひる》んだが、すぐに思い直して、リリアはクリスを睨《にら》み返した。

「これを外して！　こんなこと許されるわけがないわ！　鍵はどこ!?」

クリスは恐ろしい顔をしてリリアを見つめたまま、同じ質問を繰り返した。

「俺の質問に答えろ。リリア、他に男がいるのか？」

「答えないわ！　貴方に教える義理はないもの！　早く外してったら！」

「そうだな。たとえ答えたとしても、本当のことを言っているとは限らない。だったら、体に聞いてみよう」

クリスはそう言うと、獰猛《どうもう》な獣《けもの》のような目をしてリリアのドレスに手をかけた。

「ちょっと！　それ以上私に触れたら、大声を出して助けを呼ぶわよ!?　それに同室の人だってもう部屋に戻ってくるはずだわ!!　この宿舎に泊まったことがあるから、事情は知っているのよ!!」

「残念だったな。ここは俺の一人部屋だ。ワルキューレ家は名門貴族だから特別扱いなんだよ。それに、助けを呼びたいなら好きにすればいい。俺たちが仲良くベッドの上にいるのを見られたあとは、すぐに結婚式を挙げよう。既成事実があったのだからな」

クリスのとんでもない発言に、リリアは一瞬抵抗をやめて、弱々しく尋ねる。

「何を言っているの？　……そんなものはない……わよね？」

「心配するな、ただ確認するだけだ。お前に男がいるかどうかを」

（男がいるかどうかなんて、どうやって確認するのよ……まさかっ!!）

「体を調べてみればすぐにわかる」

「嫌よ！　そんなの絶対に嫌！　こんな屈辱《くつじょく》、許せない！　そんなことをしたら、二度と貴方と口をきかないわ!!　私は本気よ、クリス!!」

クリスがやろうとしていることを考えると、恐怖で体が震えてくる。けれど、そんな暴力を黙って受け入れる気はない。なんとしてでも抵抗する覚悟で、クリスを睨《にら》みつけた。

その迫力に、クリスは一瞬動きを止める。全身で拒絶しているリリアを見て、何かを考えるように唇を噛みしめた。そうして、声を絞り出すように言う。

「……わかった、俺の負けだ。お前を信じる。でないと、お前は本当に二度と口をきいてくれなくなりそうだからな」

リリアは返事の代わりに、鋭い眼差《まなざ》しをクリスに向けた。その瞳には涙が浮かんでいて、今にも零《こぼ》れ落ちてしまいそうだった。

クリスの前で泣くのは絶対に嫌だと思ったリリアは、瞬《まばた》きをしないよう目に力を込める。

手錠《てじょう》を外された瞬間、急いでベッドから飛び下り、乱れたドレスを直す。

そのまま足早に部屋を出ていこうとしたとき、背後からクリスの声が聞こえた。

「どこに行く気だ」

振り向けば、クリスが無表情でベッドに腰かけている。

「日が暮れると騎士団に続く街道は封鎖される。まさか外で一晩明かすつもりじゃないだろうな。バスキュール子爵家にはうちの屋敷に泊めると連絡を入れておいたし、観念してここで俺と一緒に眠ればいい」

「嫌よ、貴方の言うことは信用できないもの。それに、一晩くらいなら外で寝ても平気よ。子供の頃に、屋敷の庭でこっそり流星群《りゅうせいぐん》を見ながら寝たこともあるわ。いざとなったら武器もあるし、貴方が気にしている純潔は守り通すつもりよ。心配には及ばないわ」

精一杯の虚勢《きょせい》を張りながら、嫌味たっぷりに言い返す。本当は外で眠るのは不安だったが、このままクリスと二人きりでいることのほうが、よほど安心できない。

リリアの固い意思を感じ取ったクリスは、困ったように溜息《ためいき》をついた。けれど、そんなところが堪《たま》らないと言わんばかりに嬉しそうな表情だ。

「ふっ、本当に頑固だな。だが、ワルキューレ家の大事な婚約者を野宿させるわけにはいかない。俺が出ていくから、お前がこの部屋で寝ろ。食事はあとで届けてやる。他の訓練生も、ときどき恋人を宿舎に連れ込んでいるんだ。万が一誰かに見られても、暗黙の了解で無視することになっているから安心するといい」

クリスはそう言って立ち上がり、リリアに近づいてきた。

「……でもそれじゃあ、クリスはどこで寝るつもりなの？」

「俺のことは気にしなくていい。それより、お前にそんな目で見られるほうがよっぽどキツい。馬車を手配しておいてやるから、明日の朝には騎士団前の街道沿いにいろ。それとさっきは……その……悪かった。本当は少しからかうつもりで手錠《てじょう》をかけたんだ。でも、お前に他の男がいると思っただけで、急に理性が働かなくなった……すまない」

クリスはリリアから目をそらしながら、小さな声で謝る。いつも堂々としているクリスのそんな姿を見て、もう許してあげようかという気になってきた。

けれど、リリアに恐怖を味わわせた代償は、キッチリ払ってもらわなくてはいけない。

「もういいわ、すんだことよ。でも、次に会ったときには仕返しするから、覚悟してちょうだい。痛いのと苦しいのと怖いの、どれがいいか選んでおいてね」

「……その中だったら、怖いのが一番ましじゃあないのか？」

すぐに答えを出したクリスの顔を、リリアはキョトンとしながら見る。

「あら、クリスは変わっているわね。痛いのと苦しいのは一瞬だけど、怖いのは一生トラウマになるわよ。後悔しないでね」

クリスは苦笑して、部屋の扉に向かった。

「この部屋の鍵は枕の下にある。俺が出たらすぐに鍵をかけろよ。じゃあおやすみ、リリア」

彼は去り際に一度振り返ると、リリアを見て顔をほころばせる。その笑顔の意味は、恋愛に疎《うと》いリリアでもすぐに理解できた。

だが、そのとき頭に浮かんだのは……全身で愛を表現する、緑がかった青い色の瞳の男のことだった。

◇　◇　◇　◇

同じ頃、騎士団会議を終えた団長とともに、ヘンリーは騎士団に戻ってきていた。

団長はリリアと再会して以来、訓練以外の仕事にも精力的に取り組み、騎士団長としての職務を真面目に遂行《すいこう》している。

今は、二人で明日のデートプランを立てている最中だ。団長室にはたくさんの服が散乱しており、その中から選ばれた一着が大事そうに壁にかけられていた。

「これで着ていく服は決まったな。だがヘンリー、リリアは明日のデートを楽しんでくれるだろうか？　よく考えてみると、女とデートなどしたことがないから、何をすれば喜ぶのかよくわからん。

不安で夜もあまり眠れないんだ」

（団長……何を計画しようが彼女は来ません。断言します）

一喜一憂《いっきいちゆう》する団長を見ながら、ヘンリーは頭を抱えそうになる。

リリアが団長には二度と会わないと言ったときの目。ただの令嬢とは思えないほどに、殺気のこもった本気の目だった。仮にも騎士団の副団長を務める自分が、一瞬気圧《けお》されてしまったぐらいだ。

「そういえば、リリアの趣味や家族について、まったく知らないな。着ていたドレスの素材はそれなりによさそうだったが……。やはり、どこかの令嬢なのだろうか。まあ俺はリリアがリリアであれば、身分などどうでもいいが」

（そうですね。子爵家の令嬢で、頭の悪そうな弟が一人いますよ）

ヘンリーは心の中でツッコミを入れる。

「お前のアドバイスに従って、宝飾店に頼んで急遽《きゅうきょ》ネックレスと指輪を作らせたんだ。あぁ、でも指輪を渡してプロポーズするのは早すぎるか。順番が違うとまた怒られるかもしれん。それは困る。リリアは怒った顔も可愛いが、だからと言って、また逃げられては堪《たま》らないからな」

（リリア嬢が怒っていることは、団長も理解しているわけですね。なのに、どうしてさらに怒らせるようなことを――え？　今なんと言いましたか？　プ……プロポーズ――!?）

「ちょ……ちょっと待ってください団長。団長は彼女のことを何も知らないでしょう？　家族構成どころか……もしかしたら婚約者がいるかもしれません」

浮かれ切っていた団長が、突然厳しい表情をしてヘンリーのほうへ向き直る。

「ヘンリー。俺は戦いのとき、いつも敵のすべてを知っているわけではない。けれどいつ、どんなふうに攻めればいいのか、一瞬で理解できるときがあるんだ。これは理屈じゃない。俺はリリアに出会ったときにも、一瞬で理解できたことがある。それは、リリアが俺のすべてであり、永遠の女だということだ。おかしくなりそうなほどに愛している。いや、もうおかしくなっているのかもしれん。リリアはまだ俺のことをなんとも思っていないようだが、彼女の気持ちが変わるのを、俺はいつまでも待つつもりだ」

真剣な瞳で語る団長を見て、ヘンリーは事実をはっきりさせておくべきだと決意した。ゆっくりと息を吸って気持ちを落ち着かせ、言葉を選んで慎重に話す。

「団長はリリア嬢を無理やり川で襲ったのでしょう？　それでどうして彼女が自分を愛してくれると思えるのですか？　リリア嬢にとって、貴方は憎い相手ではないのでしょうか？」

「違うぞヘンリー、俺は無理やり襲ってなどいない。頭を下げて頼み込んでコトに及んだんだ。俺があんな可愛いリリアに無理じいなどできると思うか？　確かにリリアは、俺のことはタイプじゃないと言っていたが、手ごたえはそんなに悪くなかったぞ。もうひと押しでなんとかなりそうだ」

「えっ？　ちょっと待ってください。じゃあ団長は、リリア嬢と無理やりそういう関係になったわけではないのですか？　すべて合意の上での行為だったのですか？　でも、パンティーを置いて逃げるほど嫌がられたはずでは……？」

話が食《く》い違っていることに、ヘンリーはやっと気がついた。リリアが団長に無理やり純潔を散らされたのでなければ、二人は両想いという可能性もある。彼女がどうして深夜に裸で泳いでいたのかは気にかかるが、今大事なのはそこではない。

（なんの障害もない二人の恋路を邪魔していたのは、私のほうだとでも言うのか⁉　だとしたら、なんとしてでも誤解を解いて、リリア嬢にデートに来てもらわなければ……‼）

ヘンリーが頭を抱えて、また胃痛に襲われそうになったとき、騎士隊長の一人が部屋に入ってきた。

「フレウゲル副団長、ケビン・バスキュール訓練生が、副団長とお話がしたいと申しておりますが、どうされますか？」

（ケビン……ああ、例の頭の悪そうな弟か……）

彼は姉であるリリアから、団長とのことをすべて聞いているようだった。それなのに、今さらなんの用があるというのだろう。

ヘンリーはすぐに団長室を辞して副団長室へ行き、ケビンをそこに呼び出した。

彼はかなり緊張しているようで、ビクビクしながら副団長室に入ってくる。

（あの姉とこの弟……どちらも性別を間違えて生まれてきたとしか思えんな。バスキュール子爵の心痛をおもんぱかると涙が出そうだ）

そんなことを思いながら、ヘンリーはケビンに向かって口を開いた。

「今さらなんの話があるんだ？　ケビン君」

イライラしていたためか、思ったよりも口調がきつくなってしまった。ケビンの顔から血の気が引いて、今にも倒れそうになる。ヘンリーは慌てて声を和《やわ》らげた。

「ケ、ケビン君、そんなに緊張することはないよ。私たちは秘密を共有している仲だ。話したいことがあるならなんでも聞こう。悪いようにはしない」

ヘンリーが優しく話しかけると、ケビンの表情から緊張の色が消えた。息を大きく吸うと、彼は一気に話し始める。

「フレウゲル副団長。もう姉を彼に会わせないようにしてください。姉は先日、ワルキューレ伯爵家のクリスと婚約しました。他の男とのふしだらな関係がばれたら、せっかくの結婚がダメになってしまいます。姉は彼とは結婚できないのですから、ここは姉の幸せを優先してくださいませんか？」

（何⁉　婚約だと‼　しかも相手はあの名門貴族のワルキューレ伯爵家――！）

胃痛に加えて頭痛までしてくる。頭と胃を同時に押さえて、ヘンリーは深く悩んだ。

（ダメだ……リリア嬢が婚約してしまったからには、彼女にデートに来てもらうのは不可能だ。恐らくリリア嬢も、ワルキューレの息子と団長の間で揺れ動いていたのだろう。それで彼女は、最終的に向こうを取ったというわけか――もしかしたら私と話をしたあの日のことが、決め手になったのかもしれない）

「どうすればいい……デートは明日なんだぞ……」

無意識に口から言葉が零《こぼ》れ出る。ヘンリーが苦悶《くもん》しているのを見て、ケビンがおずおずと声をかけてきた。

「あの、明日……デートって……」

「あ……ああ、口に出てしまっていたか。実はリリア嬢が明日、彼とデートの約束をしているんだ。彼女はもうデートには来ないだろうが、彼はとても楽しみにしていてね。あの調子では、たとえ彼女が待ち合わせ場所に来なくても、一日どころか丸三日間くらいは待ち続けそうだ」

そう説明すると、ケビンは困ったように眉をハの字にした。

「お相手の方《かた》は、まだ姉を諦《あきら》めていないんですね。せっかくの縁談が破談になってしまうと困りますし、一度姉が彼と会って、婚約したことをはっきり告げればいいと思うんですけど……」

「リリア嬢は、彼にはもう二度と会わないと言っておられました。なので、それは不可能でしょう。ただ、確かに婚約したと聞けば、彼も納得するかもしれません」

「そういうことでしたら、副団長。僕に任せてください。僕の言うことなら、姉は聞いてくれます。時間と場所さえ教えていただければ、必ず姉をデートに行かせましょう。そのかわり、騎士昇格の話はよろしく頼みますね」

ケビンの提案に、ヘンリーはあっけにとられて彼を見つめた。

(あのリリア嬢も、弟には甘いというわけか……。面白いものだな)

頭の中でそんなことを考えているとはおくびにも出さず、ヘンリーは感謝の言葉を口にする。

「そうかい？　さすがはケビン君だ。頼りになるよ。これで少なくとも頭痛からは解放されそうだ」

リリアに振られたあとの団長を想像すると怖いが、今の状態が続くよりはよっぽどいいだろう。さすがの団長もこれで諦《あきら》めるに違いない。数日は荒れるかもしれないが、それは覚悟の上だった。

（最愛の妻エリサに、可愛い娘のヘザー。それに、生まれてくる赤ん坊のためにも、パパは頑張るよ‼）

ヘンリーは胃痛薬を握りしめて、壁にかけてある家族の肖像画《しょうぞうが》に誓った。

◇　◇　◇　◇

翌朝、リリアが目を覚ますと、クリスがこちらを覗《のぞ》き込んでいた。

ズボンにシャツを羽織《はお》っただけのクリスを見て、リリアは心臓が口から飛び出そうになる。ベッドから勢いよく体を起こしたリリアに、クリスが茶色の瞳を輝かせ、爽《さわ》やかな笑顔を見せた。

「ようやく目が覚めたのか。しばらく待ったがなかなか起きないから、先に着替えさせてもらったぞ。俺たちの班は朝一番に騎馬の訓練があるからな。遅れるわけにはいかない」

「お、おはよう、クリス。そ、それより、ど、どうやって部屋に……？　鍵はここにあったはずじゃ……」

部屋の鍵が枕の下にあることを確認し、不思議に思ってクリスを見つめる。すると、シャツのボタンを留め終わったクリスが、こともなげに言った。

「ああ、俺はその程度の鍵ならなくても開けられる。今度教えてやろうか？」

（そ、そうなの⁉　鍵をかけてあるから安心だと思っていたのに……っていうか、是非開け方を教えてほしいわ。い、いや……ダメダメ。クリスは何を考えているかわからないもの）

表情をころころ変えるリリアを見て、クリスは心底楽しそうに笑った。

「ふっ……すごい寝ぐせだな。よく眠れたようで安心した。だが、こんな状況で熟睡できるとはさすがだよ。そんなところもワルキューレの嫁に向いている」

リリアが急いで頭に手をやると、長い髪が絡まってあちこち撥《は》ねているのがわかる。髪を両手で押さえつけてから、クリスをキッと睨《にら》んだ。

「そのことだけど、私は貴方と結婚なんて絶対にしないわよ。だから早く婚約を解消してちょうだい」

クリスは一瞬動きを止めたが、すぐにリリアから視線をそらして着替えを再開する。

「それはさすがに無理だな。もう遅い、諦《あきら》めろ」

真面目な話をしているというのに目も合わせないクリスに、次第に苛立《いらだ》ちが募《つの》ってくる。

「そんなことないわ。まだ手紙で約束しただけで、正式な書類を交わしたわけじゃないもの。遅いなんてことはないはずよ！」

仕上げに剣を腰のベルトに装着すると、ようやくクリスがリリアのほうを向いた。かと思えば、見たこともないような真剣な目をした。クリスのそんな表情に、リリアは戸惑いを隠せない。

「そうだな。だけど遅かったというのは、そういう意味じゃない。もう心が動いてしまったってことだ。自分でも驚いたが、まさかこれほどのめり込むなんてな。間に合ってよかった。とにかく結婚はする。それは決定事項だ。変更はあり得ない」

「待って……クリス。貴方が何を言っているのかさっぱりわからないわ。間に合ったってどういう意味なの？」

　クリスはマントを肩にかけると、当惑しているリリアに背を向けた。部屋を出る直前、振り返ってきっぱりと言う。

「別にわからなくていい。リリア、俺は来年騎士になる。そして三年以内には騎士隊長になる予定だ。お前に苦労させることは一生ないから心配するな。残念だがもう時間だから、また今度ゆっくり話すことにしよう。気をつけて帰るんだぞ」

　そうしてクリスは、颯爽《さっそう》と部屋をあとにした。

　一人残されたリリアは、わけがわからず呆然とベッドの上に座り込む。

　そのまま訓練生たちが宿舎からいなくなるのをひたすら待った。いくら無視するのが暗黙の了解だとはいえ、誰かに見られるのには抵抗がある。

　だが、訓練生たちはなかなかいなくならなかった。クリスの班以外は訓練の開始時間が遅いらしく、だらだらと支度をしているようだ。

　そうしてすっかり日が高くなった頃、ようやく宿舎からひと気がなくなった。

　着たまま寝たせいで皺《しわ》だらけになったドレスを翻《ひるがえ》し、リリアはこっそり部屋を抜け出す。そして騎士団の敷地を出た。

　少し歩くと、クリスが手配してくれたであろう馬車が待っていた。四人乗りの馬車に一人で乗り込んだリリアは、小窓のカーテンを閉めて座席の真ん中に腰かける。

　馬車が動き始めると、その揺れに身を任せながら、リリアは瞼《まぶた》を閉じた。

(……そういえば、今日はドナルドとデートの約束をした日だわ)

時計を見れば、約束の時間をすでに二時間近く過ぎていた。でもドナルドなら、まだ待ち合わせの場所でリリアが来るのを待っているかもしれない。そう思うと、胸がまた締めつけられるように痛む。

(いや、そんな馬鹿なこと、あるはずがないわ。彼は私のことが特別に好きなわけじゃないもの……。私なんて、大勢いる女性の一人にすぎないのよ)

ドナルドを頭から追い出そうと、意識して他のことを考える。なのに結局は、ドナルドのことが頭の中を占めてしまう。

待ち合わせの広場で、捨てられた大型犬のような目をしてリリアを待ち続け、悲しそうに立ち尽くす彼の姿が思い浮かぶ。リリアがもう現れないと悟ったとき、きっと彼はその顔を絶望の色に染めるのだ……。

そう考えると、いてもたってもいられなくなる。

「馭者《ぎょしゃ》さん……行き先を変更してちょうだい！　ミラ町に行きたいの‼」

気がついたらそう叫んでいた。

ドナルドに会えると考えただけで、体中が温かさに包まれる。

また、あの海の底のような瞳で見つめられたい。麦の穂《ほ》のような柔らかい髪を、この指に絡めたい。

(早く、ドナルドに会いたい‼)

やがてミラ町の中心街に着くと、リリアは馭者《ぎょしゃ》をそこで待たせて馬車から飛び降り、広場に向かって一目散《いちもくさん》に走り出した。

ドレスは昨日から着たままだし、髪も梳《と》いていない散々な状態だけれど、そんなことはどうでもよかった。とにかくドナルドに会うことしか頭にない。

「はぁ、はぁ……あっ、いたっ！　やっぱりまだいたわ。ふふっ、かなり目立つわね、あの人……」

ドナルドの姿は、人混みの中でも簡単に見つけることができた。彼は大きな花束を抱えて、存在感たっぷりに立っている。待ち合わせ時間を大幅に過ぎているというのに、いまだに期待に満ち溢《あふ》れた表情でリリアの到着を待っていた。

リリアは足を止め、まずは息を整える。広場は大勢の人でごった返していたが、リリアのいる場所からはドナルドがよく見えた。

人波をかきわけて、彼のいるほうへゆっくりと進む。急いで会いに来たと思われたくなかったからだ。

自然に溢《あふ》れ出る笑いをこらえて、リリアは軽やかに歩いた。

すると、ドナルドが満面の笑みでこちらに駆けてくるのが見え、リリアはその足を止めた。

（やだわ、あんなに嬉しそうな顔をするなんて……。急に走るから、みんなが何事かと驚いて見ているじゃない）

頬が火照《ほて》るのを感じながら、リリアはドナルドが来るのを待つ。だが、彼はリリアのいるところより随分手前で立ち止まった。

そうして破顔《はがん》したかと思うと、淡い黄色のドレスを着た別の女性に向かって、手に持っていた花束を差し出す。

リリアからは、その女性の顔は確認できない。だが、愛らしいデザインのドレスや、白いつばのある可憐《かれん》な帽子から察するに、若い女性なのだろう。

彼女に花束を渡したドナルドが照れたように微笑むのを見て、リリアの心は完全に打ちのめされた。

耳の奥がキーンと鳴り、雑踏《ざっとう》の中にいるのに周囲の音が聞こえなくなる。呼吸が速くなり、胸が捻《ね》じれたように激しい痛みを訴えた。

「そんな……そんなこと……」

彼にとって、自分が唯一の女性でないことは理解していた。それをわかった上でここまで来たはずなのに、実際にその場面を目にすると、ショックが大きい。

（どうして？　ドナルド……。私が時間に遅れてしまったから……？　だから他の女性とデートすることにしたの？）

あまりの惨《みじ》めさにいたたまれなくなり、リリアは踵《きびす》を返して来た道を戻った。

どこをどう歩いたのかも覚えていないが、気がつくと馬車の前に立っていた。馭者《ぎょしゃ》がリリアに気づいて声をかけてくるけれど、何を言っているのか理解できない。

よろめきながら馬車に乗り込み、ヘレンの屋敷へ向かうよう馭者《ぎょしゃ》に告げる。自分の別邸には戻りたくなかった。約束はしていないが、ヘレンなら受け入れてくれるだろう。

どうしてあの日、ドナルドに会ってしまったのか。

そんな疑問が胸に渦巻《うずま》く。苦しくて、切なくて……胸が張り裂けそうだった。あの夜、あの川で偶然出会いさえしなければ、こんな気持ちになることもなかったのに。

「私……ドナルドを愛しているのだわ」

気持ちを言葉にしてみると、すっと心が落ち着いた。ひどく絡まり合っていた複雑な感情が、この一言で説明された気がする。

「ふっ……ふふっ。今さら気づくだなんて……遅すぎるわね。ドナルドはもう私に興味を失って、新しい女性を見つけてしまったというのに……」

リリアはヘレンの屋敷に到着すると、馭者《ぎょしゃ》に礼を言って玄関に向かう。そこで迎えてくれた執事への挨拶《あいさつ》もそこそこに、まっすぐ彼女の部屋に向かった。

「リリア、どうしたの？」

突然の訪問にヘレンは驚き、急いでリリアを自室に招き入れた。

ヘレンはすぐに様子がおかしいと気づいたようで、無言でリリアの体を抱きしめる。

リリアはヘレンの背中に震える指を這《は》わせ、か細い声を出した。

「ヘレン……どうしよう。私……好きな人ができちゃった。なのに彼とはもうダメなの。どうしたらいい？　胸が痛くて、苦しいの」

そう言った途端、今まで我慢していた涙が、堰《せき》を切ったように溢《あふ》れ出した。

「どういうことなの、リリア？」

そのヘレンの質問に答えることもできず、リリアは大声を上げて泣き始める。こんなふうに泣いたのは、子供の頃に愛犬を亡くして以来だった。

リリアが泣いている間、ヘレンは何も聞かず、ずっと優しく背中をさすってくれていた。

第五章　拗《こじ》れて拗《こじ》れまくる

リリアがミラ町に行く、少し前のこと。ヘンリーからデートについてあらかじめ聞いていたケビンは、ミラ町の広場に立っていた。

リリアの持ち物である淡い黄色のドレスを身に着け、白いつばのある帽子を深くかぶっている。どこから見ても可憐《かれん》な令嬢にしか見えなかった。

昨日ケビンは、特別にヘンリーから休暇をもらい、夜にはバスキュール子爵家の別邸に戻った。さっそくリリアを説得しようと姉の姿を探したが、あいにく彼女は不在。

なんでも婚約者のクリスに会いに行ったあと、王都にあるワルキューレ伯爵家の別邸に泊まることになったらしい。

緊急の用件だと言ってワルキューレ伯爵家に乗り込み、リリアを無理やり連れ帰ることも考えたのだが、それには正当な理由が必要だ。不倫相手に別れを告げてもらうためなどと説明するわけにはいかない。

仕方なく、ケビンは屋敷でリリアを待つことにした。

ところが、リリアはいつまでたっても帰ってこない。日が高くなり、デートの待ち合わせ時間を一時間ほど過ぎた頃、ケビンはある結論に達した。

（フレウゲル副団長に約束した手前、『姉が屋敷に戻ってきませんでした』と言いわけをするわけにもいかない。よし、ここは僕が姉さんのふりをして、不倫相手に会いに行こう！）

ケビンはそう決意すると、衣装部屋にあるリリアのドレスを着て化粧《けしょう》を施《ほどこ》した。この前は二日間もリリアとして過ごしたのだから、これくらい慣れたものである。

そうしてリリアに扮《ふん》したケビンは、姉の代わりに待ち合わせ場所にやってきたのだった。

広場まで来たケビンは帽子が風で飛ばないよう端を指で持って押さえ、銀色の髪をなびかせながら、それらしき人物を探す。

（姉さんの不倫相手か……。そういえば僕は顔も知らないんだよな。まあ姉さんの好みはおおよそ把握しているから、見ればなんとなくわかるはずだ）

辺りをそれとなく見まわしていると、人混みの中でひときわ目立つ男が目に留まる。

その人物は、大柄な体を灰色の外套《がいとう》で包み、手には大きな花束を持ってじっと立っていた。そこにいるだけで妙な威圧感を発《はっ》しており、行き交う人々も彼を避《さ》けて歩く。そのせいで、人と物でごった返した広場は、彼の周りだけが空白地帯になっていた。

そんな彼だが、容姿は決して悪くない。金色の髪に、緑がかった青い目。精悍《せいかん》で整った顔立ち。ただ、その大柄な体形と野性味溢《あふ》れる鋭い目つきを見て、ケビンは首を横に振った。

（あの男は絶対に違うね。だって姉さんの好みとは正反対だ。それにしてもすごい風格だなぁ。通りすがりの猫までも、あの男から逃げていくよ）

突然、その男がケビンのほうを見て満面の笑みを浮かべた。彼は人混みをかき分けてケビンに向かって駆けて来る。

その姿がはっきりしてきて、ケビンは息を呑んで固まった。

彼の顔には見覚えがあった。たった一度だけだが、騎士訓練生の入団式の際に見たことがある。

「ははっ！　リリア、来てくれたんだな。嬉しいよ！」

「あ……あ……貴方は……ゲリクセン団長――!!」

（い、今……確かに僕のことをリリアと呼んだよね。ということは……ま、まさか……姉さんの相手って、ゲリクセン団長だったの――!?）

ケビンは驚きのあまり声が出せない。

「おいリリア、やけに他人行儀だな。この間のようにドナルドと呼んでくれ。そうだ、これは君のために隣国から特別に取り寄せた珍しい花だ。受け取ってくれ」

団長はそう言ってケビンに特大の花束を押しつける。

「うぷっ!!」

そのあまりの大きさに、ケビンの視界は花で埋め尽くされ、思わずよろめく。それを見た団長は、花束をケビンの手から取り上げると、近くの露店の主人に言った。

「すまないが、これをしばらく預かっていてくれないか？　夕方までには取りに来る」

団長が主人に銅貨を差し出しながら言う。その間、ケビンは頭をフル回転させていた。

（姉さんの相手は、ゲリクセン団長だったのか。でも待て……団長は独身のはずだ。なのにどうして姉さんは、わざわざ団長と別れてクリスと婚約したんだろうか？　確かに姉さんの好みのタイプ

じゃないけど、彼は騎士団長だよ⁉　王国の英雄なんだよ⁉）

だが、今そんなことを考えても仕方がない。リリアはクリスと婚約してしまったのだ。今さら解消はできないだろう。

でもこの場合、どうやってケビンが団長に交際の断りを入れるかが問題になる。目の前でこんなに喜んでいる彼に向かって、『婚約したからもう二度と会わない』なんて言えるはずもない。

ケビンは結論を後まわしにし、とにかくこのデートを乗り切ってから考えることにした。

できうる限りの愛想笑《あいそ》いを浮かべて団長を見る。ケビンを見つめ返す団長の顔は、リリアへの愛情に溢《あふ》れていた。

（どんだけ姉さんが好きなんだよ‼　こっちが照れくさくなる！）

なぜか顔が熱くなって目をそらしてしまう。

そんなケビンを、団長は憂《うれ》いを帯びた目で見つめた。

けれどそれは一瞬のことで、団長はすぐにもとの笑顔に戻ると、ケビンをエスコートしようと腕を差し出した。ケビンはその腕にそっと手を置いて、恥じらうようにうつむく。それを見た団長は満足そうに笑った。

「この辺の店を少し見てまわろうか。いろんな国のものが売っていて面白いぞ。欲しいものがあったらいつでも言え。どんなものでも買ってやる」

「あ……ありがとう」

それからケビンは団長と一緒にいくつも店を見てまわった。だが、あまりに緊張しすぎて、どこをどう歩いたのかも記憶にない。

気がついたときには、二人はレストランのテラス席で、豪奢《ごうしゃ》な椅子に腰かけていた。どうやら団長が貸し切っているらしく、店内に他の客は見当たらない。

周囲は様々な色合いの花で囲まれていて、テラスの中央には豪華な装飾のほどこされた噴水まである。まるで楽園にいるかのようだ。

優雅で洗練された雰囲気の店内は居心地がよく、贅沢《ぜいたく》な時間を過ごすことができる――はずだった。

だが団長と向かい合わせに座ったケビンは、いつ正体がばれるかとひやひやして落ち着かない。団長を直視することもできず、思わずうつむいてしまう。

(団長がさっきから僕の顔を舐《な》めるように見ている！　まさか……まさか僕が姉さんじゃないってばれたのか!?)

鼓動が大きくなり、息をするのも苦しくなってくる。やっとの思いで団長の顔を盗み見ると、彼と目が合った。

その瞬間、テーブルの上に置いていた手を強く握られる。背筋が一気に凍りついて、全身の毛が逆立《さかだ》つ。

「リリア、今日は妙に大人しいな。初めてのデートに緊張しているのか？　実は俺もだ。緊張しすぎて、昨日の夜は一睡もできなかったくらいだからな。だが、こうして君に会えて本当に嬉しい」

ドナルドはとろけるような笑みを浮かべるが、ケビンは蛇《へび》に睨《にら》まれた蛙《かえる》のように、恐怖でぴくりとも動けなくなる。

「この三日間は、胸に残った歯形に触れて、なんとか君がいない時間を耐えた。でも、もうそれもかなり薄くなってきた。だから、もう一度俺を噛んで痕《あと》をつけてほしい」

（ね……姉さん……。伝説の狂騎士《きょうきし》の体に噛みつくなんてあり得ないよ！　昔から向こう見ずな性格で、野犬に素手《すで》で立ち向かったこともあったけど、これはダメだ！　絶対にやっちゃいけないことだ！）

「まあ、俺もこの場で今すぐつけろなんて言うつもりはない。今日はそういうことをするためじゃなく、君のことをもっと知るために来たからな。家族とか趣味とか……一番はその……どこに住んでるのかを教えてくれたらもっと嬉しい。そうすれば、会いたいときにいつでも会いに行けるだろう？」

（も、もしかして団長は、姉さんのことを名前しか知らないのか？　一体どうやったら団長とそんなおかしな関係になるんだよ！）

団長が屋敷に訪ねてきたら、婚約者のクリスと鉢合《はちあ》わせして、揉《も》めごとになるに違いない。ここは笑ってのらりくらりとかわすことにする。そういうのは、ケビンの一番の得意分野だった。

だがケビンが愛想《あいそ》笑いを浮かべたのを見て、団長は何か勘違いしたらしい。慌てた様子で弁解を始める。

「といっても、毎日屋敷に行くなんてことはないから安心しろ。そりゃ、毎日行ってもいいなら最高に嬉しいが、リリアは……その……俺と毎日、会いたく……ないかな？」

そう言って屈強な体を少し丸め、照れくさそうに微笑んだ。それを見たケビンは、泣きそうな気分になってくる。いや、実際に目には涙が浮かんでいた。

(あのゲリクセン団長が乙女みたいに頬を赤らめた！　もう無理だ、予想外のことが多すぎて心臓が止まりそうだ！　早くデートを終わらせて家に戻りたいよ！)

ちょうどそのとき、料理が運ばれてきた。特別な趣向を凝《こ》らした美しい料理が、テーブルいっぱいに並べられていく。それらすべてに、リリアとの思い出にまつわる工夫があるらしい。

夜の木を模したムースや、水が滴《したた》る様子を描いた魚の蒸しもの。ピンク色の小さい三角形のサーモンが意味するものは、ケビンにはよく理解できなかったが、とにかく二人だけの大切な思い出なのだろうと詳細は聞かなかった。

これを食べ切ればデートも終わると考え、一気に口の中に突っ込む。

食事の間、ケビンはほとんどしゃべることができなかったが、団長は騎士団で起こった面白い出来事や剣にまつわるうんちくなど、いろんな話をしてくれた。

そして食事が終わる頃には、ケビンの中に罪悪感が芽生《めば》え始めた。団長は目の前のリリアが別人だとは疑いもせず、全身で愛を伝えてくる。その態度から、彼の愛情の深さを嫌というほど理解した。それを無下《むげ》にするのは、あまりにも残酷だと思うようになったのだ。

レストランを出た二人は、町のはずれにある小さな路地を隣り合って歩く。石畳も壁も白で統一されているので、日差しが反射して目に眩《まぶ》しい。空の青とのコントラストがはっきりしていて、まるで美しい海岸を歩いているような気持ちにさせられる。

そんな明るい雰囲気とは反対に、ケビンの心はどんよりと曇《くも》っていた。

(団長は心の底から姉さんを愛しているみたいだ。こんなに一途《いちず》な目で見られたら、男の僕でも妙な気分になってきちゃうよ)

一方の姉は、今日のデートに姿を見せなかった。それはつまり、団長ではなくクリスを選んだということだ。

ケビンがそんなことを考えていると、少し開《ひら》けた場所に出た。そこには色とりどりの花が咲いている。

団長が急に立ち止まり、かしこまった様子になった。彼は、リボンのついた小さな箱をケビンに差し出す。

「あの……これは……？」

ケビンが問うと、団長は太陽の光と咲き乱れる花々を背に、照れくさそうに言った。

「これは……プレゼントなんだ。初めてのデートの記念として、君に受け取ってほしい」

ケビンはそっと箱を開けてみる。中には緻密《ちみつ》な細工が施《ほどこ》されたネックレスが入っていた。トップにはエメラルドとサファイアがこれでもかというほど贅沢《ぜいたく》にあしらわれている。チェーンは金と銀の鎖《くさり》を捻《ね》じり合わせたものだ。

「リリアと俺の、髪と目の色を組み合わせてみた。本当は指輪も一緒に作らせたんだが、まだプロポーズするには早いかと思って、ネックレスだけにしたんだ。これを俺だと思って、身に着けてくれると嬉しい」

そう言って微笑む団長を見て、ケビンはもう彼を騙《だま》し続けるのは無理だと感じた。だが自分の正体を明かそうと口を開いた瞬間、突風が吹いてケビンの帽子が飛ばされる。

「あっ！」

帽子はそのまま風に乗って舞い上がり、屋根をいくつか越えて見えなくなった。

「ちょっと待ってろ、リリア。俺が帽子を探してくる。ここでじっとしていてくれよ。逃げるのはもうなしだぞ」

団長はそう言い残すと、すぐに路地に消えていった。一人残されたケビンは、箱の中のネックレスをじっと見つめる。

(かなり高そうなネックレスだ。しかもこんな複雑な細工のものを三日で作らせるなんて、よほどの手間とお金がかかったに違いない)

ネックレスだけではない。今日のデートには、手間とお金がかけられている。団長がリリアのために一生懸命に考えたのだと伝わってきた。

(団長が戻ってきたら真実を話そう！　姉さんを真剣に愛している団長を、これ以上騙《だま》すことはできない!!　この件で僕が騎士団を追い出されたとしても、それはそれで仕方ないや！　まぁ、そのときはヘンリー副団長に、もっと給料の良い仕事を紹介してもらおう)

ケビンがそんな決意をしたそのとき、不穏な気配がした。いつの間にか、人相の悪い六人の男が、ケビンを取り囲んでいる。

警戒するケビンに、一人の男が乱暴な口調で話しかけた。

「お嬢ちゃん。それをこっちに渡しな。痛い思いはしたくないだろう」

男たちは、ケビンの持つネックレスを狙っているらしい。

「こ……これはダメっ！　絶対にダメ！」

（これは団長が姉さんのために作ったものだ。姉さんに渡すまでは、なくすわけにはいかない！）

助けを求めようと辺りを見回すが、周囲に人影はまったくない。走って逃げようにも、慣れないパンプスではすぐに追いつかれてしまうだろう。

ケビンはネックレスが入った箱を両手でしっかりと胸に抱え込んだ。どんなことがあってもこれだけは守ると心に誓う。

そんなケビンに苛立《いらだ》ったのか、男は大股で近づいてきたかと思えば、いきなり髪の毛をつかんで引っ張った。ケビンの頭に、頭皮がはがれるのではないかと思うほどの激痛が走る。

「さっさと渡せ！　渡さないなら、お前ごと売り払ってやるぞ！」

「いやっ！」

ネックレスを胸に抱えて体を丸めることしかできないケビンに、今度は別の男が頬めがけて平手を振り上げた。とっさに避《よ》けようと顔をそむけたため、その平手はケビンの頭に当たり、彼は地面に倒れ込んだ。

「うう……っ！」

（もうダメだ……ネックレスは奪われてしまう！　ごめんなさい、姉さん！）

そう思った瞬間、何かがケビンのそばを風のように駆け抜ける。

ケビンが半身を起こしながらゆっくりと顔を上げると、そこには信じられない光景が広がっていた。

鬼神のような形相をした団長が、素手《すで》で男たちを倒していく。その迫力たるや、彼が狂騎士《きょうきし》と呼ばれる理由がこれだけで理解できるほどだ。

ケビンは人間の気迫で空気が震えるという状況を初めて経験した。

あっという間に、男たちが地面にのびて動かなくなる。

ケビンのほうを振り向いた団長は、こちらに近づいてくると、石畳の上に座り込んだままのケビンに手を差しのべた。

「大丈夫か、額《ひたい》から血が出ているぞ」

「あ……」

先ほど倒れたときに切れたのだろう。

「すまない。俺がリリアを一人にしたせいだ。早く医者に診てもらおう」

後悔からか、団長は今にも泣き出しそうな顔をしている。彼の手を取って立ち上がったケビンは、意を決して真実を話すことにした。

「あの、私は本当のリリアじゃないんです！　偽者なんです！　騙《だま》していてごめんなさい！」

ケビンは一気に言うと、団長から目をそらし、叱られた子供のようにうなだれた。

団長はケビンの前に立ったまま、なんの反応も示さない。長い沈黙のあと、ポツリと呟《つぶや》く。

「……知っていたよ、初めから」

「えっ？」

ケビンは驚いて思わず顔を上げた。

「君はリリアの姉妹なのか？　よく似ているが、全然違う」

（侍女のギルダでさえ騙《だま》せていたのに……見分けがつくなんて信じられない。それほどまでに、団長は姉さんを愛しているということなのか……）

彼の愛を改めて感じながら、ケビンは疑問を口にする。

「最初からわかっていたなら……どうして最後までデートに付き合ってくれたんですか？」

「ははっ、君はリリアにとてもよく似ている。そんな君が必死で演技しているのを見たら、偽者だなんて指摘できなかった。——いや、違うな。偽者でもいいから、幸せな夢を見たかっただけなのかもしれない」

団長は笑みを浮かべているものの、そこには悲しみが見え隠れしていた。その様子に、ケビンは胸を痛める。

「なぜ君が来ることになったか、聞いてもいいか？」

「リリアは……今日はどうしても来られないので、それで代わりに……」

「そうか、彼女は今どこにいるんだ？」

ケビンは正直に言ってもいいものか迷う。だが、もう嘘はつけなかった。

「……婚約者の家にいます」

「婚約者か……なるほど。もしかして相手は騎士訓練生か？」

団長の声が頼りなくなる。ケビンは胸の痛みがさらに増すのを感じた。

「そ……そうです……」

「その婚約者とやらは、いい男なのか？　……リリアを幸せにできそうか？」

「……家柄は申し分ありません。彼自身も抜きん出て有能ですし……」

そこまで聞くと、団長は表情を隠すように背を向けた。

けれど、筋肉のついた大きな肩が細かく震えている。それを見るだけで、団長の傷心のほどが窺《うかが》い知れた。

「リリアは、俺のことを何か言っていたか？」

「……貴方の話をされたことはありません。家族にも誰にも話していないみたいです」

その一言に、団長がしゅんとして肩を落とす。

「そうか……人には言えないよな。リリアには婚約者がいるんだから……。それで、リリアは婚約者と上手くいっているのか？」

もうこれ以上団長を悲しませたくなくて、ケビンは口をつぐむ。

「本当のことを教えてくれ」

「……昨夜、婚約者の屋敷に泊まると連絡があってから、まだ帰ってきていません。恐らく、上手くいっているのだと思います」

ケビンが正直に答えると、団長がこちらを振り向いた。

想像とは違い、彼は満面の笑みをたたえている。でも、無理やり笑っているのがわかり、見ていられないほどに痛々しかった。

「ならいい。俺はこのまま騎士団に戻るよ。君はすぐそこの診療所で治療してもらってから帰るといい。一人では危ないから、誰か護衛につけよう。預けてある花束も、回収して持ってこさせる。すべて俺が手配しておく」

そう言って、団長はケビンを診療所まで連れて行ってくれる。

「今日は楽しかったよ、ありがとう。まるで本物のリリアとデートをしているようだった」

団長はケビンに背を向けて告げ、そのまま振り向きもせずに去っていった。

これで、団長は完璧にリリアを諦《あきら》めたに違いない。ケビンが最初に計画していた通り、クリスとリリアの婚約は盤石《ばんじゃく》なものになった。

診療所に残されたケビンは、ドレスを握りしめ、目に涙を浮かべて思う。

(どうして僕がこんなに暗い気持ちになるんだろうか……)

馬車に乗ってバスキュール子爵家の別邸に戻る頃になっても、ケビンはスッキリしない思いを抱えていた。

◇　◇　◇　◇

リリアとのデートから戻ってきてすぐ、ドナルドは闘技場へ向かい、騎士たちに剣の稽古《けいこ》をつけ始めた。

ドナルドは休憩もとらず、次々と騎士たちを相手にする。土煙を上げながら鬼神のごとく剣を振るドナルドは、かつてないほどの気迫をまとっていた。

リリアが婚約者と一緒にいるであろうことを思うと、嫉妬《しっと》のあまりおかしくなりそうになる。頭の中は掻きまわされたようにぐちゃぐちゃで、胸には激しい痛みが走る。その痛みを振り払うため、ドナルドは一心不乱に剣を振った。

(俺はリリアを心の底から愛している！　本当は彼女を誰にも渡したくない！)

彼女を欲する心は、どれほど剣を振ろうがなくならない。それどころか、愛するものを失った喪失感はさらに増してゆくばかりだ。

だがリリアは今日、ドナルドとのデートに姿を見せず、婚約者のもとにいた。つまり彼女はドナルドではなく、婚約者を選んだということなのだろう。

ならば、ドナルドの取るべき道は二つしか残されていない。

リリアを無理やり婚約者から奪うか、リリアの幸せを願って身を引くか、そのどちらかだ。どちらを取るにしてもドナルドにとっては苦渋《くじゅう》の決断になる。

(俺はどうすればよかったんだ！　婚約者の家に押しかけて、リリアを無理にでもさらえばよかったのか？　でも、俺はリリアが悲しむ顔は見たくない。たとえ自分が傷ついてでも、リリアの幸せを壊したくはないっ！)

この激情から逃《のが》れようと、ドナルドは全身の力を込めて剣を握った。爪が手の平に食い込んで、痛みを発《はっ》する。やがて剣を握る手が血でぬめり始めたが、ドナルドはそんなことで力を緩めはしない。

「次の奴！　かかってこい！」

ドナルドはリリアへの想いを胸に、ただただ剣を振るい続けた。

◇　◇　◇　◇

執事には女子会だと言って誰も近づかせないように頼み、リリアはヘレンの部屋に二人でこもっていた。

床の上に大きなクッションを置いて座り、ずっと話し続けている。

リリアはドナルドとの間に起こった出来事をすべてヘレンに打ち明けた。

もちろん、性行為の部分はかなりぼかしたが、恐らく彼女にも大体の想像はついているのだろう。

ヘレンはリリアの話に真剣に耳を傾けながらも、時々にやけた顔をしたり、鋭いツッコミを入れたりした。

最後まで話を聞き終えたヘレンは、呆れたような、感心したような顔で口を開く。

「リリアは男性に興味がないのかと思っていたけれど、たった一週間ちょっとでそんなことになっていたなんて……驚いたわ。それに、クリス様とドナルド様という二人の優秀な男性に愛を告白されるだなんて、モテ期だとしても贅沢《ぜいたく》すぎるわね」

「いや……たった二人でモテ期と言うのはどうかと……。それに、ドナルドは私一人だけを愛しているわけじゃないのよ……」

　言葉にすると、やはり胸が痛くなる。だが、同時に怒りも込み上げた。

（どうして私は、あんな節操《せっそう》なしで破廉恥《はれんち》な男を好きになってしまったのかしら。自分で自分に腹が立つわ!!）

「うううぅぅ……」

　クッションに頭を押しつけて、リリアは唸《うな》り声を上げる。その様子を見たヘレンは、溜息《ためいき》をつきながら、諭《さと》すように話しかけた。

「リリア……貴女はいつも一人で問題を解決しようとするきらいがあるわ。そうしていつだって自分が我慢して事を収めようとするのよ。貴女の悪い癖ね。でも、今回くらいは自分の気持ちを優先させたらどうなの？」

「私の気持ち？」

（自分の気持ちなら、よくわかっているわ。私はドナルドを誰よりも愛している）

　だが、彼を選べば、他の女性の影に一生苦しむことになるのだ。たくさんの女性の内の一人になるなど、リリアには無理だ。それは、町で他の女性といるドナルドを見たときに、充分に思い知らされていた。

「リリアはもうクリス様と婚約してしまったの？」

「正式な書状はまだ交わしてないけど、時間の問題ね。お父様は相手の気が変わらないうちにって急いでいるから……。それにうちみたいな弱小貴族がワルキューレ伯爵家からの求婚を断るなんて絶対無理よ。クリスにも婚約解消の意思はないようだし、他に打つ手はないわ」

ドナルドとの未来は、もはや潰《つい》えたも同然だ。ならばクリスと結婚するのが最良の道だろう。クリスはリリアを真剣に愛してくれているようだし、浮気の心配もなさそうだ。

ただ、クリスは確かに素敵な男性だが、リリアの胸がときめくことはない。

それに、ドナルドに未練を残したまま、クリスへの愛を誓うのは彼に失礼だ。クリスの気持ちが真剣なものであればあるほど、自分の気持ちを正直に伝えなければならないと思った。

たとえそれによって、ドナルドとクリスの……両方を失うことになるのだとしても。

「やっぱり私、クリスに婚約を解消してくれるようにもう一度頼んでみるわ。このままじゃ、クリスに対して不誠実だもの。他の男性に気があるのにお嫁にいくだなんて、そんな失礼なことはできな――」

「リ、リリア……！」

ヘレンがリリアの言葉を遮《さえぎ》るように呼んだ。なぜかリリアの背後を凝視する彼女は、まるで幽霊でも見たかのように怯《おび》えた顔をしている。

嫌な予感がしてリリアが振り返ると、そこにはあろうことかクリスが立っていた。

「今、なんて言ったんだ？　リリア……」

「クリス、貴方……どうしてここに？」

白いシャツと薄茶色のズボンをはいた普段着のクリスが、冷たい目でリリアを見つめている。彼は不自然なほど無表情のまま低い声を出した。

「馬車の馭者《ぎょしゃ》から、お前を別の家に送ったと聞いたからだ。何かあったのかと思って来てみれば……婚約を解消するだと？　他の男性とは一体誰のことだ。この家の男か？」

クリスの声にはなんの抑揚《よくよう》もなかったが、溢《あふ》れんばかりの怒りが伝わってくる。

リリアはその迫力に気圧《けお》され、恐怖で体が動かなくなる。

（どうしよう……すごく怒っているわ。でも……当然よね）

どうせ近々クリスに言うつもりだったのだ。それなら、今ここですべて伝えたほうがいいだろう。

リリアは決心して、クッションから立ち上がろうとした。

そのとき、クリスがいきなりリリアの腕をつかんで乱暴に立たせる。そのままリリアを無理やり引きずるようにして部屋を出た。

痛いのは腕をつかまれたリリアのほうだというのに、なぜかクリスの顔は苦痛に歪《ゆが》んでいる。

執事と侍女らが、リリアたちの様子に当惑しながらも、何もできずに見守っていた。

「クリス様!!　おやめください！　今日のところはお引き取りください！」

ヘレンが追いかけてきて、リリアを解放するように迫るが、クリスは手の力を緩《ゆる》めようとはしなかった。

「リリアは俺の婚約者だ。このままワルキューレの屋敷に連れ帰って、花嫁修業をしてもらう。そしてもう二度と、リリアをワルキューレの屋敷から出さない!!」

クリスの目は完全に据《す》わっている。このままだと、本当にワルキューレの屋敷に連れていかれて、一生閉じ込められてもおかしくない。

「ちょっと、クリス！　落ち着いて！」

ここからワルキューレ伯爵家の別邸までは、馬車で二時間はかかる。しかも野盗が出るというシームズの森を抜けなければならないので、日が暮れてから移動するのは無謀《むぼう》だ。

「待ってクリス！　出かけるには、時間が遅すぎるわ。今夜はこの屋敷に泊めてもらって、明日の朝にでも出発しましょう！」

リリアは抵抗するが、クリスはまったく耳を貸さない。

とうとう外に出て門の前まで来ると、繋いであった自分の馬にリリアを横向きに座らせた。そのうしろに自分も飛び乗り、すぐに馬を走らせる。

蹄《ひづめ》の音が高く鳴り響き、体が激しく上下に揺さぶられる。不安定な格好で座っているリリアは、気を抜けば振り落とされそうだ。なので必死でクリスの体にしがみついた。

「クリス、馬を止めて！　ちゃんと話を聞いて!!」

「ダメだ、お前の話など聞きたくもない。結婚式が終わったら聞いてやるから、俺がいいと言うまで口を開くな！」

「話し合いましょう、クリス！　私には他に好きな人がいるの！　だから婚約を解消してちょうだい！」

「口を開くなと言っただろうがっ!!」

街灯もない一本道を、馬に乗って駆けていく。月明かりがなければ、到底進める道ではない。

「私を永遠に閉じ込められると思ったら、大間違いなんだから！　地面を掘ってでも、壁に穴を空けてでも逃げ出してやるわ！　覚悟しなさいよ！　ワルキューレの屋敷が、お化け屋敷みたいに穴だらけになっても知らないんだからぁ！」

馬の上で揺さぶられているので、舌を噛みそうになりながらもリリアは叫んだ。

そのとき、クリスが不意に馬を止めた。あまりにも急だったので、馬が前足を大きく上げて嘶《いなな》く。

クリスは片腕一本でリリアの体重を支え、馬が体勢を立て直したあとは、身じろぎもせず無言のままでいた。

そうしてしばらく経ってから、ゆっくりと口を開く。

「リリア……俺との婚約を解消して、そいつと結婚しようというのか？」

リリアはドナルドの顔を頭に思い浮かべながら、答える。

「それはあり得ないわ。だって彼には他にも好きな女性がいるもの。私の片想いみたいなものよ。それに、彼とはもう二度と会うつもりはないわ」

「……だったら、俺との婚約を解消する必要はないだろう。お前が俺だけを見てくれるようになるまで、結婚は待ってもかまわない」

「そんなのは私が許せないの。婚約するなら、ちゃんと好きになってからしたい。別の人への気持ちが捨てきれないままじゃ、クリスに申しわけなくて、貴方に会うたびにうしろ暗い気持ちになっちゃうわ」

クリスはしばらくリリアをじっと見つめていたが、一気にその力を緩《ゆる》め溜息《ためいき》をついた。

「ふっ……お前は真面目だな。こんないい男は、二度と現れないかもしれないぞ。婚約を解消したら、俺はすぐ他に好きな女を作るかもしれない。それでもいいのか？」

「もちろん、それは覚悟の上よ。そうなったときは一生独身で過ごすわ」

そう言うリリアの顔を、クリスは寂しそうな目で見てから、仕方がないといったように息を吐いた。

「はぁ……俺も馬鹿な男だな。こんなひどい扱いを受けても、お前を諦《あきら》められないなんて。我ながら物好きにもほどがある。仕方ないから、このまま屋敷に連れ帰るのはやめてやろう」

「本当⁉　クリス‼」

リリアは目を輝かせた。クリスの顔からは怒りが消え、逆に柔らかな笑みが浮かんでいる。

クリスはリリアの手を取り、栗色《くりいろ》に光る髪を夜風になびかせて爽《さわ》やかに言った。

「ただし、婚約は解消しない。じっくり時間をかけてお前を落としてやる。どうせその男には二度と会わないんだろう？　だったら、お前が俺を好きになるよう、全力で愛し抜いてやる」

「な……な……な……」

クリスはリリアの手首をいきなり引っ張ると、彼女の桜色の唇に口づけようとした。だが互いの唇が触れる寸前、彼が動きを止めて低い声で呟《つぶや》く。

「俺はお前を諦《あきら》める気はない。もう観念しろ……」

クリスはリリアを愛《いと》おしそうに見つめてくる。その茶色の瞳は愛情に溢《あふ》れていて、彼の気持ちが伝わってきた。いたたまれなくなったリリアは、目をそらす。

こうまでされても、リリアの心はまったく動かない。むしろドナルドへの想いが増して、辛くなるばかりだった。

そのとき、クリスが弾《はじ》かれたようにパッと顔を上げた。

「……クリス？」

「しっ！」

そう言われてリリアも耳を澄ます。月明かりに照らされて周囲の様子がぼんやりと浮かび上がる中、鬱蒼《うっそう》と茂《しげ》る木や草がざわりと音を立てる。

森の奥から、複数の馬の蹄《ひづめ》の音が聞こえてきた。音は次第に大きくなり、こちらに近づいて来ているのがわかる。

その尋常ではないスピードに、リリアは警戒を強めた。恐らく野盗だろう。

「お前、まだ武器は持っているのか？」

クリスが硬い声で言う。

「あの短剣なら、ヘレンの部屋に置いてきちゃったわ。貴方は？」

「こんな予定じゃなかったからな。護身用の短剣はあるが……。――くそっ、こうなったら敵から奪うしかない」

やがて、闇の中に馬の姿が浮かび上がってきた。その背には、武器を持った男らが乗り、全速力で向かってくる。正確な人数はわからないが、十人近くはいそうだ。

「武器を奪ったところで、あの人数を相手にするのは無理よ。馬で逃げたとしても、二人乗りではスピードが出なくて重すぎてすぐに追いつかれるわ。クリス、いざとなったら私を置いて逃げてね。

私なら馬がなくても逃げ切れる自信があるわ」

そうリリアが言うと、クリスは唖然《あぜん》とした顔で口を開いた。

「何を言ってるんだ？　それは俺のセリフだ。お前がこの馬に乗って一人で逃げろ。俺は森の中に入って追手を引きつける」

「クリス、それは愚案《ぐあん》だわ。この辺りではたちの悪い野盗が出没していると聞いたことがあるの。奴らは襲った相手が貴族なら誘拐して身代金《みのしろきん》を要求するそうだけれど、相手が貴族でなければその場で殺すそうよ。華やかなドレスを着ている私と、普段着で帯剣《たいけん》もしていない貴方、どっちの命が危ないかは明らかでしょう？　ここは私が追手を引きつける役をやるわ」

そう言って、リリアはひらりと馬から飛び降りた。そして驚くクリスに、にっこりと笑う。

「その代わり、もし私が捕まってしまったら、身代金《みのしろきん》はワルキューレ伯爵家が全額払ってちょうだいね。一応、私はまだ貴方の婚約者なんだから」

野盗はすぐそこまで近づいてきており、もう一刻の猶予《ゆうよ》もない。リリアは馬の横腹を手で思い切り叩いた。

馬がクリスを乗せて走り始める。その馬の背に向かって、リリアは大きな声で叫んだ。

「ここからならヘレンの屋敷よりバスキュールの別邸のほうが近いわ！　お互い逃げ切れたら、そこで落ち合いましょう！」

リリアは馬が入れそうにない茂《しげ》みの中に駆け込むと、そのまま全力で走る。すると、何人かの野盗が馬を降りてリリアのうしろを追ってきた。

「こいつが例の女なのか!? 確かなんだろうな!?」

「ああ、銀色の髪に青い目……間違いなくこの女だ。あの男以外の奴とも逢引きしてやがるとは、とんだ淫乱《いんらん》女だな！」

「どんな女でも、そいつは金になる！ 早く捕まえろ！」

男たちの会話から、彼らが最近噂になっている野盗だとリリアは確信した。

「きゃあああああぁぁぁぁーーーー!!」

わざと大声を上げて野盗を引きつけながら、森の中をひた走る。

（クリスが逃げる時間を稼《かせ》がなきゃ。自慢じゃないけど、かけっこには自信があるのよ。もう少し引きつけてから上手く逃げればいいわ）

そう思ったとき、馬に乗った野盗が数人、目の前に立ちはだかった。リリアの行く先を予想して先まわりしていたようだ。うしろを振り返ると、他の野盗らもすでに追いついてきている。

「はぁっ、はぁっ、もう逃げられないぜ。それにしても逃げ足の速い令嬢だな。まさかここまで走らされるとは思ってもみなかった」

（くっ……ヤバい！）

前には馬に乗った野盗が三人、うしろには武装した野盗が五人。武器も持たないリリアには、絶体絶命のピンチだ。

（こうなったら、貴族令嬢の必殺技を使うしかないわ。恐怖のあまり気絶したふりをするのよ！

そうして油断させておいて、隙ができたら逃げ出そう。奴らが私をただのか弱い貴族令嬢だと思っている限り、チャンスは必ず来るはずだわ！）

「ああ……助けて、ワルキューレ伯爵様ぁーー!!」

不自然なほど大きな声で叫んでから、リリアは全身の力を抜いて地面に倒れ込む。

（これでワルキューレ伯爵家に身代金《みのしろきん》の請求が行くでしょう。計画は少し……いえ、かなり大幅に狂《くる》ったけれど、これが最善の選択だわ）

気絶したふりをしているリリアを、野盗たちは丁重に運んで馬に乗せた。リリアは野盗の一人に抱きかかえられて、しばし馬に揺られる。

男たちの会話から、行き先や彼らの組織について何か情報が得られないかと耳をそばだてていた。だが、お金と女の話ばかりで、それ以外のことは一向に口にしなかった。ただ『アンフィスバエナ』という妙な単語が聞きとれただけだ。どこかで聞いたようなその言葉が、リリアの耳に残る。

そのうち目的の場所に着いたようで、リリアはやっと馬から降ろされた。

こっそり薄目を開けてみると、森に囲まれた屋敷があった。庭は荒れ放題で、壁も崩れて半分ほどなくなっている。今はあまり使われていない屋敷のようだ。

恐らく昔は貴族の別邸だったのだろう。もしそうなら、周囲に民家がある可能性は限りなく低い。こういう森の中の別邸は、貴族がひと気のないところで狩りを楽しむために建てられているからだ。

野盗の一人がリリアをうしろ手に縛ると、屋敷の中へ運んでいく。リリアは気を失ったふりを続けながらも、玄関からの道筋をきっちり記憶した。

やがて野盗が立ち止まり、埃《ほこり》っぽい部屋の床にリリアを転がして鍵をかける。

辺りが静かになったので、リリアはそっと目を開けた。真っ暗な部屋の中が、扉の隙間から入ってくる光でかろうじて確認できる。そこは窓が一つもない、納戸《なんど》のような部屋だった。

手を縛られたまま、なんとか壁や床を調べてみるが、抜け出せそうな場所を見つけることはできなかった。

その頃には、リリアは随分冷静になっており、この誘拐は何かおかしいと思い始めていた。

改めて思い返してみると、野盗たちはリリアだと知っていて誘拐したようだ。

だが、利用価値のない貧乏貴族であるバスキュール子爵家の令嬢を、わざわざ狙う理由がわからない。ということは、クリスに関係があるに違いない。名門貴族である彼なら、狙われる理由は充分にある。

けれどクリスが狙いなら、初めから彼だけをターゲットにしたはずだ。野盗たちの目的は別の人間ということだろうか。

(私と関わりのある名門貴族なんて、あとはドナルドしかいない。でもおかしいわ。ドナルドに何かを要求するために、私を誘拐するなんて理屈に合わない)

リリアがドナルドに会ったのは、たった三回だけ。その全てが騎士団の敷地内でのことだったし、野盗が自分たちの関係を知っているとは思えない。それにドナルドにとって、リリアは特別な女性というわけではないのだ。

(どっちにしても、私のせいで誰かに迷惑をかけるのは絶対に嫌だわ……)

けれど今の自分にできることは何もない。機を見て逃げ出すにしても、体力は温存しておかなければいけないので、まずは横になって眠ることにする。

興奮冷めやらぬ体を落ち着かせながら、リリアはそっと目を閉じた。

(もしこれがただの身代金《みのしろきん》目的の誘拐じゃなかったらどうしよう。私のせいでドナルドやクリスの命が危うくなるなら、ここで死んだほうがましだわ。だとしても、あっさり諦《あきら》めるのは悔しすぎる。精一杯やってみて、どうしても逃げられそうになかったら……そのときは自《みずか》ら命を絶とう)

途端に、ドナルドの顔が脳裏《のうり》に浮かび、瞼《まぶた》の裏が熱くなってきた。あの青緑の瞳が恋しくて堪《たま》らない。

(ここで死ぬ運命なのだとしたら、最後に、もう一度だけでも会いたかったな。あのデートの日、私が時間に遅れなければ、ドナルドは私とデートしてくれていたのかしら)

ドナルドのことを想い胸を痛めながら、リリアは束《つか》の間の眠りに落ちた。

◇　◇　◇　◇

ドナルドとのデートから帰ったケビンは、騎士団には戻らずバスキュール子爵家の別邸でリリアの帰りを待っていた。けれど、リリアは夜遅くになっても戻ってこない。

両親はさほど心配しておらず、むしろ婚約者のクリスと上手くいっている証拠だと喜んでいる。

「姉さん、早く帰ってきてよ。一体何をしているんだよ……」

ケビンが泣きそうになりながら呟《つぶや》いたとき、メイドが血相を変えてやってきた。

「坊ちゃま！　リリアお嬢様の婚約者の、クリス様がいらしています！　しかも、かなりの大怪我をされていて――」

メイドが全部説明し終わらないうちに、正面玄関の扉が開き、血だらけのクリスが倒れ込むように入ってきた。

騒ぎを聞きつけて、侍女のギルダやバスキュール子爵夫妻も慌ててやってくる。

「クリス!!　何があったんだ!?」

ケビンがクリスに駆け寄ってみると、彼の体のあちこちには細かい切り傷があって痛々しい。左腕は完全に折れているようだった。

「リリアは……っ!?　リリアは帰っているか!?」

クリスが興奮した様子でケビンに詰め寄る。リリアがまだ戻っていないことを知ると、今度は顔面蒼白《そうはく》になって唇を噛みしめた。

「ちくしょう！　あの馬鹿っ！　やっぱり野盗たちにさらわれてしまったのか……!!」

「姉さんが野盗にさらわれた!?」

その場にいた全員が、クリスの言葉に愕然《がくぜん》とした。

次の瞬間、クリスがハッと何かに気づき、剣を抜いて振り返る。開いたままの正面玄関には、黒い騎士服に身を包み、眼鏡をかけた男性が立っていた。

「リリア嬢が、野盗にさらわれたというのは本当ですか!?」

焦った表情で問う彼の騎士服には、階級章と銀の飾緒《しょくしょ》がついている。

それを見て、クリスは驚きの声を上げた。

「貴方は……フレウゲル副騎士団長!!」

◇◇◇◇

ドナルドは、真夜中が過ぎてもまだ訓練を続けていた。

ぴんと張り詰めた夜の空気の中、男たちの激しい息遣いと剣を打ちつけ合う音が響く。

観客席には、土埃《つちぼこり》にまみれた騎士たちが死屍累々《ししるいるい》と横たわっている。救護室に運ばれた者も多く、まだ立っているのは騎士隊長たちのみだった。

そのうちの一人と猛獣のように闘っていたドナルドは、背後に誰かが近づいてくる気配を感じた。騎士隊長の相手をしながら、振り返りざま背後に向かって剣を振り下ろす。

その瞬間、ひときわ大きい金属音が辺りに響き渡った。

ドナルドの剣をかろうじて受け止めたのは、ヘンリーだった。彼は重い剣圧に耐えるため、地面に片膝《かたひざ》をついている。

「なんだ、ヘンリー！　お前も俺と手合わせしたいのか!?」

ドナルドは荒《すさ》んだ目でヘンリーを睨《にら》みつけ、交えている剣にさらに力を加えていく。ヘンリーはそれを震える腕でなんとか凌《しの》いでいた。

「い……いえ、団長。至急お知らせしたいことがあって来ました。単刀直入に申し上げます。団長の想い人のリリア嬢のことで――」

　リリアの名前が出た途端、ドナルドの頭にカッと血が上《のぼ》る。悲哀と激情をなんとか理性で抑え込み、剣を引いてヘンリーに背中を向けた。

「リリアがどうした！　彼女のことならあらかた知っているぞ！　婚約者がいることもな!!」

　だが、ヘンリーの口から出たのは予想外の言葉だった。

「……先ほど、彼女がシームズの森でさらわれたそうです。そのとき一緒にいた婚約者は怪我をし、現在バスキュール子爵家で手当てを受けています」

「……なんだと!?　リリアが……リリアがさらわれた!?　もしや例の野盗どもにかっ!!」

　炎のように燃え上がる怒りに、ドナルドは力をみなぎらせる。

（リリアが――俺の可愛いリリアが！　許せないっ――）

　無言で剣を握り直すと、それを天高く振り上げて叫んだ。

「野盗狩りだ!!　一人残さず八つ裂きにしてやる!!　他の団員たちも叩き起こしてこい！」

「……っ！」

　ドナルドから漏れ出す鋭い殺気に、ヘンリーが息を呑む。今までとは比べ物にならないくらいに強烈で凶暴な感情。それを剥《む》き出しにしたドナルドは、まるで獅子《しし》のようだった。獣の王者の咆哮《ほうこう》が辺りに響き渡る。

「ついて来れない奴は置いていく！　森を燃やし尽くしてでも、野盗どもを見つけて皆殺しにするぞ!!」

ドナルドは全力で駆けて厩舎《きゅうしゃ》に行き、馬の背に飛び乗った。そのあとを追いかけて来たヘンリーが、ドナルドを見上げて叫ぶ。

「団長！　お待ちください！　野盗たちを皆殺しにするのは、どうかおやめください！　まだ組織の全容がわかっていないのです！　リリア嬢の名誉のためにも、事を荒立てるのは……」

ドナルドは馬を駆ろうとしていた手を止めて重い口を開く。

「……リリアのためなら手加減してやってもいい。だが、彼女の身に何かあったら、我慢できる自信はないぞ！」

稀代《きたい》の狂戦士《きょうせんし》が、ただ一人の愛する女性のために戦おうとしている。その気持ちは、ヘンリーにも伝わったようで、彼は姿勢を正して鋭い目をした。

「わかっております。そのときは、私も団長と一緒に戦うつもりです」

ヘンリーも自分の馬に飛び乗り、ドナルドの隣に並ぶ。遅れてやってきた騎士隊長たちとその部下も次々とそれにならった。

主立《おもだ》った騎士があらかた揃ったのを見て、ヘンリーが告げる。

「この間の隊員からの情報をもとに、いくつかの隠れ家は特定しています。リリア嬢が監禁されている可能性が高い場所から順に当たっていきましょう」

「さすがは俺の副官だな！　早く場所を教えろ！　リリアが心配で心が引き裂かれそうだ！」

最愛の人を失うかもしれない恐怖に、ドナルドの心が逸《はや》る。

（頼むっ！　リリア、無事でいてくれ！　君が元気でさえいれば、俺はそれ以上を望まないっ！

ああ神よ、どうか彼女をお守りください！）

ヘンリーから隠れ家の場所を聞いたドナルドは、すぐに全力で馬を走らせた。

◇　◇　◇　◇

翌朝、寝ていたリリアが目を開けると、鮮やかなオレンジ色のドレスと、そこから覗《のぞ》く赤色の靴が見えた。

目の前に立つ人物の顔を見上げたリリアは、一気に覚醒《かくせい》して飛び起きる。だが両手を縛られているため立ち上がることはできない。

(どうしてあのときの女性が、こんな場所にいるの!?)

その女性は金色の巻き髪をハーフアップにし、ドレスと同じ色のリボンで結んでいる。色香に満ちた口元に笑みを浮かべた彼女は、リリアが騎士団の闘技場近くで見かけた、ドナルドのお相手らしき女性だった。

(どういうことなの？　じゃあ狙いはやっぱりドナルドということなの？　でもどうして……？)

頭が疑問でいっぱいになっていると、彼女の後ろから男が顔を覗《のぞ》かせた。

「ビビアン、俺は外の見張りと交代してくるぞ」

(ビビアン……って、ドナルドと倒錯的《とうさくてき》プレイをしていた女性じゃないのっ！　あのパンティーの持ち主は彼女だったのね！)

騎士団に潜入した日に拾ったパンティーのことを思い出し、リリアは驚きに目を丸くする。

ビビアンは男のほうを振り返って頷《うなず》き、もう一度リリアを見下ろした。

「……あの男、道理でわたくしになびかないはずだわ。貴女みたいな童顔のお子様が好みだったのね」

ビビアンは、毛虫が肌を這《は》うような、ぞっとする声で言い放った。

彼女の手には、鋭い切《き》っ先《さき》を持つ短剣が握られている。ギラリと光るそれを、まるでおもちゃのように指で弄《もてあそ》ぶビビアンを見て、リリアの背筋が凍る。

ビビアンが発《はっ》する空気は暗く、その冷酷な瞳は人の命を奪うことにも抵抗がなさそうだった。

「貴女は一体何者なの？　なんの目的で私をさらったの？」

リリアが問いかけても、ビビアンは薄笑いを浮かべるだけで答えようとはしない。

単なる嫉妬《しっと》だけで、野盗と組んでまでリリアを誘拐するとは考えられない。それに、ビビアンにはドナルドの他にも恋人がいるのを、ヘレンと買い物をしたときに見かけている。

ならばビビアンは野盗の一味で、リリアを誘拐した目的は身代金《みのしろきん》ということなのだろうか。なんだか釈然としないリリアに、ビビアンが悔しそうに言う。

「貴女をさらったのは、騎士団長を脅《おど》すためよ。調べてみたら、随分気に入られているみたいじゃないの」

その言葉にリリアは目を見開いた。

「貴女は私を使って、ドナルドを陥《おとし》いれようとしているの？」

ビビアンは短剣の刃を愉《たの》しそうに指でなぞりながら答える。

「あら、陥《おとしい》れるだなんて心外だわ。ただ、わたくしたちの仕事場であるシームズの森を、騎士たちに警備されると困ることになるの。あそこの街道は色んな国の商人が通るし、逃走しやすい抜け道もあるんですもの。あそこが使えなくなったら商売あがったりだわ」

そういえば、野盗対策に騎士団が加わったとギルダが言っていた気がする。憲兵《けんぺい》団よりも機動力の高い騎士団に出てこられては、さすがに困るということだろう。

「じゃあ、貴女たちの狙いは、私の命を盾にドナルドを脅《おど》して、森の警備をやめさせることなの？」

「ほほ、意外と頭がまわるようね。まあそれだけじゃなくて、あの狂騎士《きょうきし》には他にも使い道がありそうだもの。危険を冒《おか》す価値は充分にあるわ」

「――でも、どうして私なの？　ドナルドには他にも女性がいるのでしょう？」

「あの男の唯一の弱点は貴女よ。何度も騎士団に潜入して調べたんだから、間違いないわ。貴女のためなら、あの男は必ず動く」

ビビアンの言葉に、喜びが溢《あふ》れて胸が熱くなる。

(私が唯一の弱点？　ドナルドにとっては、私が一番大切な女性だとでもいうの？)

そんなことを思っていると、ビビアンは短剣をいきなりリリアの胸の谷間に当てた。その冷たい刃の感触に、リリアは床に座ったまま息を殺して固まる。

「貴女のことは、ずっと見張らせていたの。隙があったら連れてくるように命じて」

ビビアンは、真っ赤な唇を歪《ゆが》ませてにたりと笑った。その残虐な微笑みに、背筋がぞくりと寒くなる。

それから彼女は、短剣の先をゆっくりと動かし、リリアのドレスを裂いていった。まるでバターを切るかのように、抵抗なくすーっと切れていく。

へその辺りで、ビビアンはその切《き》っ先《さき》を止めた。

「本当はね、あの男がわたくしの体に溺《おぼ》れてくれれば簡単だったのよ。そうすれば彼もわたくしも、お互い楽しめたのに……本当に残念だわ。今まで、邪魔者はみんなわたくしの魅力で排除してきたの。それが組織でのお仕事なのよ。まあこれから貴女と遊べるのも、それはそれで楽しみだわ」

ビビアンが短剣に力を込める。リリアが恐怖に息を呑んだ瞬間、ドレスの切れ目がはらりと開いて、白い胸が露《あら》わになった。

激しい鼓動が乳房を細かく震わせ、その上には先日クリスにつけられたキスマークが赤く色づいている。

それを見たビビアンが、にたりといやらしい笑みを浮かべた。

「案外遊んでいるのね……清純そうな顔をしてよくやるわ。そんな貴女のために、あの英雄ゲリクセン団長が、どこまでわたくしの言いなりになってくれるのかしら」

ビビアンの短剣は、まだリリアに突きつけられたままだ。彼女がその気になれば、リリアの肌をドレスと同じように裂くことも簡単だろう。

だからといって、リリアも大人しくしているつもりはなかった。うしろ手に縛られたまま、背筋をぴんっと伸ばして彼女を睨《にら》みつけ、凜《りん》とした声で言う。

「ドナルドは私のためなんかに、誰かの言いなりにはならないわ。だから彼を脅《おど》すのはやめて！」

「ほほほっ。わたくしと貴女、どちらの言うことが正しいかは、これから明らかになるわ。まずは騎士団長様へのプレゼントを準備しましょう。きっと気に入ってくださるはずよ。場所を書いた手紙と一緒に送れば、すぐにでも来てくださるでしょうね」

（ということは、ドナルドはまだ私の居場所を知らないのね。彼女がこれから何をするつもりかはわからないけれど、隙をついて逃げ出そう。森に逃げ込みさえすれば、私の身の安全はともかく、ドナルドが脅《おど》されることはないわ！）

リリアがそんなことを考えていたら、ビビアンが扉の外に向かって声をかけた。

「さあ、貴方たち！　手伝ってちょうだい！」

ビビアンの一言で、野盗が何人か部屋に入ってきた。彼らはリリアの腕をつかんで無理やり立ち上がらせ、廊下に連れ出す。縛られた手首に縄《なわ》が食《く》い込んで痛い。

廊下にも数人の野盗がいて、にやけた顔でリリアを見ている。それもそうだろう、リリアの胸は丸見えなのだ。両手を縛られているので隠すこともできない。

屈辱《くつじょく》に耐え、野盗たちに引きずられて辿《たど》り着いたのは、どうやら大広間のようだった。野盗たちは、真ん中にある大きなテーブルへとリリアを乱暴に放り投げる。

「きゃあっ！」

テーブルの上にあった皿やコップが、がちゃがちゃと音を立て、そのうちのいくつかは床に落ちて割れた。

リリアは慌てて上半身を起こそうとしたが、すぐに野盗たちの手で押さえつけられる。テーブルの上でうつぶせの状態にさせられたとき、カツカツとヒールの音がして、ビビアンが近づいてきたのがわかった。

「ビビアン、何をする気なの？　私に何をしても、ドナルドは貴女の言うことを聞かないわ！　貴女のやっていることは全部無駄なのよっ！」

力の限りを尽くして暴れるが、男たちの手は少しも緩《ゆる》まなかった。

「無駄かどうかは、プレゼントを贈ればわかるわ。楽しみだわね……ほほほほっ」

ビビアンは心底楽しそうな笑い声を上げる。

直後、手首の縄《なわ》が解かれ、野盗の一人に腕をつかまれた。その男はリリアの左手を無理やりテーブルの上に押しつけて広げさせる。そして、人差し指の付け根に短剣を当てた。

（ま、まさか……プレゼントって……）

ビビアンがにたりと笑みを浮かべながらこちらを見ていて、もう嫌な予感しかしない。あまりの恐怖に言葉も出なかった。

「ほほほっ、動かないほうがいいわよ。ひと息に切り落としたほうが痛くないし、テーブルも汚れないわ。あの狂騎士《きょうきし》が私の言いなりになるまで、一体何本の指が必要かしらね。ああ、でも心配しなくていいのよ、手の指が全部なくなっても、足の指があるのだから」

経験したことのない戦慄《せんりつ》が、リリアの全身を襲う。

「いやぁぁぁ!!　ドナルド！　助けてっ!!　ドナルド!!」

リリアが恐怖に耐えかねて叫んだ瞬間、バンッと大きな音を立てて大広間の扉が開いた。

見ると、そこには赤い飾緒《しょくしょ》がついた騎士服に身を包んだドナルドが、雄々《おお》しい獅子《しし》のように立っていた。

「ドナルド……」

そう呟《つぶや》くリリアの顔は、もう涙でぐちゃぐちゃになっている。

「リリア！」

指を切り落とされようとしているリリアを見て、ドナルドは怒りをたぎらせた。ビリリと空気が震え、その場にいる全員がすくみ上がる。

「貴様らぁ!!」

ドナルドがほえて走り出す。彼は襲いかかってくる野盗たちを、まるで砂袋のように放り投げ、リリアのもとへ向かってきた。

狂騎士《きょうきし》がいきなり目の前に現れたことで、ビビアンが半狂乱《はんきょうらん》になって叫ぶ。

「どうしてこんなところに!? 警備の人間は何をしていたの!? 三十人はいたはずよ!!」

ドナルドはビビアンの問いには答えず、鬼の形相《ぎょうそう》でまっすぐ近づいてくる。その剣幕《けんまく》にさらに恐怖を感じたのか、ビビアンが大声で叫んだ。

「近寄らないで！ これ以上近づくと、愛《いと》しい彼女が死んでしまうわよ！」

テーブルの上で横たわったままのリリアに歩み寄ると、首元に短剣を突きつける。

ドナルドは足を止め、殺気を孕《はら》んだ目で彼女を睨《にら》んだ。

「リリアに傷一つでもつけてみろ‼　お前に地獄の苦しみを味わわせてやる‼」

「ひっ‼」

狂騎士《きょうきし》の咆哮《ほうこう》に気圧《けお》され、リリアを拘束していた男たちの手が緩《ゆる》む。その隙をついたリリアは、体を転がしてビビアンの短剣から逃《のが》れた。けれど勢い余ってテーブルから転げ落ちてしまう。

衝撃を覚悟して目を閉じるが、その体が温かいものに受け止められた。そっと瞼《まぶた》を開ければ、金色の髪と青緑の瞳が目に飛び込んでくる。

「ドナルド……」

愛《いと》しい人との再会に、リリアは胸を躍《おど》らせた。だが、彼の背後に迫る男たちを見て、悲鳴を上げる。

「ドナルド！　うしろっ！」

リリアが叫ぶと同時に、ブォンッと空気を切り裂く音がした。

野盗たちの手首が剣を握ったまま宙《ちゅう》を舞う。

何が起きたのかわからず、リリアは呆然とした。

ドナルドが剣を鞘《さや》に収めるのを見て、彼が野盗たちの手を切り落としたのだと理解する。

(こんなに近くにいたのに、彼が剣を抜いたことにすら気づかなかったわ！　しかも片手で、背後の敵を二人同時に倒すだなんて……信じられない‼)

手を失った男たちの悲鳴が耳をつんざく。別の野盗たちが、及び腰になりながらも剣を構えた。

「ヘンリー！」

ドナルドは副団長の名前を呼んで、リリアを横抱きにする。ドナルドの視線を追うと、扉の前に副団長と何人かの騎士が立っているのが見えた。

「あとはお前らが倒せ。俺がやると殺してしまいかねない……特にそこの女はな！」

「ひぃっ！」

ありったけの殺気を向けられて、ビビアンは戦意を喪失《そうしつ》したのか、へなへなとその場に座り込んだ。

野盗との戦いを開始したヘンリーたちを残し、ドナルドはリリアを胸に抱いたまま悠然と大広間を出る。だが廊下に出た途端、数人の野盗が必死の形相《ぎょうそう》で襲いかかってきた。大広間の騒ぎを聞いて駆けつけてきたのだろう。

「ドナルド！　私を下ろして！　じゃないと貴方、剣が使えないでしょう！」

「心配するな、リリアを落とすことは絶対にない」

「そうじゃなくてっ……！」

ドヤ顔で言い切るドナルドに、リリアは呆れてしまう。そんな会話をしているうちに、ドナルドはあっさりと二人の野盗を蹴《け》り倒した。一人は喉《のど》を潰され、もう一人は腰の骨を折られたようだ。床に転がってうめき声を上げている。あとの数人には、他の騎士たちがかかっていく。

リリアは圧倒的な力に唖然《あぜん》としながら、ドナルドの顔をじっと見た。リリアの視線に気づいた彼が、優しい微笑みを返す。

それからドナルドは、誰もいない部屋を見つけると、そこに入って扉を閉めた。その部屋は書斎のようで、いくつかの本棚が壁沿いに並んでいる。

ドナルドは窓際に置かれた大きな机の上にリリアを座らせ、ふっと微笑みかけてくれた。その笑顔を見て安心すると同時に、指を切られそうになった恐怖が蘇《よみがえ》ってきて、リリアはドナルドの首をかき抱く。

「ドナルド、ドナルド……怖かったの！　本当に怖かったの！」

ドナルドに縋《すが》りついて泣きじゃくるリリア。

その細い肩を大事そうに抱きしめたドナルドは、しばらくしてから体をそっと離す。そして露《あら》わになったリリアの胸を見て、苦しそうに声を絞り出した。

「リリア……すまない、来るのが遅くなった……」

「……ドナルド」

今にも泣き出しそうな顔のドナルドに、リリアの胸がきゅううぅんと締めつけられる。

「リリアの純潔を、こんな形で失わせてしまって本当にすまない。だが、君が何をされたとしても、俺の気持ちは変わらない。リリアを心の底から愛している」

「……えっ？」

そのとき、リリアは気がついた。自分の純潔が男たちによって散らされたと、ドナルドが勘違いしていることに。

ドナルドが助けに来てくれたとき、リリアはドレスの前をはだけさせ、複数の男たちに拘束されていた。その上、クリスにつけられたキスマークを見たら、そういう結論に辿《たど》り着くのも理解できなくはない。

リリアはドナルドの頬を両手で挟み込み、潤《うる》んで揺れる青緑の瞳を覗《のぞ》き込んだ。

「ドナルド、私は襲われてなんかいないわ。まだ処女よ」

「そうなのか？　俺はてっきり……」

ドナルドは信じられないというように戸惑いの表情を浮かべた。

「ひどいわ、そんな目で見ていたなんて。帰ったらお仕置きね。……ふふっ」

リリアは小悪魔のように微笑み、妖艶《ようえん》な瞳でドナルドを見上げる。彼女のいつもと変わらない様子に、ドナルドは安堵の溜息《ためいき》を漏らした。

そのとき、部屋の扉を誰かがノックする。

「ヘンリーか？　そこで話せ。制圧できたのか？」

ドナルドは、それまでとは打って変わって、威厳のある騎士団長の声で問う。

「はい。これから彼らを尋問し、組織の全容を吐かせます。この隠れ家を制圧したことが、他の野盗どもに知られるのは時間の問題でしょう。その前に、本拠地と首領《しゅりょう》の居場所をなんとしても突き止めなくては、これまでずっと調査を進めてくれていた諜報《ちょうほう》部隊に申し開きができません」

「わかった。あとで俺も尋問に加わろう。何人か死ぬかもしれんが、絶対に吐かせてやる」

ドナルドの声を聞きながら、ふと、椅子にかけられた上着がリリアの目に留まった。なぜか見覚えがある気がしたのだ。

その上着には、尻尾《しっぽ》の先にも頭がついたドラゴンが刺繍《ししゅう》してある。

（ドラゴン……ドラゴン……うーん、何か引っかかるのよね……）

そのとき、リリアの頭にある言葉が思い出された。

「『アンフィスバエナ』……古代語で双頭《そうとう》の蛇《へび》を意味する言葉だわ。尻尾《しっぽ》にも頭があるんですもの、これはドラゴンじゃなくて蛇なのよ！」

「リリア……何を言ってるんだ？」

突然のことに、ドナルドは怪訝《けげん》な顔をする。

リリアはかけてあった上着を引き寄せ、ドナルドに刺繍《ししゅう》を見せた。

「前にビビアンと一緒にいた男性が、これと同じ上着を着ていたのよ！　彼の上着にもこの模様が刺繍《ししゅう》されていたわ。これは双頭《そうとう》の蛇《へび》――つまり『アンフィスバエナ』よ。私をさらった野盗もその言葉を使っていたの。奴らの組織と関係ないはずがないわ！」

ドナルドは理解できなかったようだが、部屋の外にいるヘンリーが何かに気づいたらしく、扉の向こうから興奮した声が返ってきた。

「『双頭の蛇《アンフィスバエナ》』と呼ばれる集団についてなら、報告書で読んだことがあります。確か以前、野盗に殺害された男が『双頭の蛇《アンフィスバエナ》』と呼ばれる宗教団体に属していたはずです。もしかしたらあれは単なる強盗殺人ではなく、仲間割れだったのかもしれません」

ようやく事情を呑み込めたらしいドナルドが、ヘンリーに命令を下す。

「ヘンリー！　至急、諜報《ちょうほう》部隊にその宗教団体を調べさせろ。念のため、野盗の尋問も予定通りやっておけ。俺は彼女を屋敷まで送り届けてから戻ってくる。それまで頼んだぞ」

「はい、団長。さっそく諜報《ちょうほう》部隊に早馬を出します！」

ヘンリーが去っていく足音が聞こえると、ドナルドはすぐに自分の上着を脱いでリリアを大事そうにくるんだ。その上着は埃《ほこり》っぽく汗の匂いがしたけれど、久しぶりにドナルドの香りに包まれ、リリアは安心して上着に頬を寄せる。

そのとき、ドナルドの右手の平に、血がにじんでいることに気づいた。

「どうしたの、これ？　すごく痛そうだわ。私を助けに来たときに怪我をしたの？」

「ああ……これは違う。色々あったんだが、君に会えてもう迷いはなくなった。大丈夫だ」

何を言っているのかはわからないが、吹っ切れたような表情をするドナルドに、リリアはそれ以上聞けなかった。代わりに手の平に優しくキスをすると、上着をかぶったまま頬をドナルドの硬い胸に押し当てる。

そうして細い指をのばし、シャツの隙間から素肌に触れた。以前、自分が彼の胸につけた歯形を、一つひとつ確認するかのようにゆっくりと指で撫《な》でていく。

「薄くなっちゃったわね……これ」

温かい吐息がシャツの隙間に流れ込む。すると胸の筋肉がピクリと震え、ドナルドが小さなうめき声を出した。

「うっ……」

久しぶりに触れられて体が反応したのか、股間を隠すように前かがみになる。

「どうしたらいい……このままじゃ外に出られない……」

ドナルドは屈強な肉体を折り曲げ、情けない顔をしてリリアを見つめる。リリアは呆れながらも微笑むと、耳元でこうささやいた。

「私をかかえて出ていけば、誰にも気づかれないわ。そのまま貴方と二人きりで馬に乗って、屋敷に帰りたい。もう離れたくないの」

すると、ドナルドは目を大きく見開いた。

「リリア……もしかして……君も、俺を愛してくれているのか？」

「さあ、どうかしら……貴方はどう思う？」

リリアのつれない返事に、ドナルドはお預けを食《く》らった犬のような、切ない目をした。

そして二人は、書斎から廊下に出る。

正面玄関に向かう間、屋敷の惨状にリリアは目を見張った。辺りには、何十人もの野盗が倒れている。中には体の一部が変な方向に曲がっている者もいて、誰もがうめき声を上げていた。

これらはすべて、リリアを探して屋敷中で暴れまわったドナルドの仕業《しわざ》らしい。身一つでこれだけの人数を倒すことができるものなのかと、リリアは感心する。

屋敷の外に出て、二人で馬に乗ったとき、ようやく憲兵《けんぺい》団が到着した。憲兵《けんぺい》団は町の治安を維持するのが役目で、本来であれば野盗たちの捕縛も彼らの領分だ。

憲兵《けんぺい》たちは慌てた様子で馬を走らせ、リリアたちのほうに向かってきた。ドナルドは上着にくるんだリリアをギュッと抱きしめ、彼らからその顔を隠す。

(確かに、顔を見られると困るわ。それに、今の私はひどい格好ですもの……)

リリアはドナルドの上着の隙間から、そっと外を覗《のぞ》き見た。

馬から降りた憲兵《けんぺい》隊長がドナルドに挨拶《あいさつ》する。五十人以上からなる憲兵《けんぺい》団員も一斉に馬から降りて、緊張の面持《おもも》ちで敬礼した。

口を開きかけた憲兵《けんぺい》隊長を目で制すと、ドナルドは騎士団長らしい威厳のある声で言う。

「現場の指揮は、副団長のヘンリーに一任してある。俺は今から被害にあった令嬢を家まで送り届けてくるが、こちらには誰もついてくるな」

ドナルドはもう一度リリアを引き寄せ、すぐに馬を駆ってその場から離れた。

第六章　騎士団長、幻《まぼろし》の少女を手に入れる

クリスが無事保護されたことを知ると、リリアは安心したのか、全身をドナルドに預けて瞼《まぶた》を閉じた。

「ドナルド……ごめんなさい。もう限界だわ……少し眠らせてちょうだい」

よほど疲れていたのだろう。すぐに規則的な寝息が聞こえてくる。

つい先ほどまで小悪魔のように妖《あや》しく微笑んでいた少女が、今は天使のように純粋な寝顔でドナルドの腕の中に収まっている。

（なんて愛らしい寝顔なんだ……）

バスキュール子爵家へ向かって馬を駆りながら、ドナルドはリリアの寝顔をちらちらと見ていた。

（リリアを失うかもしれないと思ったとき、俺は神に祈った。彼女が無事でさえあれば、それだけでいいと。彼女の幸せが俺の一番の願いなのだと……！）

そう心を決めたはずなのに、心臓が捻《ね》じれたように悲鳴を上げる。その激しい痛みに、ドナルドは悪態をついた。

「くそっ……」

野盗の隠れ家から充分離れたところで、ドナルドは馬の速度を緩《ゆる》める。そして腕の中のリリアを眺めながら、馬をゆっくりと歩かせた。彼女の傍《そば》にいられるのは、これが最後だとわかっているからだ。少しでも長く、リリアの体温を感じていたかった。

こんなに近くにいるのに、どうしてこんなにも遠いのだろうか。

彼女が無事で本当によかったが、野盗にドレスを裂かれ、肌に淫《みだ》らな印をつけられてしまったことを思うとさらに胸が痛む。

（リリアの婚約者が彼女の体を見たら、ならず者に凌辱《りょうじょく》されたと思い込んでしまうかもしれない。そうなれば、リリアも苦しむに違いない。俺が彼女のためにできることは、何かないだろうか？）

そんなことを考えながら、ドナルドはぐっすりと眠ったままのリリアをバスキュール子爵家の別邸へと送り届けた。

子爵夫妻とその息子ケビンは、リリアが無事だったことを喜びつつも、王国の英雄であるドナルドが突然現れたことにかなり驚いていた。

ドナルドはリリアを部屋まで運び、ベッドの上に横たえた。それから、近くにあったクッションを頭の下に置いてやる。するとリリアが安堵の表情を浮かべ、クッションに頬を寄せた。

ドナルドはリリアの顔に節《ふし》くれだった指を添える。彼女の睫毛《まつげ》にかかる銀の髪をゆっくりとかき上げ、額《ひたい》に唇を近づけた。

時間をかけて、存在を確かめるように……震える唇でその肌に触れる。

眠ったままのリリアの頬の上に、涙の滴《しずく》がポタリと落ちた。それは桃のように滑《なめ》らかな頬を伝《つた》って流れていく。

「愛している、リリア。君を愛しているよ。俺はいつでも君の幸せを祈っている」

ドナルドはリリアの寝顔をしばらく見ていたが、ふと何者かの気配に気づいて立ち上がる。

扉の傍《そば》に見知らぬ青年が立ち、ドナルドのほうを見ていた。その敵意に溢《あふ》れた表情を見て、ドナルドは彼が何者なのかを一瞬で理解する。

「ああ、君がリリアの婚約者なんだな……。君と話がしたい。少しだけ時間をくれないか？」

ドナルドの申し出を、青年――クリスは断らなかった。

いったんリリアの部屋を出て、クリスとともにバスキュール子爵のもとへ向かう。部屋を借りたいと言うと、子爵は二つ返事で了承し、応接室を使わせてくれた。

ドナルドとクリスは応接室に入り、向かい合って立つ。座り心地のよさそうなソファーがあるにもかかわらず、立ったまま互いを値踏みするように見つめ合った。

クリスはドナルドをかなり警戒しているらしい。無表情を装《よそお》ってはいるが、瞳は注意深くこちらを観察していた。

ワルキューレ伯爵家は軍人一家で、政治的な影響力を持つゲリクセン伯爵家とは対極の立場にある。そのため、両家は敵とも味方ともつかない微妙な関係を保っていた。

「君がクリス・ワルキューレか。父君と同じ色の目をしているな」

「……団長とリリアのことは、フレウゲル副団長から聞きました。王国の英雄であるゲリクセン団長が、たいした力もない子爵家の娘を、どうして欲しがるのですか？　団長なら、その気になればどんな女性でも選び放題でしょう」

ドナルドに対抗するように、クリスは背筋を伸ばして反抗的な口調で返してくる。その様《さま》はまるで荒削りの剣技を見ているようで、ドナルドは思わず微笑を零《こぼ》した。

「ははっ、彼女のような女性は他にいない。どんな女性も、彼女の代わりにはなれないさ。俺がなぜリリアを愛したのかなど、君なら充分わかっていると思っていたがな」

そんなドナルドを見て、クリスがさらにその表情を硬くする。

「……何をおっしゃりたいのかわかりませんが、婚約者を助けてくださって感謝はしています。お礼もきちんとさせていただくつもりです」

婚約者という言葉を聞いて、ドナルドの胸がチクリと痛んだ。だが、もう身を引くと決断したのだ。自分はやるべきことをやらなければいけない。ドナルドは己《おのれ》を奮《ふる》い立たせた。

(彼は本当に心からリリアを愛しているようだ。ならば伝えておかなければいけないことがある。リリアの幸せのためには必要なことだ)

「……俺には、今日どうしても君に言っておきたいことがある」

「なんなのですか？　だからお礼なら……――っ!?」

ドナルドが深々と頭を下げると、クリスは驚いたように言葉を途切れさせた。

そんなクリスに構わず、ドナルドは大きな体躯《たいく》を折り曲げたまま言う。

「クリス・ワルキューレ。君も騎士の心を持っているなら、俺の言葉を信じてほしい。リリアは野盗に凌辱《りょうじょく》されてはいない。まだ乙女だ。彼女は婚約者である君のために、必死で純潔を守り抜いたんだろう。だから、どうかリリアとの婚約を解消しないでくれ」

クリスは一瞬言葉を失ったようだが、すぐに我に返って大声で叫んだ。

「どうして団長がっ……そこまでしてリリアと私の婚約を守ろうとするのですか⁉ 貴方がリリアを大切に想っているのは、今回のことでよくわかりました。それなのに、どうして敵に塩を送るような真似を……！」

「――リリアは俺ではなく君を選んだ。俺は彼女が幸せならそれでいい。リリアを愛しているからこそ、彼女が傷つく顔を見るのは、自分が傷つくよりも辛いことなんだ」

頭を下げたまま拳《こぶし》を握りしめ、ドナルドはどうにか声を絞り出す。

本当は、リリアが他の男のものになるなど、考えただけで身も心も引き裂かれるように苦しい。だがドナルドにとって、リリアが悲しむほうが、その何百倍も辛かった。彼女の笑顔を守るためなら、どんなことでもしようと心に決めたのだ。

二人の間に沈黙が流れる。しばらくして、クリスが意を決したように口を開いた。

「たとえ純潔でなかろうが、他に愛する男がいようが、リリアが自分のものになるならどうでもいい。そう思えるくらい、彼女に惚《ほ》れています。私もリリアを心から愛しているんです。だからこそ、ワルキューレの屋敷に戻り、リリアとの婚約解消を父に申し入れます！」

想像もしなかった言葉に、ドナルドは慌てて顔を上げた。それと同時に、クリスが自嘲《じちょう》気味な呟《つぶや》きを漏らす。

「はっ……『痛いのと苦しいのと怖いの、どれがいいか選んでおいてね』か……リリア、お前はやっぱり間違っている。痛いのと苦しいのは一瞬だと言っていたが、一生のトラウマになりそうだ。

お前の仕返しは充分すぎるほど応《こた》えたよ」

ドナルドに、クリスの言葉の意味は理解できなかった。だが、その辛そうな表情から、彼がリリアを想っていることは痛いほどに伝わってくる。

クリスは一礼すると、ドナルドに背を向けて扉のほうへ向かった。

「ま……待ってくれ！　君に捨てられたら、リリアは……！」

ドナルドが引きとめようと声をかけると、クリスは立ち止まり、振り返らずに言った。

「団長のような愛し方は、私にはできません。これは同じ男としての、精一杯のけじめです。では、私は怪我が痛むので失礼します」

それだけ告げると、そのまま立ち去っていく。彼の背中からは硬さがとれていて、声もとても穏やかだった。

ドナルドはわけがわからないまま、しばらくその場で立ち尽くす。

クリスがどうして婚約を解消すると言ったのかわからない。もしやドナルドの存在によって、リリアに二心《ふたごころ》があるように思われてしまったのだろうか。

クリスの心の内は、どれほど考えてもドナルドにはわからなかった。

（彼がどう思っていようとも、リリアが俺を振って自分を選んだと知れば、きっと考え直すだろう。彼も心の底からリリアを愛しているのだから……）

ドナルドはクリスとのやり取りから、リリアを愛する気持ちは本物だと確信していた。

（いい男だ……将来は素晴らしい騎士になるに違いない。クリス・ワルキューレ、どうかリリアを頼む。俺は彼女との思い出だけで充分だ――)

ドナルドは最後にリリアの額《ひたい》に触れた手に唇を寄せると、その手にそっと口づけを落とした。

◇　◇　◇　◇

リリアが目を覚ましたときには、すでに朝日が昇り始め、小鳥のさえずりが耳にうるさく響いていた。

重たい瞼《まぶた》をそろりと開ければ、そこは見慣れた自分のベッドの上だった。

ゆっくり体を起こすと、椅子に座ったまま大口を開けて眠るケビンが目に入る。

(ど……どうして、この子が私の部屋にいるのかしら？　しかも、よく見ると額《ひたい》に傷があるわ。一体何があったの？)

疑問に思いながらも、リリアは自分の状態を確認してみる。誰かが拭いてくれたのか、汚れていたはずの体は綺麗《きれい》になっていた。下着も清潔なものに替わっているし、縛られていた手首の傷には包帯が巻かれている。

リリアはベッドから下りて、寝ているケビンの傍《かたわ》らに立った。

「ケビン、起きてちょうだい。あれから何があったの？　クリスの怪我はどう？」

肩を揺さぶっても一向に起きる気配がないので、鼻をつまんでみる。すると、ようやくケビンが目を覚ました。

「ぐふっ……何っ⁉　あ！　姉さん、やっと起きたんだね！　よかった！　誘拐されたって聞いて気が気じゃなかったよ。うちには身代金《みのしろきん》を払う余裕なんてないからね！」

（って、そっちの心配ですか……）

いつもと変わらない調子のケビンに、リリアは呆れつつもほっとする。

ケビンの話では、クリスは腕の骨を折っただけで他は軽傷だったらしい。野盗たちは、昨夜のうちに首領《しゅりょう》もろとも憲兵《けんぺい》団に捕縛されたという。

なんと野盗の首領《しゅりょう》は宗教団体『双頭の蛇《アンフィスバエナ》』の教主だった。隠れ家が制圧されたことを知った教団幹部らが、今までに手に入れた金品を持って逃げようとしたところを、一網打尽《いちもうだじん》にされたという。

すべてが丸く収まったと聞いて一安心したリリアは、ふと疑問に思ったことを尋ねてみる。

「あの……どうしてドナ……ゲリクセン団長が私を助けに来たのかしら？　彼は今どこにいるの？」

「団長は姉さんを家まで送り届けて、すぐに帰っていったよ」

そういえばドナルドはリリアを送り届けたあと、野盗の隠れ家に戻ると話していた気がする。でも、野盗が捕まってすべてが解決したのなら、リリアに会いに来ていてもおかしくない。

（もしかして、また他の女性のところに行ってしまったのかしら）

ドナルドが他の女性に笑いかけている姿を思い出して、リリアは悔しさに唇を噛んだ。そんなリリアのネグリジェを、ケビンがつんつんと引っ張る。

「姉さん！　それより、団長のことで話があるんだ！　これを見て！」

ケビンはそう言って、青と緑の宝石がついたネックレスを見せた。

こんな高そうなものが、我が家にあるわけがない。誰かからの贈り物に違いなかった。そして宝石と鎖の色を見れば、特別に誂《あつら》えたものだとわかる。

「……ドナルドが私のために作ってくれたのね。二人の髪と目の色を組み合わせてあるわ。脳筋のくせに、気の利《き》いたことをするわね。でも、どうして貴方がこれを持っているの？」

リリアが問うと、ケビンはデートの日の出来事をすべて話してくれた。

なんと、あの日ミラ町で見た黄色いドレスの女性はケビンだったのだ。

衝撃の事実に、一瞬頭の中が真っ白になる。そういえば、あのときの女性が受け取った花束と同じ花が、屋敷のあちこちに飾られていた。あんなに大きな花束を入れる花瓶《かびん》がなく、小分けにしたのだろう。

それからケビンは、フレウゲル副団長から預かったと言って手紙を差し出した。

昨日、副団長であるヘンリーがリリアに会いに来たという。そのときバスキュール家には怪我をしたクリスがおり、そこへタイミングよくヘンリーが現れたおかげで、リリアは間一髪《かんいっぱつ》、ドナルドに助け出されたというわけだ。

なんでも、ヘンリーはドナルドとリリアの関係について大きな勘違いをしていたことに気づき、リリアの誤解をとくためにやってきたらしい。この手紙は、リリアが会ってくれなかった場合のことを考えて、あらかじめ用意しておいたようだ。

手紙には、几帳面《きちょうめん》な字でこのようなことが記《しる》されていた。

――ドナルドは性豪《せいごう》どころかリリアと出会うまで女性にまったく興味がなく、騎士団にいた女性たちとはなんの関係も持っていないこと。実際の彼は、筋肉馬鹿で訓練が大好きで、自分の剣と結婚するとまで言い出すような人だったこと。

そして、リリアを心から愛していること——

無言でその手紙を読み終え、リリアは脱力して溜息《ためいき》をついた。

ケビンの話と合わせて考えてみると、自分がとんでもない誤解をしていたのだとよくわかる。

「あのデートの日、僕は団長に、姉さんには婚約者がいるって言っちゃったんだ。だから団長は、姉さんのことを思って身を引いたんだよ！　今からでも遅くないから、早く団長のところへ行ったほうがいい！　団長は本気で姉さんを愛しているんだ！」

そう言ってケビンは、リリアの腕を引っ張る。そんなケビンに構わず、リリアはしばらく考え込んでから口を開いた。

「嫌よ。ドナルドが私だけを愛してくれているのはわかったわ。でも、そんなに私が大切なら、どうして無理やり奪いに来ないのかしら。婚約者がいたとしても、愛していればそれくらいするでしょう。大きな図体《ずうたい》をして本当に消極的なんだから！」

「いや……それは姉さんを相手にしたときだけだよ！　ゲリクセン団長は、一人で敵の一個師団を全滅させたこともある猛者《もさ》だぞ!?　消極的なわけないじゃないか!!」

ケビンにそう言われて、リリアはポッと顔を火照《ほて》らせた。

今すぐにでもドナルドに会いたくなったが、手首にはすり傷があるし、胸にはクリスにつけられたキスマークもある。それらが完全に消えるまでは、彼に会いたくなかった。

それにリリアは、今もクリスの婚約者なのだ。まずはクリスに婚約を撤回してもらうのが筋《すじ》だろう。

（もしダメだったら、家を出ていく覚悟でこちらから婚約破棄を申し入れるしかないわね。慰謝《いしゃ》料《りょう》は死ぬ気で働いて返していけばいい）

「とにかく、ドナルドに会いに行くのは、もう少しあとにするわ。今回の事件の話が社交界で広まったら、私はしばらく表には出られないでしょう。それに、もう一度クリスに婚約を解消してもらえるよう頼まなくちゃ。一体いくら請求されることやら……」

未婚の貴族令嬢が野盗にさらわれ、監禁場所で一夜を過ごしたとなれば、致命的なスキャンダルだ。好奇の目にさらされるだけでなく、リリアの名誉は地に落ちてしまうかもしれない。

「それについては、フレウゲル副団長が上手く隠してくれるって言っていたから大丈夫だよ。それに婚約破棄の慰謝料《いしゃりょう》くらい、僕が騎士になって稼いでみせる。だから姉さんは何も気にせず、本当に好きな人と一緒になってくれていいんだ！」

そう言ってケビンは腕まくりをした。

ケビンの実力では騎士になったとしても、どれほどの報奨《ほうしょう》を稼《かせ》げるのだろう。騎士の給金は確かに悪くないが、それだけで賄《まかな》えるとは思えない。そんなことにも思い至らない短慮《たんりょ》な弟だが、リリアのためを思ってくれているのがいじらしくて、怒りは湧いてこない。

「ふふっ、ありがとう、ケビン。貴方は最高の弟だわ。大好きよ」

リリアはその腕にケビンをぎゅっと抱きしめた。

そのとき、扉をノックする音が聞こえて父が入ってきた。彼は悲痛な顔をして、重々しく口を開く。

「リリア……ワルキューレ伯爵家から、婚約をなかったことにしたいと連絡が来た……ああ、なんてことだ。今日両家で正式な書類を交わす予定だったというのに……」

父は相当落ち込んでいるようだったが、ケビンとリリアはパッと顔を明るくして目を合わせる。

「姉さん！　これで心配事は何もなくなったよ！　早く団長に会いに行って!!」

ケビンにそう言われ、リリアは満面の笑みを浮かべてうなずいた。

◇　◇　◇　◇

リリアを野盗の手から救出して、もう二日が経った。

ドナルドは物思いにふけりながら、夜の森をゆっくりと歩いている。向かう先は、リリアと出会った川のほとりだ。

あの事件以降、リリアからはなんの連絡もない。

クリスはリリアとの婚約を解消すると言っていたが、結局のところどうなったのかもドナルドにはわからなかった。調べればすぐにわかることなのだろうが、それはしない。事実をはっきりと突きつけられるのが怖かったからだ。

こんなことを思うのは、生まれて初めてだった。リリアと出会ってから、ドナルドは感情を乱されてばかりだ。

もう二度と会うことはないだろうと思っていても、彼女に……幻《まぼろし》の少女に会いたくて自然とこの川に足が向いてしまう。

「馬鹿だな……俺は……」

歩きながら、ドナルドは自嘲《じちょう》するように笑った。

生涯で一度の恋をしたというのに、最愛の人は隣にいない。英雄と讃《たた》えられ、一生かかっても使い切れないほどの財産を持っていても、たった一人の愛する少女だけは手に入れることができなかった。

人生はなんて残酷なのだろうかと、皮肉に思う。

「リリア……俺の可愛い天使……リリア……リリアっ」

自然と感情が高ぶり、言葉が溢《あふ》れ出してくる。彼女のことを想って、何度その名前を口にしただろうか。

(ああ、おかしくなりそうだ……何もかも捨てて、リリアをさらって逃げてしまいたい。彼女の身も心も、すべて俺で満たしたい)

薄闇の中、木々の間を抜けて目的の場所に辿《たど》り着く。そこは、リリアに出会ってから幾度となく訪れている場所だ。

清々《すがすが》しい匂いを放つ草木に、たっぷりの水をたたえて悠然と流れる川。ゆれる水面《みなも》に浮かび上がる月。

いつもと変わらない景色だが、ドナルドは普段と違うものをその目に捉《とら》えていた。

川のほとりの草むらに、淡い黄色のドレスがはためいている。目を凝《こ》らすと、ずっと欲していた少女が横たわり、すやすやと眠っていた。

「これは夢に違いない……ああ、なんて美しい夢なんだ」

少女は、草むらに顔をうずめるようにして丸くなっている。その傍《かたわ》らに腰を下ろしたドナルドは、じっくりと彼女の顔を眺めた。

銀色の長い睫《まつ》毛《げ》に、ぷっくりとした唇。夢だというのに、どうしてこの少女はこんなにも愛らしいのだろうか。

しばらく見ていると、少女が寝返りをうち始めた。けだるそうに腕を上げて仰《あお》向《む》けになる。

「んんん……ドナルド……」

(リリアが……俺の名を呼んだ!!)

それだけで、天にも昇るような幸福感を味わう。

現実の彼女は、クリスと幸せになるに違いない。ワルキューレの男なら、それだけの財力も実力も兼ね備えているはずだ。

だが夢の中では、彼女は自分のものだ。そう思うだけで、幸せに酔いしれ恍惚《こうこつ》としてしまう。

ドナルドはそっと手を伸ばして、リリアの頬にかかった銀の髪に触れた。

その瞬間、彼女が目を開ける。サファイアよりも濃いブルーの瞳を、ゆっくりとドナルドに向け、これ以上ないくらい甘く優しい声で呟《つぶや》いた。

「ドナルド、やっと来てくれたのね。今回は私が待たされる番だったってことかしら」

リリアはドナルドの頬に白くて細い指を添えた。その温かい肌の感触に、ドナルドは感極《かんきわ》まって涙が出そうになる。

「リリア、夢の中の君もこんなに温かいんだな。ああ、どうかこのまま消えないでほしい……もう少しだけ……ほんの少しの間でいいんだ」

切なく訴えるドナルドを見て、リリアが微笑む。

「ふふっ、私はもう消えたりしないわよ、ドナルド。さあデートの続きをしましょう。あのときできなかったデートよ」

満天の星の下、二人は並んで草の上に寝転ぶ。

ドナルドは片時も目をそらさず、リリアの顔を見つめ続けた。その愛らしい表情に見惚《みと》れて、瞬《まばた》きする時間すら惜《お》しく感じる。

「貴方、あのデートのとき、私の代わりに行った女の子に大きな花束を渡したでしょう。あれはどうしたの？」

「花束が大きすぎて、彼女の顔が全部隠れてしまった。だから出店の主人に金を渡して、預かってもらったんだ」

「それで、そのあとは出店を見てまわったの？　ジュベットおばさんの店にも寄った？　あの店は、いつも面白いものを置いているの。ひっくり返すと猫になる犬の置物とかね。おばさんとは、とても親しくしているのよ」

「ああ、親しげに声をかけてもらったよ。彼氏かってからかわれた」

「そうなのね。次に会ったときは質問攻めにされそうだわ。覚悟しとかなきゃ」

そうやって話しているうちに、デートの最後、ごろつきに囲まれたときの話になる。

「私なら上手く走って逃げたわね。額《ひたい》に怪我もしなかったはずよ。走っていたら、血相を変えて戻ってきた貴方にぶつかるの。そして怒った貴方が男たちを倒して、二人で抱き合うのよ」

「そうだな、それから一緒に俺の家に帰って、長い夜を二人で過ごすんだ」

「貴方はそればっかりね。呆れちゃうわ」

リリアが照れくさそうに頬を染めて溜息《ためいき》をつく。だがドナルドは悪びれもせず、リリアを熱い目で見つめ続けた。

（ああ、なんて可愛いんだ。妖艶《ようえん》な瞳で俺を惑わすかと思えば、こんな些細《ささい》なことで頬を赤く染めるとは。どれだけ見ていても飽きない。それどころか、もっと見ていたいとさえ思ってしまう）

「はは、どうせ妄想なんだから、好きなことをさせてほしい」

「じゃあ、もしこれが夢だったら、私と何をしてみたいの？　正直に言ってみて？」

「現実では絶対に言えないことだ……まずはこうやって押し倒して、満足するまでキスをしてみたい」

そう言って、ドナルドはリリアの上に覆《おお》いかぶさり、その唇を優しくついばむ。吸って、舐《な》めて、ときには深く……口づけを交わした。

「んんん……ふぁっ……」

夢だというのに、リリアの唇は蜂蜜《はちみつ》のように甘く、口の端からはどちらのものとも知れない唾液が零《こぼ》れ落ちる。それはリリアの銀色の髪に絡みつき、まるで蜘蛛《くも》の糸についた雨の滴《しずく》のように、幻想的な輝きを放つ。

「それから、君の柔らかい胸を存分に味わいたい」

ドナルドはリリアのドレスの胸元を勢いよくはだけさせ、二つの柔らかい乳房を露《あら》わにした。ピンク色をした先端が男を誘うように、ぷるりと揺れる。ドナルドは夢中でそれを口に含んだ。熟《う》れた果実のような甘いそれを、舐《な》めて、噛んで、吸って……味わい尽くす。

「あぁ……んっ!!」

我慢できないとばかりに、リリアが足を閉じて股の間をこすり合わせた。

(なんて愛らしいんだ。こんな可愛い生き物、見たことがない。これが一夜の夢だというならば、どうか覚めないでいてくれ……!)

ドナルドは固く閉じられた股の間に手を差し込み、蜜口を探し当てる。そこはもう充分に濡《ぬ》れそぼっていて、ドナルドの指をすんなりと受け入れた。

「ん……んっ……」

ドナルドの指を離すまいとばかりに、ぎゅううぅっと締めつける。

じゅっ……じゅぷっ……じゅぷ……

指を抜き差しするたびに淫猥《いんわい》な音を響かせながら、愛蜜の量は増え続けた。いくらもしないうちに、手首から滴《したた》り落ちるほどになる。

「はっ……あぁっ……んんっ……」

「あぁ、夢の中の君も濡《ぬ》れやすいんだな……花の蜜のような甘い香りに、頭がくらくらしてくるよ」

淫《みだ》らな水音はどんどん大きくなり、ドナルドの感情を高ぶらせる。

欲望の証《あかし》はすでにはちきれんばかりに主張していて、ズボンを圧迫し続けていた。

ドナルドがひたすら耐えていることに気がついたのか、リリアが熱い息を漏らしながらも、そっとベルトに指を這《は》わせる。

そんなリリアを見て堪《たま》らなくなったドナルドは、自《みずか》らズボンを下ろして下半身を露《あら》わにした。

もう己《おのれ》の欲を抑えることができない。二度と会えないと諦《あきら》めた少女が、夢の中で再び姿を現してくれた。それだけで、肌の下を溶岩が流れているかのような熱を感じる。

必死で抑え込んでいた想いが喉《のど》の奥から溢《あふ》れてくる。魂《たましい》の底から響くような声で、騎士団長は幻《まぼろし》の少女を求めた。

「本当は……本当はっ!!　リリアを俺のものにしてしまいたかった!!　たとえ君に恨《うら》まれようとも、罵《ののし》られようとも!!　リリアを他の男になど渡したくなかった!!」

その激情に応《こた》えるように、リリアは体を起こしてドナルドの肩を押し、草の上に横たわらせた。

その上に身をかがめ、猛《たけ》り立った凶暴なモノを優しく手で包み込む。

白くて長い指が、まるで楽器を演奏するかのように触れて、ドナルドの欲情をさらに高めていく。

リリアはドナルドの腰の上に跨《また》ったまま、ドレスの裾《すそ》を持ち上げて唇に挟んだ。いつの間にかパンティーを脱いでいたようで、黄色のドレスの下からは、銀色のうっすらとした茂《しげ》みが覗《のぞ》いている。むせ返るような甘い香りが、ドナルドを誘うように漂《ただよ》った。

リリアはドナルドのモノに手を添えて、先端に自分の愛液を馴染《なじ》ませると、切ない表情で彼を見た。頬を染め、唇を震わせ、その先の行為をドナルドに予感させる。

「リリア……」

彼女の青い瞳は不安に満ちていたが、その奥に確固とした覚悟が宿っていた。

女神のような神々《こうごう》しい美しさに、ドナルドはほとばしる欲求を抑え切れない。

「ああ……リリア！　リリア……!!」

リリアはドナルドの剛直を呑み込もうと、自分から腰を下ろし始める。濡《ぬ》れそぼった蜜口に先端が吸い込まれ、男の硬い楔《くさび》がまだ誰も侵入したことのない狭い穴をこじあけていく。

まだ先のほうを包み込まれただけだというのに、リリアの内部の優しい温かさに、ドナルドはなんとも言えない甘美《かんび》な心地を味わう。そうして、星空を背にしたリリアを熱く見つめた。

だが、ほんの少し挿入《そうにゅう》したところで、リリアが顔を痛みに歪《ゆが》めた。その辛そうな表情を見て、ドナルドは彼女の腰を両手で支える。

リリアは左手をドナルドの肉棒に添え、右手を彼の肩に置いたまま、短く荒い呼吸を繰り返した。心細いとでも言うかのように、潤《うる》んだ切ない瞳をドナルドに向ける。

（なんて愛らしいんだ。本当はこのままリリアの中に突き入れたい。だが、これが夢であっても、俺の欲望で彼女を傷つけたくはない）

「……リリア、無理しなくていい。俺はもう充分幸せだ。一生分の幸せを一夜で受け取ってしまったくらいに幸せだ……」

ドナルドがそう告げると、リリアの瞳が熱っぽさを増した。彼女は意を決したように目を閉じて、全身の力を抜く。

それを感じたドナルドは、リリアの腰に添えた両手に力を込めて、その小さな体を支えた。

リリアが瞼《まぶた》を開けて、不思議そうな顔をした。口を微《かす》かに開き、咥《くわ》えていたドレスの裾《すそ》を離す。

黄色の生地がドナルドの胸にふわりと舞い下りた。

「ドナルド、どうしたの。これは夢なんでしょう？　だったら、貴方の望む通りにすればいいじゃない」

「いいんだ。これでいい。リリア、俺にとっては君が何よりも大切なんだ。世界で一番……いや、君だけを魂《たましい》の底から愛している」

これ以上ない愛の告白を聞いて、リリアは嬉しそうな笑みを顔いっぱいに浮かべた。両手でドナルドの頬を包んで体を倒すと、激しい口づけを落とす。

舌と唇を使って、リリアがドナルドの口内を攻め立てていく。彼女に甘露《かんろ》な唾液を流し込まれ、舌を絡ませては、また唾液を呑まされる。

（ああ、なんて気持ちがいいんだ。こんな快感を味わったのは初めてだ。この夢だけで、俺はリリアを永遠に愛し続けることができる!!）

幸せで満たされて頭の芯がぼやけ、ドナルドは思わず腕の力を抜いてしまう。その瞬間、リリアの体は支えを失い、ドナルドの屹立《きつりつ》をその狭い膣内《ちつない》に一気に咥《くわ》え込んだ。

「んあぁぁんっ!!」

途端にリリアが叫び声を上げる。

その声に意識を引き戻されたドナルドは、とっさにリリアの体をもう一度持ち上げようとした。

だがその前に、リリアがドナルドの行動に気づいて止める。

「やめて、動かさないで！　少しでも動いたら死んじゃうわ！」

そう言って青色の瞳にたっぷりの涙をにじませる。それは目の端からどんどん流れ出してきた。

「大丈夫か!?　リリア!!　痛いのか!?　どうなんだ!?　何か言ってくれ!!」

愛するリリアの奥深くに己《おのれ》の楔《くさび》を突き入れたというのに、ドナルドは心配で血の気が引いてしまった。

おろおろしながら、リリアの頬を流れる涙を指で拭《ぬぐ》い去る。

「医者を呼ぼうか!?　どんな感じなんだ!?」

「……痛ぁい……ものすごく痛いのぉ……。このまま死んじゃう気がする……もう一ミリも動けないわ。少しでも動いたら、痛みで気絶しちゃう……んんっ」

「ど、どうしたらいい!?　リリア!!」

「んっ……貴方のモノを小さくしてくれたら、動いても平気だと思うの。だからできるだけ他のことを考えて。騎士団のこととか、剣のこととか……悲しいことを考えてみるのもいいわ」

リリアの提案に、ドナルドは困惑した。

「そ……そう言われても……君が目の前にいるだけで幸せで胸がいっぱいになるのに、君の中に入った状態でできるわけがない！　何を考えても無駄なんだ！」

「そうだわ、相手が私だと思うからいけないのよ。私を副団長だと思ってちょうだい！　ほら、萎《な》えてきたでしょう！」

（そんなの無理に決まっているじゃないか——!!）

ドナルドは心の中で叫んでみたが、もちろんリリアには届かない。勃《た》たないように意識すればするほど、その体積は増していく。

しかも、リリアの中は信じられないくらい濡《ぬ》れていて温かい。たくさんの襞《ひだ》がドナルドを包み込むように締め上げ、快感を増大させるのだ。

「んっ！　なんだか大きくなっている気がするのだけれど……ふぅっん！　……ドナルドっ……どうなっているの？　ひゃあぁあっん!!」

「はぁっ……すまない。気持ちよすぎて……あぁっ……このままじゃ君の中でイってしまいそうだ」

「あぁ……んっ……や、また大きくなった……!!」

ドナルドの剛直が体積を増すにつれて、リリアの中にも痛みとは違う感覚が湧き上がってきたらしい。愛液が溢《あふ》れて、肉棒をますます濡《ぬ》らし始めた。

全体を強く締めつけられる感覚に、ドナルドは堪《たま》りかねて声を上げる。

「ダメだ!!　リリア……もう我慢できない！　イってしまう!!」

「やだぁっ!!　なんかっ……中で動いてるっ！　ゃあぁぁぁん!!」

男根が精を放つ激しい動きで、リリアまで達してしまったのだろう。初めて男のものを受け入れたそこは、ドナルドを何度もきゅうぅんと締めつける。

その刺激のせいで、ドナルドのモノはすぐに臨戦態勢に戻った。それを感じ取ったのか、リリアが何も言わず涙目で睨《にら》んでくる。

その顔は身悶《みもだ》えするほど可愛くて愛らしかったが、ドナルドはそれを心の内に秘めておいた。もし口にすれば、リリアの怒りが増すのがわかっていたからだ。

「す……すまない。これぱっかりはどうしようもない。君の中があまりに気持ちいいのが悪いんだ」

「私のせいなのっ!?」

リリアがさらに視線を鋭くする。

「いやすまん、俺が悪い。……でも、リリアもイったんだろう？」

そう言うと、リリアは可愛らしく頬を膨《ふく》らませ、無言でドナルドから目をそらした。その仕草があまりにも愛らしいので、自然とドナルドの口元がほころぶ。

「ははっ、リリア。すごく可愛いよ。もうこのまま、ずっと繋がっているのも悪くないな」

その言葉を聞いたリリアが、大慌てでドナルドに視線を戻した。その瞳には不安と恐怖が宿っている。

「やだっ！　そんなのいやっ！　絶対に抜くわ！　貴方は動かないでね！　なんとか自分で抜いて

みる！」

リリアは腰をゆっくり持ち上げようとするが、中の窪《くぼ》みにつっかえてなかなか抜けないようだ。

「ふぁ……んんっ」

どうしても同じ場所で引っかかってしまうらしく、何度も浅く抜き差しを繰り返している。

そんな状況に快感を覚えてしまい、ドナルドは思わず全身を震わせた。

リリアが切ない表情で腰を浮かせては、またドナルドの上に乗ってくる。その度に暗闇の中で銀の髪が揺れ、淡い月の光を反射させていた。

（こ……これはもう……騎乗位《きじょうい》と変わりがないじゃないか!! しかも俺が動いているのではなくて、リリアが俺の上で自《みずか》ら腰を動かしている！ あぁ、ダメだ。こんなことを考えていると、また達してしまいそうになる！）

「ダ……ダメだ……それ……気持ちよすぎる!! またイってしまいそうだ!! 腰を動かすのをやめてくれ!!」

ドナルドはそう叫んで上半身を起こし、リリアの肩をつかんで地面に押し倒した。

黄色のドレスが草の上にふわりと舞って広がる。横たわったリリアの顔をしばらく見つめてから、ドナルドは再び口を開いた。

「……すまない、リリア。少しの間だけ耐えてくれ」

「え……？」

ドナルドはリリアの両足を曲げて押さえ込み、蜜壺に突き立てている自分自身をゆっくりと抜き差し始めた。

「やぁぁぁぁん――――っ!! ふぁああっ……!! ……んっ……やぁ！」

リリアが痛みと快感に喘《あえ》ぎ、ドナルドの腕に爪を立てる。それが皮膚に食《く》い込んで血がにじんだ。

たっぷりの愛液と精液を絡ませた襞《ひだ》で肉棒を刺激され、外に出た瞬間、ドナルドはまた快感の頂点を迎えた。

リリアの胸に、白濁《はくだく》した液体がまき散らされる。その勢いは激しく、リリアの頬にまで飛び散るほどだった。

「はあっ……はあっ……はっ……」

リリアは荒い息を繰り返しながら、ぐったりと草の上に横たわる。弾力のある丸みを帯びた乳房が、息をするたびにゆるやかに揺れていた。

ドナルドはリリアの前に膝《ひざ》をつき、その姿をまんじりと見つめる。

頬をピンク色に染めたリリアが、しっとりと濡《ぬ》れた青い瞳をドナルドに向けた。一言も発《はっ》することなく、ただ熱い瞳を向けるだけだ。

白い手足をだらしなく投げ出していて、言葉では言い尽くせないほどに艶《なま》めかしい。どちらのものとも知れない白い液体が、その体の上で妖《あや》しく光り輝いている。

それはまるでリリアの上に、たくさんの星が落ちてきたかのように美しい光景だった。

しばらくの間、ドナルドは感動のあまり言葉を失っていた。時が経ち、少し気持ちが落ち着いてくると、今度はリリアへの愛情が口から溢《あふ》れ出してくる。

「リリア……リリア！　愛している！　愛しているんだリリア！」

リリアの上半身を抱き上げ、思い切り抱きしめて夢中で愛をささやく。何度も何度も繰り返していると、ドナルドの耳元で可愛らしい声が聞こえてきた。

「もう……これ以上はダメだわ。こんなに痛いなんて、誰も教えてくれなかったもの。でも、とても幸せなの。私も貴方を愛しているわ、ドナルド」

その言葉で、ドナルドは天にも昇る心地になる。

「ああ……なんてことだ！　リリアが初めて俺のことを愛していると言った。こんなに心が満たされたのは生まれて初めてだ。これが夢でもなんでも構わない。俺の心も体も、ここで出会った瞬間から、ずっと君だけのものだ。俺はリリアを生涯愛し続ける。それだけは永遠に変わらない」

「ふふふっ……嬉しい。でも、せめてズボンをはいてから言ってほしかったわ。本当に貴方ってロマンチックさの欠片《かけら》もない男ね。ここまでくると、もはや才能だわ」

目に涙を溜めて、リリアが満面の笑みを零《こぼ》した。

◇　◇　◇　◇

ドナルドと一線を越えて抱き合っていたら、いつの間にか二人とも眠っていたらしい。目が覚めると、リリアはドナルドの腕に抱かれていた。

地面に寝ているにもかかわらず、彼の腕の中はとても心地よくて、まるで温かいマットの上で寝ているような気分だ。

そして知らない間に、リリアの体はドナルドのシャツでぐるぐる巻きにされていた。相変わらずの無骨な優しさに胸が熱くなってしまう。

リリアは満天の星を見上げながら、つい先ほどドナルドに純潔を捧げたときのことを思い返していた。

（私、ついにドナルドと結ばれたのね。あまりロマンチックな感じにはならなかったけれど、あんなに痛いんだもの。きっとみんな、最初は上手くいかないものなのだわ）

そうしてリリアは、下腹部にそっと手をやった。そこにはドナルドを体内に受け入れた感触がまだ残っている。

男が肉を押し広げて体の芯を貫《つらぬ》く感覚。

男の熱を体内で受け取る感覚。

男の精が体の奥深くで放たれる感覚。

それらすべてが初めてのことで、リリアは目を閉じて思い返しては、体中で幸せを噛みしめた。

愛する人との行為が、これほどまでに幸福をもたらしてくれるとは想像もしていなかった。痛みですら甘美《かんび》に感じられるのだ。

視線を動かすとドナルドの寝顔がすぐ傍《そば》にあって、無防備な可愛らしさにしばらく見惚《みと》れる。次いで、彼の体に残る無数の傷痕《きずあと》を見た。何度も死線をくぐり抜けてきたのだと一目でわかる。

リリアは、ドナルドの狂騎士《きょうきし》としての姿を頭の中で想像してみた。野盗から助けてもらったときに見たドナルドは、確かに今の彼とはまったく別人のようだった。あまりの迫力に、リリアでさえも怖《お》じ気《け》づいてしまったほどだ。

（でも、今ここで眠っているドナルドは可愛い大型犬のようね。どちらのドナルドもいいけれど、どちらかといえばこっちのドナルドのほうが好きだわ）

リリアは自分がつけた胸の傷痕《きずあと》に、気づかれないようそっと口づけを落とした。それから下半身の痛みに耐えてなんとか体を起こす。

白い光が闇を照らし始め、太陽が地平線から昇ってきているのがわかった。

乱れたドレスを整えて立ち上がると、リリアはドナルドの体の上にシャツをかけてから、ゆっくりと歩き出す。そのまま森を抜けて、騎士団のとある部屋を目指した。

下半身が痛んで何度もくじけそうになったが、誰にも見つからずに目的の部屋に辿《たど》り着く。有能な彼が、あらかじめ人払いをしてくれていたのだろう。

そうしてリリアは、目の前の豪華な重い扉を開けた。

「フレウゲル副団長……」

「リリア嬢!!　どうしたのですか？　何かあったのですか？」

リリアが扉を開けると、長椅子で仮眠していたらしいヘンリーがすぐに飛び起きた。

実は、昨夜のドナルドとの密会は、ヘンリーの助けがあって実現したものだった。リリアは倒れ込むようにして、その場に崩れ落ちる。慌ててヘンリーが駆け寄ってきて、彼女の体を支えた。

股間が痛すぎて、足に力が入らない。苦痛に顔を歪《ゆが》めるリリアを、ヘンリーが覗《のぞ》き込むようにして言った。

「これはひどい……医者を呼びましょう」

「医者は必要ありません。少し体が痛むだけです。どこか横になれるところはありませんか？」

ヘンリーが心配そうな顔で、リリアをそっと抱き上げる。自分が今まで使っていた長椅子にリリアを寝かせると、彼女の全身を観察するように見た。

それに気がついたリリアは、なんとも言えない気恥ずかしさに身悶《みもだ》える。

(嫌だわ。勘のいい副団長のことだから、昨夜のことをすべて見透《みす》かされてそうで、恥ずかしくなっちゃう。そんなに見ないでほしいわ)

リリアに目立った怪我がないことを確認したヘンリーは、水差しからコップに水を注《つ》いで手渡してくれた。リリアは上半身を少しだけ起こしてそれを受け取る。喉《のど》が渇いていたので、あっという間に飲み干した。

「ありがとうございます。……ところで、副団長室にベッドはないのですか？」

リリアは周囲を見まわしながら尋ねた。

ドナルドの部屋には、とても大きなベッドがあった。なのに、なぜヘンリーの部屋にはないのか疑問に思ったのだ。

「幹部が騎士団で寝起きすることはめったにありません。騎士団員たちが交替で宿直任務についているだけです。私は家に身重《みおも》の妻と娘がいますし、今日は特別ですよ」

「……そうなんですね。じゃあ、どうして団長室には寝室があるのですか？」

「リリア嬢が以前入られた部屋は、団長室ではありません。あれは団長用の居住スペースです。団長はめったに屋敷に帰らず、ほとんどの時間を騎士団で過ごされていましたから、寝起きするための部屋を特別に作ったのです。リリア嬢と会う前は、毎日朝から晩まで、馬に乗り剣を振って暮らしていたのですよ。騎士たちは長時間の特訓に付き合わされて大変そうでしたね」

「ふふっ……本当に筋肉馬鹿なのね」

リリアとヘンリーは目を合わせ、どちらからともなく笑った。それからヘンリーは、リリアの手から空《から》になったコップを受け取ると、不安そうな顔をする。

「……リリア嬢、どうしてお一人で戻ってこられたのですか？　もしかして団長と上手くいかなかったなんてことは……」

「そんなことはありません。私、ドナルドに愛していると伝えました。本当はこのまま屋敷に戻って休み、次はロマンチックな再会をしたかったんですけど、体が動かなくて……なんとかこの部屋まで来ました」

（せっかく純潔を捧げたのに、歩くのもままならないなんて全然ロマンチックじゃないもの。ドナルドにはこんな姿、見られたくない）

「別邸に戻られるのならば、馬車を用意しましょうか？」

「ダ……ダメ！　馬車はダメですっ!!」

（歩くのでさえ股の間が痛むのに、馬車に揺られるなんてとんでもないわ。とにかく最低でも一日は横になっていないと、この痛みからは解放されないはずだもの）

「長椅子で構いませんので、このまま貴方の部屋で一日寝かせていただくというのは、ダメですか?」

リリアは瞳を潤《うる》ませ、肩を震わせた。不安で堪《たま》らないという顔でヘンリーを見る。半分はヘンリーに頼みを聞いてもらうための演技だったが、あとの半分は本気だった。

ヘンリーは何に驚いたのか、目を大きく見張る。

「で……ですが、もし貴女がここにいることを知られれば、私が団長に叱られます。団長がどれほど大切に思っているか、貴女は知らないのです」

「でも私、もう一歩も動けません。馬車に乗って揺られるのも、到底我慢できそうにないんです」

目に溜まった涙が、今にも溢《あふ》れ出しそうになっている。幼気《いたいけ》で、か弱い少女のお願いを拒否し続けることは、さすがのヘンリーでもできないだろう。

その予想通り、ヘンリーは溜息《ためいき》をつくと、こう言った。

「わかりました。しばらくの間、この部屋でお休みください。ただし、くれぐれも団長には――」

そのとき突然扉が開け放たれて、部屋の中に大声が響いた。

「ヘンリー、リリアが消えてしまった! 森を探してみたが見つからない! 一緒に探してほしいんだ! 騎士を全員、すぐに叩き起こせ!」

ヘンリーはポカンと口を開けたまま、リリアに視線を移した。長椅子の背もたれの陰になっているので、ドナルドからはリリアの姿は見えていないようだ。

(もう目が覚めちゃったの!? あぁ、私がここにいることはドナルドには言わないようにって副団長に伝えないと！）

リリアはソファーの上で身を縮こまらせ、ヘンリーに向かって口をパクパクさせた。勘のいい彼なら、すぐにその意味に気がつくはずだ。

ところが、ヘンリーは冷ややかな目でリリアを見た。そして溜息《ためいき》をつき、目線でドナルドにリリアの居場所を教えようとする。

だが都合のいいことに、ドナルドはパニックになっているらしく、そのことにまったく気づかなった。

「ずっと夢だと思っていたんだ。だが目が覚めてみたら、俺の腕にリリアの爪痕《つめあと》がついていた。つまりあれは夢じゃなかったんだ！　あぁ、どうすればいい⁉　昨夜のことが夢ではないのだとしたら、リリアは今とても体が辛いはずだ！　早く見つけてあげないと、どこかで一人苦しんでいるのかもしれない‼」

ドナルドがまるで世界の終わりを見たかのような悲愴な表情で、頭を抱えてまくし立てる。そんなドナルドを落ち着かせるため、ヘンリーは静かな声で諭《さと》した。

「団長、落ち着いてください。リリア嬢は無事ですよ。団長にされた非道な所業のせいで体が痛む以外は大丈夫そうです」

「大丈夫だなんて、どうしてそんなことがわかる⁉　草の上に血がたくさん落ちていたんだ。まだ止まっていないかもしれない。出血多量で死んでしまう可能性だってあるんだぞ！」

（やっ……！　なっ……！　ドナルドったら何を言っているのぉ⁉　お馬鹿ぁぁ！）

聞き捨てならないセリフに、リリアは恥ずかしくて叫びそうになる。普段は冷静なヘンリーも動揺して、一気に落ち着きをなくしたのがわかった。

「ちょっ……団長!! 血って、一体彼女に何を強要したのですか!?」

「俺が無理強《じ》いしたわけではない！ リリアが自分から穴に誘導したんだ!!」

「まさか団長、貴方の凶悪なまでに大きなイチモツを、あの穴に挿《い》れてしまったのですか!? それ用の潤滑液《じゅんかつ》も使わずに!? それはリリア嬢でなくても出血して気絶しますよ!! あれは凶器です!!」

（ちょ……ちょっと待って。この二人、なんの話をしているの!?）

リリアは顔から血の気が引く。

「あの穴に挿《い》れて何が悪い！ 彼女は可愛くていじらしくて最高だった。あんな快感と幸福感を味わったのは生まれて初めてだ！」

「い、あの穴はそんな用途のためには作られていないのです！ 最悪リリア嬢は死に至るかもしれませんよ!!」

（あ、穴……穴って！ こ……こんなの、公開羞恥《しゅうち》プレイだわっ！）

「そ……そうなのか!? 俺のモノが大きすぎるから、挿《い》れると死ぬかもしれないのか!? どうして先にそれを言っておいてくれなかったんだ！ ヘンリー！」

（ばかばかばかばか！ ドナルドのお馬鹿ぁぁ！ そんなわけないでしょう!?）

リリアの思いをよそに、ヘンリーはさらに混乱を極《きわ》めていった。

「まさか、そんなことを団長がなさるだなんて、思いもよりませんでした!! あの穴は……」

（さ……さ……最低、最低、最低、最低ぇ――!!）

「あーーーーー!! もうやめて!! 穴の話はもういいから、これ以上しゃべらないで!! 私はここよ!!」

羞恥《しゅうち》プレイに耐えられなかったリリアは、上半身を起こしてその姿を現した。

あり得ない辱《はずかし》めに顔がカーッと熱くなり、唇は細かく震えている。

「リリア!! やっぱり夢じゃなかったんだな！ 俺を愛していると言ったのも本当なんだな!!」

ドナルドはすぐに近づいてきて、リリアの手を取った。その顔には、これ以上ないくらいの笑みが浮かんでいる。

リリアはその質問には答えなかった。ヘンリーとの配慮の欠片《かけら》もない会話に、怒りが湧いていたからだ。

「それは、本当ですよ……」

ヘンリーが気を利かせて小さい声で呟《つぶや》く。リリアはヘンリーをキッと睨《にら》みつけると、ドナルドに向かって言った。

「ドナルド……貴方が心配するようなことは何もないわ。でも、できればお風呂に入らせて。体とドレスを洗わないことには別邸に帰れそうもないし……」

そう言って、白濁《はくだく》にまみれたドレスを見下ろす。

「だったら俺の部屋に来ればいい。風呂もすぐに用意させよう」

ドナルドはリリアを愛《いと》おしそうに見つめる。その様子に毒気を抜かれたリリアは、大きな溜息《ためいき》をついた。

「だったら抱いて連れていってちょうだい。もう一歩も足を動かせないわ」

「あの……リリア嬢。バスキュール子爵家にはどのように連絡しておきましょうか……？　こっそり抜け出してきたのでしょう？　長く家を空けるのはまずいのでは？」

有能なヘンリーが抜け目なくリリアに尋ねる。心配そうなヘンリーを一瞥《いちべつ》したリリアは、魅惑の笑みを浮かべて言う。

「ああ……それなら大丈夫よ。身代わりを置いてきたから……うふふっ」

それからドナルドに横抱きにされて、彼の部屋まで連れていってもらった。部屋に着くとすぐに風呂場へ向かう。

ドナルドはお湯を用意させると言ったが、リリアは断った。そんなことのために、早朝に起こされる使用人が可哀想だ。それに、こんな時間に風呂に入るなど、いかにも事後であると言わんばかりで、誰かに知られるのは絶対に嫌だった。

風呂場は、ドナルドの寝室の奥にあった。かなりゆとりのある造りで、湯船の大きさもさることながら、空間自体の広さにも目を見張ってしまう。何本もの大きな柱には、かなり緻密《ちみつ》な細工が施《ほどこ》されていて、芸術品といっても過言ではない。

「体を洗うのを手伝おう。リリアがこうなったのも俺のせいだからな。君に俺の大きなモノを挿《い》れてすまなかった。かなり血が出ていたようだが、大丈夫なのか？」

ドナルドが床に膝《ひざ》をつき、リリアを横抱きにしたまま優しい手つきでドレスを脱がしていく。だがパンティーのみになり、ドナルドがそれに手をかけた瞬間、リリアは止めに入った。

「ちょっと待って……私も怖くてまだ見ていないの。自分で脱ぐから、あっちを向いてて」

「わかった。脱いだらすぐに声をかけてくれ。俺が綺麗《きれい》に洗ってやる」

そう言ってドナルドは、リリアを膝《ひざ》の上に抱いたまま顔を横に向けた。それを確認したリリアは、パンティーを恐る恐る下ろしてみる。

（かなり血が出ているようだけど、経血の量に比べればたいしたことないわね。まだ中に何かが挟まっている感じはあるけど、恐らくこういうものなんだわ、きっと）

「あ……」

少しお腹に力を入れただけで、股の間から血と白濁《はくだく》の混じったものが流れ出た。それがバスルームの床に滴《したた》り落ち、パタタッと小さな音がする。

その音に敏感に反応してドナルドがリリアを見た。白い太腿《ふともも》を伝《つた》う血が痛々しく見えたのか、彼は一気に動揺する。

「リリア！　血が出ているぞ！　大丈夫なのか⁉」

ドナルドはそう叫ぶと、大慌てでリリアの片足を自分の首にかけさせる。そして、秘部を確認しようと覗《のぞ》き込んできた。

リリアはその行動にびっくりして固まってしまう。こんな屈辱《くつじょく》的な格好をさせられて、自分でも見たことのないあそこを至近距離からまじまじと見られているのだ。

「いやぁぁぁ!!　やめてドナルド！」

羞恥心《しゅうちしん》が限界に達し、リリアは叫び声を上げる。だが、あまりに深刻なドナルドの表情に、一瞬で怒る気力を奪われた。

ドナルドは今にも倒れそうなほど真っ青な顔をして、真剣にリリアの秘部を指で触《さわ》っている。

「なんてことだ、医者を呼ぼう！　ヘンリーの言う通り、君は処女だったのに、俺が挿《い》れたのが悪かったんだ。ちくしょう！　事前に誰かに相談しておくべきだった！　可愛いリリアの命が危険にさらされるならば、もう二度とあんな行為はしなくてもいい！　だから死なないでくれリリア！」

リリアは大きく溜息《ためいき》をつく。

（本当に、この人ったら馬鹿なんだから。副団長は別の穴の話をしていたのに、まだ気がついていないのね。こんな少しの出血で人が死ぬわけないじゃないの。いろんな人の生死に関わってきたはずの騎士団長が、どうしてわからないのかしら）

「ドナルド……これは普通のことよ。処女膜が破れたのだから、血が出るのは当然でしょう？　確かにかなりの大きさだったたから体のダメージは少なくないけど、こんなことでいちいち医者を呼んでいたら、私はどうやって貴方の子供を身ごもればいいの？」

「こ……子供……？　リリアと……俺の……」

顔面蒼白《そうはく》になっていたドナルドが、惚《ほう》けたようになって頬を紅潮させる。

「そうか、もしかしたら……俺たちの子供ができているかもしれないんだな……」

「ま、まあ理論的にはそうね……でも、期待しているところ悪いけど、月のものが来る直前だから、可能性は限りなく低いわ。もちろん個人差はあるけれどね。それより早くお風呂に入れて。綺麗《きれい》になってから横になりたいの」

「でも洗ってしまえば、俺の子供ができる可能性がもっと低くなるんじゃないか？　だったら洗わずにいたほうが……」

「ド・ナ・ル・ド!!」

リリアに怒られてしゅんとしたドナルドは、彼女の体をゆっくりと水に浸けた。透明な水の中に赤い血が広がり、すぐに溶けて消えていく。

ドナルドは柔らかい布でリリアの肌を撫《な》でつけるように洗う。慣れていないのか、手つきはたどたどしい。けれど一生懸命になっているドナルドの姿は、とても微笑ましかった。

銀色の髪から水の滴《しずく》を垂らしているリリアを見て、ドナルドが笑う。

「そうやって水に濡《ぬ》れていると、初めて会ったときのことを思い出す。あの瞬間、俺のすべては君に持っていかれた」

大きな体躯《たいく》を折り曲げてかがみ、幸せそうにはにかむドナルドを見て、リリアの胸がきゅうぅんとときめく。

「ねぇドナルド。キスしてちょうだい」

リリアは甘えた声と上目遣いでドナルドに懇願《こんがん》した。するとドナルドは、すぐにリリアの要望に応《こた》えてくれる。

互いの唇を味わってから、名残惜《なごりお》しそうにゆっくりと離す。二人は額《ひたい》をくっつけたまま、互いに微笑み合った。

ドナルドはリリアを水から抱き上げてタオルでくるむと、寝室まで運んでベッドの上に寝かせる。そうして柔らかいタオルで、リリアの体を隅々《すみずみ》まで拭いてくれた。その間、何度も白い肌の上にキスを落としていく。

「ちゃんとリリアの言う通りにしたぞ。次は何をすればいいんだ？」

ドナルドはドヤ顔でそう尋ねてくる。そんな彼を見て、リリアは大型犬が主人に褒《ほ》めてほしくて尻尾《しっぽ》を振っている場面を想像した。ドナルドの頬に手を添えて、まるで犬を褒《ほ》めるかのように撫《な》でてやる。

「綺麗《きれい》になったわ。ありがとう、ドナルド」

リリアに褒《ほ》められて、ドナルドが満面の笑みを浮かべた。

替えの服がないので、リリアはドナルドのシャツを借りる。サイズが大きすぎて膝《ひざ》の下まで隠れてしまうほどぶかぶかだが、ないよりはましだ。

脱いだドレスからポケットに入れていたものを取り出し、ドレスは洗濯に出してもらう。

リリアが寝ているベッドの脇で、ドナルドは胡坐《あぐら》をかいて床に座り、主人の命令を待つ犬のようにじっと見つめてくる。その表情は明るく、とても嬉しそうだ。

「……どうしたの？　何がそんなに嬉しいの？」

「リリアが俺のことを愛していると言った。それに、俺のすべてを受け入れてくれて、歩けないほどの痛みにも耐えてくれている。しかも、俺のすぐ隣に君がいるんだ。それがものすごく嬉しい。

こんな可愛い顔をずっと見ていられるなんて、幸せで堪《たま》らない」

若くして騎士団長まで昇りつめた英雄が、頬を赤らめながらリリアと過ごす喜びを語っている。そんなドナルドを見て、リリアは胸がほんのりと温かくなるのを感じた。

「これ……持ってきたの。貴方がつけてくれる？」

先ほどドレスのポケットから取り出したネックレスを、ドナルドに差し出す。それは、ドナルドがリリアのために作ってくれた、世界に一つだけのネックレスだ。

ところがドナルドはネックレスを見た瞬間、突然何かを思い出したように立ち上がり、隣の部屋に向かった。ガタゴトと引き出しを探る音が、リリアのいる寝室にまで聞こえてくる。

リリアが不思議に思っていると、彼は満面の笑みで寝室に戻ってきた。その大きな手には、リボンのついた小さな箱が握られている。

シャツを一枚だけ羽織《はお》ってベッドに座っているリリアに、ドナルドは真剣な表情を向けると、床に片膝《かたひざ》をついた。

「リリア、愛している。結婚しよう。これを受け取ってくれ！」

そう言って、小さな箱を開けて中身を見せる。そこには、ネックレスとお揃いの指輪が入っていた。大粒の宝石が朝日を反射して、眩《まぶ》しさに目がチカチカする。これほどまでに大きい宝石の値段を考えると、恐ろしくて手が震える。

リリアは嬉しさで胸をいっぱいにしながら、夢見心地で箱を受け取った。しばらくその箱を手に乗せていたが、少し考え直して蓋《ふた》を閉じる。それから指輪が入ったままドナルドに突き返すと、微笑んでこう言った。

「……これは受け取れないわ」

「え……？」

絶対に「はい」という返事が来ると期待していたのであろうドナルドは、口を半開きにしたまま、大きく目を見開いた。

「もう一度言うわ。これは受け取れない」

「え……？　どうして……リリア、俺を愛しているんだろう？」

想定外の展開に、ドナルドがオロオロし始めた。そんなドナルドを一瞥《いちべつ》すると、リリアは自分の格好を手で指して大きな声で言う。

「それとこれとは別よ！　こんなロマンチックじゃないプロポーズは絶対に嫌!!　あまりに嬉しくて危うく誤魔化《ごまか》されそうになったけど、こんなのが一生に一度のプロポーズだなんてひどすぎる！　私はこんなぼさぼさの髪だし、下着さえ身に着けていないのよ！」

リリアは一息に言うと、気持ちを落ち着かせるように、ゆっくりと息を吸った。そうして真剣な目でドナルドに向き直る。

「お願い、ドナルド。出会いからしてロマンチックさの欠片《かけら》もなかったんだから、せめてプロポーズくらいはちゃんとしてちょうだい。じゃないと結婚なんて絶対にしないわ」

「最初の出会いは、俺からしてみれば最高にロマンチックだったぞ!?　あの森に天使が舞い降りたのかと思った……！」

ドナルドは恍惚《こうこつ》とした表情で反論する。どうやらリリアと出会ったときのことを思い返しているらしい。

(貴方にとってはそうだったのかもしれないけれど、私は頑強《がんきょう》な大男に乱暴されないように、必死に演技していただけなのよ!!)

心の中でリリアは激しくツッコんだ。

リリアが睨《にら》むと、ドナルドは叱られた犬のようにしゅんとする。そうしてしょんぼりとうつむき、小さな声で言った。

「わかった、絶対にロマンチックなプロポーズとやらをやってみせる。だから絶対に受け入れてほしい。また拒絶されたら、俺はもう生きていけない」

「約束はしないわよ。でも、期待して待っているわね」

リリアの素《そ》っ気《け》ない返事に、ドナルドが弾《はじ》かれたように顔を上げて、うっとりとした表情を見せた。

「リリア……でも、そんなつれないところもすごく可愛い……愛している。本当に大好きだ……」

王国最強の戦士が、情けない顔をして床にひざまずいている。そんな姿を見て、そろそろ怒りを収めて優しくしてあげようかという気持ちになってきた。

「そろそろ仕事に行く時間じゃないの？　私はここで休ませてもらうから、団長室に行ってもいいわよ。貴方がいないと副団長が困ってしまうわ」

「君を置いて行きたくない。今日は休みを取って、ずっとリリアの傍《そば》にいたいんだ」

「気持ちは嬉しいけど、本当に今日は歩けそうにないの。ベッドで寝ているだけの私を見ていたって、面白くもなんともないわよ」

「そんなことはない!! せめて君がすべてを俺に捧げてくれた記念の日くらいは、ずっと傍《そば》についていたい。休みを取るのがいけないなら、ヘンリーにこの部屋で仕事ができるようにしてもらおう」

ドナルドは名案だと言わんばかりに、明るい笑みを浮かべた。それを見て、リリアは苦笑するしかないのだった。

「姉さんがなかなか帰ってこないから、またクッションカバーが増えちゃったじゃないか‼　これ以上増えたらどうするんだよ！」

　リリアが帰ってくるなり、ケビンが愚痴《ぐち》を零《こぼ》す。

　ドナルドに会うために騎士団に行っている間、彼はバスキュールの屋敷でずっとリリアの身代わりを務めてくれていた。他にすることがなくて、刺繍《ししゅう》をし続けていたらしい。

「うるさいわね、ケビン。貴方、私にいくつ借りがあると思っているの？　代わりに試合に出てあげた恩を、ドナルドの部屋に閉じ込めるっていう仇《あだ》で返しておいて……その上、私より先にドナルドとデートするなんて、一生かかっても返済できないわよ！」

　結局リリアが騎士団から戻ってきたのは、ドナルドに初めてを捧げた二日後の朝だった。体の痛みが治まらず、一日休んだだけでは歩けなかったのだ。今でも股の間に何かが挟まっているような異物感はあるが、なんとか歩けるまでには回復した。

　リリアがドナルドの寝室で休んでいる間、彼はずっと傍《そば》で仕事を続けていた。人と会うときだけは隣の自室に移動したが、書類仕事はベッドの横に机を置いてやっていた。

　騎士団の団長があんなに書類仕事や人に会う仕事をしているとは予想外だった。

真剣に取り組む姿は実に格好よくて、リリアは不覚にもときめいてしまったのだ。大体出会いからして印象が最悪だっただけに、意外な一面を見た気がして新鮮だった。

ドナルドの新しい一面を知るたびにリリアは彼に惹《ひ》かれ、想いが増してゆく。以前は、洗練された気品のある紳士が好みだと公言してはばからなかったが、今ではすっかりドナルドに魅了されていて、恥ずかしいくらいだ。

ドナルドのほうも、普段のリリアを知って同じように想ってくれているのだろうか。そんなふうにお互いを知り合って、もっと仲を深めていけたら素敵だ。

(別れ際に、ドナルドは最高にロマンチックなプロポーズをすると約束してくれたわ。一体どんなプロポーズをしてくれるのかしら。楽しみだわ。ふふっ)

リリアは期待に胸を膨《ふく》らませた。


一度目のプロポーズを断ってから、もう二週間が過ぎた。なのにドナルドからはなんの音沙汰《おとさた》もない。

初めは彼の身に何かあったのではないかと心配していたが、今ではそれは怒りに変わり、リリアは日増しにイライラを募《つの》らせていた。

リリアはドナルドとのことを、両親やギルダには話していない。王国の英雄と恋仲だなんて、言っても信じてもらえないだろうから、正式に求婚されるまで黙っておくことにしたのだ。

ワルキューレ伯爵家との縁談が破談になって、天国から地獄に突き落とされた父は、なんとしても条件のいい男性を見つけようと躍起《やっき》になっている。そのせいで、今夜リリアは夜会に出席させられることになった。

ギルダもかなり気合いを入れている。父が作らせた新しいドレスをリリアに着せ、ものすごい美人に仕上げるのだと言って、念入りに化粧《けしょう》を施《ほどこ》す。

今夜のリリアは水色のオーガンジーのドレスに、サファイアの小さなネックレスをつけて、いかにも少女らしい可憐《かれん》ないでたちだ。

「姉さん、早くしてよ。もう馬車が出ちゃうよ！」

「ごめんなさい。ギルダがどうしても離してくれなくて……今日の夜会で必ずいい殿方を捕まえろってうるさいのよ」

バタバタと別邸を出て夜会の会場に着いたリリアたちは、主催者に挨拶《あいさつ》をしてから、ダンスホールに向かう。淑女《しゅくじょ》たちの煌《きら》びやかなドレスに彩《いろど》られたホールでは、最近王国で話題の楽団が演奏をしていて、夜会の雰囲気を高めていた。

色とりどりのドレスに、様々なご馳走《ちそう》。素晴らしい音楽に、人々の明るい話し声。そんな楽しい夜会の場にあっても、リリアの苛立《いらだ》ちは収まらない。

(何よ、どうしてドナルドは私に会いに来ないの？　私のことが嫌いになってしまったの？　もういいわ。あんな不誠実な男なんか忘れて、洗練された気品のある紳士を見つけてやるわ！　泣いて謝ったって、もう絶対に許してあげないんだから！)

給仕に渡されたシャンパンを、リリアは怒りに任せて一気に飲み干す。

そのままダンスホールの壁際に突っ立っていると、知らない女性がにっこりと笑って近寄ってきた。いつかの夜会で会ったことのある人かと思い、リリアも微笑みを返す。

女性はプラチナブロンドの髪を綺麗《きれい》にまとめ上げて、高そうな宝石がついた髪どめで飾っている。体つきはセクシーで、自分でもそれをよくわかっているのだろう。大きな胸を強調するドレスを着て、色香をふりまいていた。

「貴女がリリア・バスキュール子爵令嬢ね。あの有名な……」

女性は、意味深に言葉を途切れさせた。そんな女性の様子に、リリアは心をざわつかせる。

（おかしいわね……自分で言うのもなんだけど、私は社交界ではそんなに有名じゃないはずよ。もしかして、あの誘拐騒動のことが噂になっているのかしら……？　でも、あれは副団長がもみ消してくれたはずだし……）

リリアが黙ったままでいると、女性は扇《おうぎ》を口元に当てて嘲笑しながら続けた。

「貴方のような家柄の女性が招待されるなんて、この夜会も格が落ちたものね。今までは、そんなみっともないドレスを着た女性なんて、中に通されもしなかったわ」

気がつくと、リリアは同じような年頃の令嬢たちに囲まれていた。みんなリリアを蔑《さげす》むような目で見て、くすくすと笑いを零《こぼ》す。

「そんな古臭《くさ》い形のドレス、今どき誰も持っていませんわよ。恥ずかしくないのかしら」

「貧乏貴族が着飾ったって、無駄に決まっているじゃないの。身のほどを知ればいいのよ」

「あのゲリクセン様に近づこうなんて、おこがましいにもほどがあるわ」

「そうよ、そうよ。彼は王国の英雄であるだけじゃなくて、名門貴族の出でもあるんだもの。貴女みたいな貧相な貧乏貴族が相手になれる方ではなくてよ」

令嬢たちは口々に言い、声を上げて笑い出す。この時点でリリアは、彼女たちの意図を完全に理解した。

なぜ彼女たちがリリアとドナルドとの関係を知っているのかはわからないが、ここでリリアが泣いて走り去りでもすれば満足するに違いない。そのくらいの演技は、リリアにはお手のものだった。

それを決断すると、リリアは涙を流そうと意識を集中させた。昔飼っていた愛犬が死んだときの悲しみを思い出し、目に涙を浮かべる。涙が充分に溜まるのを待って瞬《まばた》きをすると、いい感じに滴《しずく》が頬を伝《つた》った。

「ひどい……そんな、私そんなつもりじゃ……」

(よし、ここで走り去って、化粧室《けしょう》にでも駆け込むことにしましょう。しばらくそこで時間をつぶしてから夜会に戻れば万事解決だわ)

そう思ったリリアが令嬢たちの間をすり抜けて走り出した瞬間、顔が誰かの胸にぶつかった。

「きゃっ!!」

あまりに突然のことだったため、反動でうしろに倒れそうになる。けれどぶつかった相手が腰に手をまわして支えてくれたおかげで、なんとか醜態《しゅうたい》を見せずにすんだ。

ほっと胸を撫《な》で下ろし、礼を言おうと相手の顔を見上げる。そこでリリアは、驚いて固まった。

「……どうして……貴方がここに?」

そこに立っていたのは、なんとドナルドだった。

騎士団長としての正式な礼服を身に着けていて、その胸には無数の勲章《くんしょう》が並んでいた。いつもは洗いっぱなしで無造作な金髪も、ジェルできちんと整えられている。

皺《しわ》一つない立派な騎士服姿に、リリアは見惚《みと》れてしまった。食《く》い入るようにドナルドを見つめたまま、体が動かなくなる。

(なんて雄々《おお》しくて素敵なのかしら。心なしかいい香りまでしているわ)

リリアを取り囲んでいた令嬢たちも、驚きのあまり目を大きく見開いたまま言葉を失っている。

「リリア、久しぶりに君に会えて本当に嬉しいよ」

ドナルドはそう言ってリリアの手を優雅に取り、他の令嬢たちが見ているのも構わずその甲に口づけをした。

その瞬間、令嬢たちから小さな悲鳴が上がる。

今までダンスに興《きょう》じていた者も、談笑をしていた者も、突然現れた王国の英雄に注目していた。

「あれはドナルド・ゲリクセンじゃないか。夜会にはめったに顔を出さない男だぞ」

「まさかこんなところで会えるとは。やはり本物は迫力が違うな」

「思ったより整ったお顔をされているのですわね。もっと厳《いか》つい男性を想像していましたわ」

人々のささやき声が、音楽の合間に聞こえてくる。そんな中、リリアはまだ呆然とドナルドの顔を見つめていた。

ドナルドは紳士のように微笑むと、リリアの手を優しく握ったまま、かしこまった口調で言う。

「リリア・バスキュール子爵令嬢。私と一曲いかがですか？」

いつもとあまりにも違う彼の雰囲気に呑まれ、リリアは返事もできずに無言で立ち尽くす。するとドナルドが、洗練された動作でリリアの手を引き、ダンスフロアの真ん中に導いた。そうして音楽に合わせて、軽やかな足取りでステップを踏み始める。

ドナルドのリードに従い、リリアも音楽に乗ってリズムよく踊る。ドナルドは意外にも、足運びから手の動かし方まで完璧だった。

リリアは彼の青緑の瞳に、うっとりと見惚《みと》れた。だが次の瞬間、ハッと我に返ってドナルドを責め立てる。

「一体どうしてたの？　なぜ今さら来たの？」

「今さらとはひどいな。今夜のために準備をしていただけだよ」

「二週間よ……？　二週間も連絡がないなんて、ひどすぎるわ」

リリアは、わざとドナルドの足を踏みつけた。もちろん、誰にも見られない絶妙のタイミングを狙ってだ。なのにドナルドは、踏まれたことにすら気づいていないらしい。

「すまない。けれど、俺にとっても非常に辛い二週間だったんだ。それはわかってほしい」

「そんなの知らないっ！　私は怒っているのよ」

「はは、怒った顔も可愛いなぁ。ああ、早く君をこの胸に抱きしめたいよ。この二週間は本当に長くて地獄のようだった」

そう言ってドナルドは、愛《いと》おしそうに目を細める。その熱い視線に、リリアは溶かされてしまうのではないかと胸をときめかせた。

そんな二人の様子を見た人々は、驚きにざわめいていた。めったに社交界に顔を出さない王国の英雄が現れ、見慣れない令嬢と親しく踊り始めたのだから、当然だろう。

「誰ですの？　ゲリクセン騎士団長様と踊っていらっしゃるあのご令嬢は」

「あれは我がバスキュール子爵家のリリアです。僕の自慢の姉なんです」

踊る姉を見ていたケビンは、近くにいた令嬢に尋ねられ、胸を張って答えた。彼の隣では、バスキュール子爵と夫人が目を丸くして固まっている。

「あ……あ……あれが、うちのリリアなの？　本当なの⁉　これは夢じゃないの？」

「ああ、夢じゃない。本当にリリアだ。まさかゲリクセン騎士団長を捕まえるとは……。確かに、リリアを助け出してくれたのは彼だったが、クリス君に頼まれたからだとばかり思っていた。でもそうじゃなかったんだな……それとも新調したドレスがよかったのか⁉」

「喜ぶのは早いですわ。ただリリアとダンスを踊っているだけですもの。そういう仲なのかどうか、まだわかりませんわよ」

慌てふためく両親に向かって、ケビンはドヤ顔で説明する。

「安心して。お父様、お母様。姉さんは本当に団長と愛し合っているんだ。僕が二人を引き合わせたんだよ。いうなれば、僕が二人の恋のキューピッドだ！」

そう言ってケビンは、リリアと団長の二人を嬉しそうに見た。バスキュール子爵夫妻だけでなく、近くで聞いていた他の貴族たちも驚きに目を見張る。

そんな周囲の戸惑いも気にせず、リリアとドナルドはダンスホールの真ん中で軽やかに踊り続けていた。

「ドナルド、私は怒っているって言ったわよね。二週間も放ったらかしにされていた理由を聞かせてちょうだい。それによっては、またお仕置きよ！」

「それは困ったな。可愛いリリアを怒らせるのは嫌だが、お仕置きは大歓迎だ。どんな理由を言ってもお仕置きはしてほしい。それは無理かな？」

「そんなの、お仕置きって言わないわ‼」

リリアは憤然《ふんぜん》としてドナルドを睨《にら》みつけた。

ちょうどそのとき音楽が終わって、二人は足を止めた。ドナルドがリリアをそつなくエスコートして、ダンスホールに面した中庭に移動する。

この屋敷の中庭は『天使の庭』と呼ばれ、貴族の間ではよく知られている。様々な種類の薔薇《ばら》が咲いており、中でも大輪の薔薇《ばら》を咲かせたアーチが一番の見どころらしい。

そのアーチのところまで来ると、地面にも薔薇《ばら》の花弁《はなびら》が隙間なく敷き詰められていた。リリアとドナルドの周囲は、どこもかしこも美しい薔薇《ばら》で埋め尽くされている。

雲一つない夜空に輝く月が、薔薇《ばら》の花弁《はなびら》を仄《ほの》かに照らして、幻想的な風景を際立《きわだ》たせる。むせかえるような薔薇《ばら》の香りにくらくらして、まるで夢の中にいるような感覚に襲われた。

リリアの手を取ったまま、ドナルドは薔薇《ばら》の花弁《はなびら》の上にゆっくりと膝《ひざ》をついた。それを合図にしたように、楽団の生演奏が響いてくる。

（そうか、そういうことなのね）

リリアにもやっとドナルドの思惑が理解できた。恐らく彼は、今日リリアにプロポーズをするために、二週間かけて準備してきたのだ。

ダンスや紳士的な振る舞いを習得し、この薔薇《ばら》のアーチの下の花弁《はなびら》も、彼が用意させたに違いない。

すべてはリリアにロマンチックなプロポーズをするために。ロマンチックとは程遠い脳筋の頭で、リリアのために一生懸命考えてくれたのだ。

（本当に馬鹿なんだから……）

リリアは胸がじんわりと熱くなって、涙がにじみ出てくるのを感じた。究極に忠実で、最高に愛《いと》しい存在をうっとりと眺める。

月明かりに照らされた薔薇《ばら》のアーチの下で、リリアはその瞬間を息を殺して待った。片膝《かたひざ》をついたままのドナルドが、指輪の入った箱をリリアに向かって差し出す。

「リリア・バスキュール子爵令嬢。どうか私と結婚してください。貴女への永遠の愛をここに誓います」

リリアは震える指で指輪を受け取ると、返事の代わりにドナルドに思い切り抱きついた。そうして、耳元に唇を寄せてささやく。

「ドナルド、私も愛しているわ。一生離さないでね。お仕置きは今晩たっぷりしてあげるから、覚悟してちょうだい」

「リリア、ああ……可愛いリリア。なんて愛らしいんだ」

ドナルドが紳士の演技を忘れて、いつもの情けない目になり、リリアの体を抱きしめながらその名を繰り返し呼んだ。それからリリアを横抱きにかかえ上げると、招待客が大勢いるホールへ戻り、感極《かんきわ》まった表情で大きな声を上げる。

「リリア・バスキュール子爵令嬢が、俺のプロポーズを受けてくれた！　俺たちは結婚するぞ！　みんな祝福してくれっ！」

和《なご》やかだったダンスホールが一気に興奮に包まれ、みなが口々に祝福の言葉を述べた。楽団までもがダンスの音楽を中断し、結婚を祝福する曲を演奏し始める。だがドナルドは祝いの言葉を述べながら駆け寄ってくる人をかき分け、リリアを抱いたまま屋敷の外に出て馬車に乗り込んだ。

「ちょっと、どこに行くつもりなの⁉」

驚いたリリアが尋ねると、ドナルドはばつが悪そうに目を伏せる。

「リリアが煽《あお》ったせいで、また股間が大きくなってしまった。さっきは君を横抱きにして誤魔化《ごまか》したけれど、ずっとそのままでいたら怪しまれるだろう。これじゃあ夜会に戻れない」

「ふぅっ、本当にドナルドったら」

リリアは溜息《ためいき》を漏らしてドナルドの膝《ひざ》から下りる。そうして向かい側の座席に腰かけ、右足のパンプスを脱いで素足になった。

床には毛の長い絨毯《じゅうたん》が敷き詰められていて、リリアの足をふわりと受け止める。

さすが名門貴族であるゲリクセン家の所有する馬車だけあって、内装まで豪華な仕様だ。高級な素材がふんだんに使われていて、バスキュール子爵家の馬車とは大違いだった。

リリアは情けなく頭《こうべ》を垂れるドナルドの股間に、足の指をゆっくりと添えた。その瞬間、頑強《がんきょう》で筋肉質な肩がピクリと震え、彼の口から小さなうめき声が漏れる。

「うぅっ……！」

「ドナルド、今夜は馬車の中でお仕置きね」

そう言って、リリアは妖艶《ようえん》な笑みを浮かべた。

夜の静寂《しじま》を縫《ぬ》って、馬車の音が響く。一時間ほど住宅街を適当に走らせるようドナルドが馭者《ぎょしゃ》に命じたため、おそらくこのあたりを一周するつもりなのだろう。

馬車の走るガタガタという音とともに、ドナルドの荒い息が聞こえてくる。

「はぁっ!!　リリア……リリア……!!　はぁっ……」

「動いちゃダメよ。私を二週間も放っておいた罰なんだから、じっとしてなさい」

リリアは水色のドレスから白い足を突き出し、右足の指を器用に使ってドナルドのベルトを外そうとしていた。

ベルトの留め金を外すと、次はズボンのボタンを外しにかかる。だが、ドナルドの男性自身があまりにも大きくなっているため、きつくて上手く外せない。だんだんと右足の筋肉が疲労してきたので、リリアは溜息《ためいき》を漏らす。

「ダメね、もっと小さくできないの？　このままじゃあ、何もできないわよ。まあでも、お仕置きとしては大成功かしら」

「リリア、そんなのは無理だ……あっ！　二週間も君と会っていなかったんだぞ？　君を一目でも見たいと、どれほど苦しんだことか。君に会えない間、あの屋敷で夜会を開くよう手配したり、ヘンリーとダンスの練習をしたり、大変だったんだ……あっ……」

ドナルドが快感に体を震わせながら、切ない目をして訴えてくる。

まさか、今夜の夜会までドナルドが仕組んだことだとは知らなかった。『天使の庭』と呼ばれるあの薔薇《ばら》園でのプロポーズにこだわったのだろう。

リリアは二週間放っておかれた怒りが、綺麗《きれい》に消え去っていくのを感じた。笑いが込み上げてくるが、それを必死で押し隠し、硬い表情を崩さずにいる。

なぜなら、それとこれとは別問題だ。お仕置きはお仕置きとして、甘んじて受けてもらわないと気がすまない。

「ダメだって言ったでしょう！　貴方は動かないでちょうだい！」

ドナルドがとうとう自力でズボンのボタンを外そうとしたのを、リリアは慌てて止めた。

「でも、このままだとズボンを汚しちゃいそうね。そうしたら夜会に戻れなくなるし、どうしたものかしら……そうだわ！　いいことを思いついた」

リリアは髪につけているリボンをゆっくりと外した。銀色の髪がはらりと落ちてきて、髪の香りが広がる。

そうしてドナルドの両手を頭の上で組ませ、そのリボンで彼の手首を緩《ゆる》く縛った。

「こんなリボンじゃ、すぐほどけてしまうぞ」

「そうよ、それでいいの。これがほどけたら、もうお仕置きはおしまい。このまま夜会に戻るわ」

「そんな、無理だ。こんな状態でじっとしていられるわけがない」

ドナルドが光沢を放つリボンを頼りなく見上げて、泣きそうな顔で懇願《こんがん》する。

「ド・ナ・ル・ド。これはお仕置きなのよ。でも可哀想だからズボンは私が下ろしてあげる」

リリアは床に膝《ひざ》をつくと、ズボンのボタンを外して下ろし、荒れ狂《くる》う熱の塊《かたまり》を取り出した。久しぶりに見たそれは、凶悪なほどにいきり立っており、リリアはゴクリと生唾《なまつば》を呑む。

実は、馬車の中でドナルドと二度目の経験をしてもいいとさえ思っていたのだが、そんな考えはすぐに打ち消される。

(こ……これが私の中に入ったのね！　信じられない、二回目は当分お預けだわ。よほどの覚悟をしないと絶対に無理だもの)

そんなリリアの考えを読んだのか、ドナルドは眉間《みけん》に皺《しわ》を寄せ、愛する女性からの誘惑にひたすら耐えていた。苦悶《くもん》の表情を浮かべて目をそらす。

窓のほうを向いたドナルドの口から、絞り出すような声が聞こえてきた。

「――リリア、俺が君を心から愛していることは知っているよな？」

「え？　まあ、そうかもしれないわね」

「あれ以来、久しぶりに会うことができて、俺は君に触れたくてしょうがないんだ」

静かな声の中に、何かを決意したような響きが込められている。なぜだかリリアは嫌な予感がしてきた。

「だから、すまない」

その言葉にリリアが反応するよりも先に、ドナルドが楽しそうな声で言う。

「リボンがほどけなければいいんだろう？」

そう言ってドナルドは、リボンで拘束されたままの腕を下ろし、リリアを抱え込んだ。リリアは抵抗する隙も与えられず、ドナルドに唇を塞《ふさ》がれる。

「んんんっ――――！」

狭い馬車の中で、二人はキスをしながら床の上に倒れ込む。リリアが頭を打たないように、ドナルドが背後にまわした手で体を支えてくれた。

ドナルドは音を立てて唇を離すと、感極《かんきわ》まったように熱っぽく語り始めた。

「可愛い！　本当にリリアは可愛いな。リボンで縛るだなんて、そんな愛らしいことを考えるとは……ははっ」

「ま、待ってドナルド。こ、これ、新しいドレスなの。汚れちゃうわ！」

「ドレスなんか、何着でも買ってやる。だから汚れても気にしなくていい」

ドナルドがこれから何をしようとしているのか察したリリアは、ドナルドの下で青色の瞳を潤《うる》ませ、彼の胸に両手を当てて抵抗する。そうしてドナルドの下半身を目で示し、震えながら頼りない声を出した。

「そ、そんな大きいの無理ぃ。また歩けなくなっちゃう。そうしたら夜会にも戻れなくなるわ」

そんなリリアを見て、ドナルドは色気たっぷりに笑った。

「ははは、君はまるで気の強い小型犬のようだな。さっきまで威勢よく吠えていたのが、今は小さくなって震えている。そんなリリアもたまらなくキュートだ。……大丈夫だ、今夜は挿入《そうにゅう》はなしでいい。ただ可愛い君を、もう少し味わってみたいだけだ」

そう言うなり、ドナルドは歯を使って器用にドレスの前をはだけさせ、リリアの胸を露《あら》わにした。

ドレスが元の形に戻ろうとして、胸の膨《ふく》らみを押し上げる。

ドナルドの眼前で、今すぐ食べてくださいと言わんばかりに乳房が大きく揺れた。

白い肌には赤みがさしており、それを見たドナルドは我慢できないという顔になる。彼は両手が縛られた状態のまま、胸の先端を口に咥《くわ》え込んだ。

「あっ……やぁ……んんっ」

柔らかな乳房はドナルドが口を動かすたびに形を変え、快感がジワリと押し寄せてくる。

「ひゃぁっ……ぁあんっ……ふっ」

二つの膨《ふく》らみを交互に存分に味わうと、ドナルドはこう言った。

「下着を脱いでくれ。もっとリリアを堪能《たんのう》したい」

「や、やだ、そんなの恥ずかし……」

「お願いだ……可愛いリリア。……もう我慢できない」

ドナルドは大きな体躯《たいく》を縮こまらせ、乞《こ》うように見つめてくる。その瞳に、リリアは抗《あらが》えなかった。羞恥心《しゅうちしん》に耐えながら、座席の間の狭い床でドロワースを脱ぎ、さらにパンティーも脱いだ。愛液でぐっしょりと濡《ぬ》れた小さな布が、糸を引いて体から離れる。自分の秘部が愛液で濡《ぬ》れそぼっていることを、リリアは感覚でわかっていた。

誘うような甘い香りが、二人の間に立ち込める。

ドナルドの視線を肌で感じ、恥ずかしさが増していく。リリアは目を伏せて唇を少し噛んだ。それを見てますます興奮を高めたのか、ドナルドの呼吸が一気に荒くなる。

「はぁっ……ドレスをもっと上までめくってくれ……リリア……」

ドナルドの言葉に従い、リリアはドレスの裾《すそ》を両手でゆっくりと持ち上げて、その端を自分の口に咥《くわ》えた。そして切なさに潤《うる》んだ瞳で、ドナルドの反応を窺《うかが》うように見上げる。

ドナルドの喉《のど》がゴクリと音を立てて動き、生唾《なまつば》を呑み込んだのがわかった。

「そうだ、そのまま股をきつく閉じていてくれ。……ああ、もうここは充分に濡《ぬ》れているみたいだ」

ドナルドは自身の熱い欲望を、リリアの濡《ぬ》れそぼった股の間に押しつけた。その瞬間、くちゅりと愛液が音を立て、リリアは恥ずかしくて堪《たま》らなくなる。

「んんっ……ふぁぁっ！」

口から自然と官能に満ちた声が漏れてきた。そんな声を出した自分が恥ずかしくて、顔が一気に火照《ほて》ってしまう。

「可愛い……リリア……君が俺の奥さんになるだなんて、夢みたいだ。あぁ、可愛い。なんて可愛いんだ……」

優しいキスをリリアの額《ひたい》に落とし、ドナルドは蜜口にあてがった男根を思い切り引いた。

「ひゃあぁあんっ」

ぐちゅりと淫靡《いんび》な水音が響いて、リリアは堪《たま》らず声を上げる。引き抜かれた熱い塊《かたまり》には、リリアの愛液がぽたぽたと滴《しずく》を落とすほどに絡みついていた。

その透明な滴《しずく》は月の光を反射してキラキラと輝く。ドナルドはこれ以上我慢できないとばかりに大きく息を吸うと、何度も腰を打ちつけ始めた。汗ばんだ肌と肌が当たって、パンッパンッと音を立てる。

リリアが視線を上げると、金色の髪に汗の滴《しずく》をまとったドナルドが目に入る。

「ああっ！　……やぁ……あっ……ぁっ」

「可愛いよ。リリア……なんて可愛いんだ。君のこの可愛い表情を、誰にも見せたくない。ああ、愛している」

絞り出すように愛をささやくと、ドナルドは腰を激しく前後に動かした。股に挟まれた剛直が、リリアの敏感な蕾《つぼみ》を刺激して快感を高めていく。

「あ、やだっ……あんまり激しくしたら、声がっ……あぁっ……声が外に聞こえちゃっ……うっ……あぁぁっ！」

リリアは両手で口を押さえ、体中に広がっていく快感に耐えた。

駅者《ぎょしゃ》は二人が馬車の中で何をしているのか、薄々《うすうす》察しているに違いない。彼に喘《あえ》ぎ声まで聞かれてしまうのは、あまりに恥ずかしかった。だが唇を押さえる両手は小刻みに震え、その瞳は涙で潤《うる》んでよく見えない。

そんなリリアを見て、さらに欲情したドナルドは、彼女のおでこにキスを落としながら何度も腰を振った。

「んん……可愛い……可愛い、愛しているよ。リリア……愛してる！」

「やっ……あぁ、激しぃ……やあぁん！」

ドナルドの腰の動きに合わせて揺れていたリリアの銀の髪が、汗で湿った肌に張りつき始める。

リリアの身も心も、ドナルドに溶かされてぐちゃぐちゃだ。どこが互いの体の境界線なのかわからなくなるほどに乱されて、何度も体を突き上げられる。

「あっ……あっ……あぁっ」

まるで満開の花弁《はなびら》が、雨の滴《しずく》を浴びてさらに輝きを増すように、快感の雨がリリアの体を花開かせていく。やがてその雨は濁流となり、最後にはリリアを一気に押し流した。

「ああぁ――――――っ!!」

信じられないほどの快感が襲ってきて、リリアは夢中でドナルドにしがみつく。

「ああっ……リリア……イクっ!!」

そうして二人はしばらく激しい息を繰り返しながら、馬車の床の上で抱き合っていた。

窓ガラスは湿気で曇《くも》り、窓から見える大きな月の輪郭《りんかく》はぼやけている。それを見たリリアは目を細め、確かな幸福を噛みしめた。

（なんて幸せなのかしら、まるでお伽話《とぎばなし》の中にいるみたいだわ）

ドナルドはリリアに覆《おお》いかぶさったまま、何度もその体を撫《な》でては恍惚《こうこつ》の表情を浮かべていた。

それからどのくらい時間が経ったのだろうか……。リリアはふと、あることに気がついてしまった。

あまりの事態に、信じられないといった気持ちでいっぱいになる。

「ううっ……ふぅっ……」

リリアは細かく肩を震わせて、啜《すす》り上げるように泣き始めた。

（こんなの……信じられない……。もし知ったら、ドナルドだって呆れてしまうわ）

慌てたドナルドが手首のリボンを引きちぎると、床に足を組んで座り込んだ。そして膝《ひざ》の上にリリアを乗せてその顔を覗《のぞ》き込む。

「どうした⁉　どこか痛いのか⁉」

だがリリアは、涙が出てくるのを止められない。あまりの恥辱《ちじょく》に頭がおかしくなりそうだった。

泣き続けるリリアを、ドナルドが心配そうに見ている。もうこれ以上隠し通せそうにないと観念したリリアは、下唇を噛んで小さく呟《つぶや》いた。

「……わ、私、お漏らししちゃったみたいなの。ごめんなさい。こ、こんなの、恥ずかしくて……ぐすっ。誰にも言えないわ」

「あ……ああ、かなり濡《ぬ》れているようだな」

ドナルドが絨毯《じゅうたん》を手で触《さわ》りながら、なんでもないことのように言う。

「触《さわ》らないで、汚いわ……。ドナルド……お願い、私を嫌いにならないで。こんなこと二度としないわ。きっとやけになってお酒を飲んだのが悪かったのよ。ごめんなさい……ぐすっ」

リリアは大きな青い瞳から大粒の涙を滴《したた》らせ、体を羞恥心《しゅうちしん》で震わせながら謝り続けた。ドナルドはリリアを慰め、床に落ちていた布で彼女の体と絨毯《じゅうたん》を拭《ぬぐ》う。

「気にしないでいい、これはいわゆる潮吹き……いや、やめておくか……」

「な……なに!? はっきり言ってちょうだい！ やっぱり、お漏らしをするような女性は嫌いなの!?」

リリアは不安になって、ドナルドを上目遣いで見る。

ドナルドは答えの代わりに、リリアの涙をゆっくりと唇で舐《な》め取った。泣いている彼女を優しく抱きしめてから楽しそうに笑う。

「ははっ、お漏らしをしても大丈夫だ。俺はお漏らしをするリリアも愛しているからな。君のお漏らしは全然汚くなんかない。むしろお漏らしすら可愛らしくて、全部舐《な》め尽くしてもいいくらいだ」

リリアは泣きながらドナルドの顔をもう一度見上げると、彼の上着の襟《えり》をつまんで引っ張った。

「お……お漏らしって……何度も言わないでっ……！」

「ははっ！ 可愛い、なんて愛らしいんだ君は。君に会うたびに、俺はますます君を好きになる。あぁ、その可愛い顔をもっと見せてくれ」

そう言ってドナルドは、極上の笑みを浮かべた。

ドナルドとともに夜会に戻ったリリアは、名も知らぬ貴族たちに囲まれて祝福の言葉を受けた。

今まで話したこともないような上流貴族たちに、ドナルドがリリアを次々と紹介していく。そつなくこなすドナルドを見て、リリアは彼をほんの少し見直した。堂々とした振る舞いと、他を圧倒する威厳をもって名門貴族たちと渡り合う彼は、とても素敵だった。

ついさっきまで制服を乱して、リリアに涙目で懇願《こんがん》していたドナルドとは、まるで別人のようだ。

そうしてドナルドは、リリアの両親にも挨拶《あいさつ》しに行った。彼らは、いまだにドナルドとリリアが結婚の約束をしたことを信じられないでいる。

「本当にリリアでいいんですか？　何かの間違いじゃあ……そういえばフュルベール子爵家にもリリアという名のお嬢さんがいたはずだ。ああ、でもあの子はまだ七歳か……」

「ゲリクセン騎士団長。リリアは私たちの自慢の娘なのですけれども、あの、淑女《しゅくじょ》としては少し至らない部分があるかもしれませんわ。それでも本当によろしいんですの？」

そんな父と母に、ケビンがなぜか胸を張って言う。

「お父様、お母様、団長はそんなことくらい、とっくにご存じだよ。大体、姉さんを好きになる時点で、淑女《しゅくじょ》を求めていないのはわかるでしょう？　姉さんは見るからに刺繍《ししゅう》や詩が好きそうな顔をしてないじゃないか……」

（それってどんな顔よ!!　ケビン！　あとで痛い目にあわせるから覚えてなさい!!）

無言でケビンを睨《にら》みつけるリリアをなだめるように、ドナルドは彼女の肩を抱き寄せてはっきりと言った。

「バスキュール子爵、私は彼女がどんな女性であろうと、丸ごと愛しています。リリアは私にはもったいないくらい素敵な女性です。私のほうこそ、リリアを見つけるのが遅くなったせいで、歳が多少いきすぎていて申しわけない」

「そ、そんな……。ゲリクセン様。私たちの娘をそこまで褒めてくださり、本当にありがとうございます。どうかリリアを幸せにしてやってください……！」

そう言って父は目を潤《うる》ませながら、ドナルドに頭を下げた。

「もちろんそのつもりです。ちなみに、リリアの刺繍《ししゅう》の腕は大したものですよ。以前、リリアが刺繍《ししゅう》したハンカチをもらいましたが、とても素晴らしい出来でした」

言いながら、ドナルドはポケットから大事そうにハンカチを取り出して、みんなに見せる。

「こんなリアルで立体的な刺繍《ししゅう》は生まれて初めて見ました。獅子《しし》が獲物を狩る様《さま》が目に浮かぶようです。うちの副団長のヘンリーも褒《ほ》めていましたよ」

次の瞬間、バスキュール子爵家の全員が口をつぐんだ。

それは獲物に喰《く》らいついている獅子《しし》ではなく、穏やかに草を食《は》んでいるウサギのつもりなのだ。立体的に見えるのは、糸のもつれが重なっているだけで、意図したものでは断じてない。獅子《しし》の牙から垂れているように見える血は、刺繍《ししゅう》針で怪我をしたリリアの本物の血だ。

不自然な沈黙がその場を包む。誰もが真実を伝えることを拒んで目を泳がせた。

そんな雰囲気にも気づかないドナルドは、満足そうに微笑むと、リリアのほうに顔を近づけた。

そうして、誰にも聞こえないようにそっと耳打ちをする。

「ところで……リリア、俺がこの間デートしたお嬢さんはどこにいるんだ？　彼女にも挨拶《あいさつ》しておきたいんだが……。先日、怪我をさせてしまったことも謝っておきたいしな」

（ああ、ドナルドはあれがケビンだと気づいてないのだわ。変なところで鈍い男ね。まあ、わからないならそれはそれで面白いかも……）

リリアはいたずらっぽい顔をすると、ドナルドを見てこう言った。

「彼女は外国に住んでいる私の従妹《いとこ》なの。もう国に帰ってしまったわ」

「そうなのか……残念だな……」

「もしかして、彼女のほうがよかったとか思っているんじゃないでしょうね。彼女は私と似た顔だし、刺繍《ししゅう》も詩の朗読も大好きらしいわよ？」

「それはない！　断じてない！　俺はリリアほど可愛い女性を見たことがない。それにこの夜会で一番セクシーな格好をしているのは君だ！　断言する！」

そう言ったあと、ドナルドはさり気なくリリアの下半身に目をやった。その意味を理解して、リリアは顔が熱くなるのを感じる。

実は今、リリアはドレスの下に何もはいていないのだ。下半身がスースーして心許《こころもと》ないので、先ほどから内股で歩いている。

そう……ドナルドが馬車の床を拭いた布は、リリアの下着だったのだ。そんな下着を再びはくわけにはいかず、やむなくこうすることになった。

「そんな歩き方をしていると、あまりに愛らしくて可愛くて、食べてしまいたくなる。君はこの世で一番可愛い女性だ、リリア」

「ド・ナ・ル・ド！」

凜《りん》とした声でリリアが名前を呼ぶと、彼は身を硬直させた。からかいすぎたと思ったのだろう。隣に立つリリアの様子を恐る恐る窺《うかが》ってくる。

ドナルドを純真な瞳で見上げたリリアは、次の瞬間には官能的な微笑みを浮かべた。

「愛しているわ、ドナルド。私を一生大切にしてね。じゃなきゃお仕置きよ」

無垢《むく》と妖艶《ようえん》さが同居したような魅惑的な顔を見て、ドナルドは息を呑む。

（ああ……この顔だ。清純な顔の裏に浮かび上がる、この小悪魔のような微笑みに……俺は一生逆《さか》らえないのだろう。あの日、月明かりの中……川のせせらぎに身を浸《ひた》し、裸のまま立っていた少女に一瞬で心を奪われた。あの幻《まぼろし》の少女が、この腕の中にいる。それだけで充分だ）

こうして、脳筋騎士団長が……十四も年下の少女に惑わされ、翻弄《ほんろう》される日々は、永遠に続いていくのだった。

エピローグ

リリアとドナルドが結婚して、数ヶ月後。五年に一度開催される、騎士団対抗戦の日がやってきた。

この王国にある四つの騎士団から、団長、副団長と十二名の騎士隊長がそれぞれ試合に出場して勝敗を競う。百五十年続く伝統的なこの試合は、ブルタリア王国の王だけでなく、近隣諸国の王族や高位貴族も招待される、王国を挙げての一大行事だ。

もちろん、ドナルドも参加する。彼は他の騎士たちと入場のセレモニーを華々しく終えたところだ。王国最強の騎士として名高いゲリクセン団長の姿に、会場に詰めかけた観客たちは歓喜し、割れんばかりの拍手と声援を浴びせる。

だが、その対抗戦の会場に、新妻《にいづま》であるリリアの姿はなかった。

ヘンリーが不思議に思い、ドナルドに尋ねる。

「団長。今日はどうしてリリア嬢が来ていないのですか？」

「……実は喧嘩《けんか》したんだ。今朝、ものすごく怒らせてしまってな……。リリアはしばらく会いたくないと言って、実家に帰ってしまった」

ドナルドは悲痛な面持《おもも》ちでヘンリーに語った。

リリアはお漏らしについて悩んだ末に、恥を忍《しの》んでゲリクセン家の主治医に相談したという。そこで初めて、実はあれが潮吹きだったと知ったらしい。彼女はドナルドも真実を知らないのだと思い込み、今朝それを恥ずかしそうにドナルドに報告してきた。

そのときドナルドは、『とうとう知ってしまったか』と笑い飛ばしてしまったのだ。

耐えがたい恥辱《ちじょく》を味わったリリアの怒りは、相当なものだった。

でも、そんないきさつをヘンリーに話すわけにはいかない。そんなことをすれば、リリアの怒りは増すばかりだ。だから、その辺りは曖昧《あいまい》に誤魔化《ごまか》して説明する。

「世界一可愛いリリアが、可愛い頬を赤らめて啜《すす》り泣く姿が、究極に可愛いのが悪いんだ！　あの愛らしい姿を、もう一度見たいと思わない男など、この世に存在しない!!」

ドナルドは拳《こぶし》を握ってヘンリーに力説した。

「リリア嬢が可愛いのは、充分にわかりました。というかそれ以外何もわかりませんでしたが、とにかく団長が悪いですね。大体リリア嬢を怒らせたら、どうなるかくらいはわかっていたでしょう。私ですら彼女にはやり込められてしまいましたからね。彼女は騎士団に勧誘したいくらいの逸材です」

ヘンリーはドナルドの隣で、冷ややかに彼を見ながら言った。

選手の席は戦闘場の傍《そば》に用意されていた。騎士団ごとに色分けされ、それぞれの紋章が描かれた旗がはためいている。

ドナルド率《ひき》いる第四騎士団は、獅子《しし》と斧《おの》の紋章がついた赤い旗がシンボルマークだ。

「早く試合に勝って、バスキュール子爵家に迎えに行かないと、ますますリリアの機嫌が悪くなる！　そうしたら、本当に取り返しのつかない大変なことになる!!」

そう言って、ドナルドは強靭《きょうじん》な肉体をぶるりと震わせた。

彼は以前、リリアを怒らせたときの恐怖を思い出していた。あれは忘れもしない……新婚初夜、ドナルドが調子に乗って五回もしたため、リリアの逆鱗《げきりん》に触れてしまったのだ。

（そうだ、リリアを怒らせると大変な夜を迎えることになる。とことんまで焦《じ》らされ、弄《もてあそ》ばれて……最終的にはイかせてもらえなくて、中途半端に終わらされる。人生で最高の快楽を味わったことのある体には、あまりにも酷《こく》な仕打ちだ。あんな目には二度とあいたくない！）

王国最強の騎士である団長が、年若い新妻《にいづま》を恐れて青ざめるのを見て、ヘンリーは改めてリリアの手腕《しゅわん》に感心していた。

「そういえば先ほど、リリアさんの弟のケビン君が挨拶《あいさつ》に来ていましたよ。団長の義弟《ぎてい》として、招待されているのでしょう。会われましたか？」

「……いや……まだだ。ケビン君と会って、リリアが俺のことを何か言っていなかったか聞いてみたい。今どこにいるか知っているか？」

「恐らく観客席のどこかでしょう。……ああ、ほら、あそこで手を振っていますよ。見えますか？」

ドナルドがヘンリーの指さすほうを見ると、そこには白いシャツに肌色のズボンをはいて、蝶《ちょう》ネクタイをつけたケビンが、にっこりと笑って手を振っていた。

部下にケビンを連れてこさせたドナルドは、リリアの様子をそれとなく探ってみる。

ケビンはそんなドナルドに、呆れたような顔をした。

「かなり怒っているようでしたよ。早く迎えに行って謝罪しないと、離縁されてしまうかもしれませんね。あんなに怒った姉さんを見たのは初めてでした」

「ほ……本当か⁉　ケビン君‼」

離縁という二文字に恐れを抱いたドナルドは、そのあとの騎士団対抗戦に史上稀《まれ》に見る速さで決着をつけた。

その迫力は凄《すさ》まじく、ほんの数分で他の騎士団の団長たちを倒してしまったのだ。

彼の雄姿《ゆうし》は、第四騎士団のシンボルでもある獅子《しし》の姿にたとえられ、『狂騎士《きょうきし》』に加えて新たに『猛獅子《もうしし》』という呼び名がついたほどだった。

それもこれも、新妻《にいづま》の機嫌を損《そこ》ねたせいだということは、団長とともに戦った騎士たちですら知らない。

ドナルドは試合が終わってすぐ、そのままの格好でまっすぐバスキュール子爵家に向かった。

そしてリリアの部屋の前で床に胡坐《あぐら》をかいて座り込み、中にこもって姿を見せないリリアに懇願《こんがん》する。

「リリア‼　君のために試合をすぐに終わらせてきた！　あのことは本当に俺が悪かった。どうか許してほしい！　なんでもするから、せめて一目だけでも姿を見せてくれ！　お願いだ！」

かれこれ二時間も扉の前で許しを乞《こ》う英雄の姿に、周りの者たちのほうがいたたまれない気持ちになる。なのに、リリアは返事すらしなかった。

◇　◇　◇　◇

その頃、騎士団対抗戦の会場では、表彰式が始まろうとしていた。観客たちは、王国の英雄の姿を、今か今かと期待のこもった顔で待っている。

けれど彼は、いつまでたっても現れない。

観客の中に交じって一人座っているケビン——いや、リリアは、冷や汗をかいていた。

（少し脅《おど》かしすぎたかしら……。離縁は言いすぎたかもしれないわ。まさかドナルドったら、もうバスキュールの屋敷に行っちゃったの!?　どうしましょう。ああ、副団長がまた胃を押さえて青ざめているわ。この間のように、ひどくならなければいいのだけれど……）

心配になったリリアは、慌てて愛する夫のもとへと向かうのだった。

Noche ノーチェ

甘 く 淫 ら な 恋 物 語

ノーチェブックス

麗しき師匠の執着愛!?

宮廷魔導士は鎖で繋がれ溺愛される

こいなだ陽日《ようか》

イラスト：八美☆わん

戦災で肉親を亡くした少女、シュタル。彼女はある日、宮廷魔導士の青年レッドバーンに見出され、彼の弟子になる。それから六年、シュタルは師匠を想いながらもなかなかそれを言い出せずにいた。だが、そんなある日、ひょんなことから彼と身体を重ねることに！　しかもその後、彼女はなぜか彼に閉じ込められて——!?

詳しくは公式サイトにてご確認ください

http://www.noche-books.com/

携帯サイトはこちらから！

甘く淫らな　Noche ノーチェ　恋物語

乙女を酔わせる甘美な牢獄

定価：本体1200円＋税

伯爵令嬢は豪華客船で闇公爵に溺愛される

著 仙崎《せんざき》ひとみ　イラスト 園見亜季《そのみあき》

両親の借金が原因で、闇オークションに出されたクロエ。そこで異国の貴族・イルヴィスに買われた彼女は豪華客船に乗り、彼の妻として振る舞うよう命じられる。最初は戸惑っていたクロエだが、謎めいたイルヴィスに次第に惹かれていき――。愛と憎しみが交錯するエロティック・ファンタジー！

優しく見えても男はオオカミ!?

定価：本体1200円＋税

遊牧の花嫁

著 瀬尾《せお》碧《みどり》　イラスト 花綵《かさい》いおり

ある日突然モンゴル風の異世界へトリップした梨奈。騎馬民族の青年医師・アーディルに拾われた彼女は、お互いの利害の一致から、彼と偽装結婚の契約を交わすことに。ところがひょんなことから、二人に夜の営みがないと集落の皆にバレてしまう。焦った梨奈はアーディルと身体を重ねるフリをしようと試みるが――!?

詳しくは公式サイトにてご確認ください。

http://www.noche-books.com/

掲載サイトはこちらから！

南 玲子（みなみ れいこ）

ヨーロッパ在住。2017年よりWebにて小説の発表を開始。2018年に本書『脳筋騎士団長は幻の少女にしか欲情しない』にて出版デビューに至る。妄想恋愛と萌えをこよなく愛する永遠の少女。

イラスト：坂本あきら

本書は、「アルファポリス」(http://www.alphapolis.co.jp/) に掲載されていたものを、改稿のうえ書籍化したものです。

脳筋《のうきん》騎《き》士団長《しだんちょう》は幻《まぼろし》の少女《しょうじょ》にしか欲情《よくじょう》しない

南 玲子（みなみ れいこ）

2018年 4月 15日初版発行

編集－河原風花・及川あゆみ・宮田可南子
編集長－塙綾子
発行者－梶本雄介
発行所－株式会社アルファポリス
〒150-6005 東京都渋谷区恵比寿4-20-3 恵比寿ｶﾞｰﾃﾞﾝﾌﾟﾚｲｽﾀﾜｰ5F
TEL 03-6277-1601（営業） 03-6277-1602（編集）
URL http://www.alphapolis.co.jp/
発売元－株式会社星雲社
〒112-0005 東京都文京区水道1-3-30
TEL 03-3868-3275
装丁・本文イラスト－坂本あきら
装丁デザイン－AFTERGLOW
（レーベルフォーマットデザイン－ansyyqdesign）
印刷－図書印刷株式会社

価格はカバーに表示されてあります。
落丁乱丁の場合はアルファポリスまでご連絡ください。
送料は小社負担でお取り替えします。

ISBN978-4-434-24540-4 C0093